光文社文庫

ごんたくれ

西條奈加

ごんたくれ・目次

第一章・ふたりの絵師

京四条通《しじょうどお》りは、朝から晩まで人の絶えることはない。

今日も人でごったがえすこの通りには、昨今、別の呼び名がついた。

「画工《えだくみ》通りいうのは、伊達《だて》やありまへんな」

片方が声をあげ、ほんまどすなあ、ととなりの男が相槌《あいづち》を打つ。身なりのいい、商人のふたり連れだった。

書画を商う店が多いだけではなく、人込みを縫うようにして、筆を納めた道具箱をたずさえる者、丸めた和紙を抱える者などが西に東に行き来する。墨や顔料の御用聞きにまわる筆《ひっ》墨屋《ぼくや》の手代《てだい》が、忙《せわ》しげに通り抜け、また買ったばかりの軸物を大事そうに抱える姿もめずらしくはない。

四条をはさむようにして、絵師の家が集まっているからだ。

「せやけど、京随一の絵描きさんに襖絵《ふすまえ》を頼めるとは。これも柴田屋《しばたや》さんのおかげどすわ」

おおきにと、ありがたそうに頭を下げる。

「なにせ円山《まるやま》先生といえば、今年の『平安人物志《へいあんじんぶつし》』で一等のお方ですさかいな」

「あれには驚くやらお祝いに駆けつけるやらで、わてらまで大騒ぎしてもうたんやが、当の先生は落ち着いたもんどしたわ」

『平安人物志』は、京に住まう学者や文人墨客《ぶんじんぼっかく》の名を連ねたもので、七年前に第一版が、次いで今年、安永《あんえい》四年に二版が出され、京雀《きょうすずめ》たちの話題をさらっていた。

そして画家の部の一番目に挙げられたのが、当代一の人気絵師、円山応挙《おうきょ》だった。

名のあがる順位は、優劣とは関わりない。版元ではそう断りを入れてはいたが、言い訳に過ぎず、年齢では若輩にあたる応挙が、先輩絵師を押しのけて第一位とされたことが、京の応挙人気を何よりも雄弁に物語っていた。

「ふん、『平安人物志』がなんぼのもんか。絵心もないくせに、番付に踊らされおって」

商人たちの後ろで、男が毒づいた。

先刻からふたりの後ろを歩いていたが、別に後をつけているわけではなく、ただ目的の場所が同じなのだった。商人たちはまるで気づかず、楽しそうに話を続ける。

「円山先生と親しゅうされとるとは、柴田屋さんの顔の広さはたいそなもんどすなあ」

「いやいや、先生の若い時分に、近所づきあいさせてもろうただけの縁どすがな。せやけど円山先生は義理堅いお人でしてな、わずかな炭を貸しただけの恩を、いまだに忘れんといてくれはりますんや」

で足を止めた。
「ほんまに律儀なお方どすなあ」
京一番の絵師を褒めそやしながら、ふたりは四条麩屋町《ふやちょう》を東に折れて、一軒の町屋の前
格子のはまった玄関は、人の出入りが途絶えぬために一日中あけっ放しの有様で、いまも
絵道具を脇に抱えた者が内から出てきた。おそらく通いの弟子なのだろうが、中にはすでに
別の先客がおり、こちらは筆墨屋の手代のようだ。
「毎度ごひいきに、泰明堂《たいめいどう》でございます。ご注文の品をお持ちしました」
京の町屋は、間口が狭く奥行きは深い。鰻《うなぎ》の寝床《ねどこ》と呼ばれる造りで、玄関から裏庭まで
は、通り庭と呼ばれる土間で繋《つな》がっている。その通り庭の奥から、すぐに若い男の声が応じ、
奥へ運んでくれと促した。
商人ふたりは遠慮して、筆墨屋の納品を待つことにしたようだ。
後ろの男もやはり道に突っ立っていたが、面白くなさそうに口の中で呟《つぶや》いた。
「きさしにまさる、えらい繁盛ぶりや」
ひょろりと痩せたからだと猫背のために、見かけはことさら貧相に映る。今年三十三にな
るのだが、歳《とし》よりもずっと老けて見えた。
「そこの人、邪魔やさかいどいとくなはれ！」
筆墨屋が人足に運ばせているのは、紙にくるまれた大判の屏風《びょうぶ》だった。ふたりがかりで

抱えていたが、怒鳴った前の人足と、後ろの者との足並みがそろわなかったのだろう。荷の角が腕にあたり、男がじろりとふり返った。

「気いつけんかい」

「えろう、すんまへんどした」

手代が人足に代わってあやまったが、男は返事もしない。

長い顔に、長い鷲鼻《わしばな》。鉤形《かぎがた》の鼻先と、尖《とが》った顎《あご》ばかりが秀《ひい》で、何よりも目つきが悪い。細い上に白目ばかりが多く、いかにも意地悪そうな光を帯びている。

関わりになっては厄介だと言わんばかりに、手代はもう一度腰を折ると、そそくさと玄関の内に身をすべらせた。

「あれもどうせ、金泥《きんでい》やら緑青《ろくしょう》やらを塗りたくられて、どこぞの寺に置かれるんやろ」

手代と人足とともに、屛風が家の奥へ消えると、男はまた忌々《いまいま》しそうに呟いた。

行儀よく待っていた商人たちは、やれやれといった表情で、おとないを告げようとしたが、

「おふたりは、絵をご所望か？」

いきなり男に、後ろから呼び止められた。ふり返り、胡散《うさん》臭そうにながめやる。

「……どなたはんどすか？」

この屋の絵師と知り合いらしい方が、とまどいながらたずね、

「先生のお弟子さんやおへんか？」と、もうひとりが小声でささやく。

問いにはこたえず、男は重ねた。

「あんたらは、絵が欲しいのか、それとも絵図が欲しいのかときいとるんや」

横柄《おうへい》に問われ、商人たちは互いに怪訝《けげん》な顔を見合わせた。

「絵図て、何や？」

「絵図いうたら、あの切絵図の絵図やろか？」

「いかにもそのとおり、切絵図の絵図や」

ふたりのひそひそ話を男がかっさらい、満足そうに長い顔をうなずかせた。

眉をひそめながらも、注文に来た方がおそるおそるこたえた。

「そりゃ、欲しいのは絵の方どす。初孫が生まれたさかい、祝いの襖絵を円山先生にお願いしとうて、ここまで参りましたんや」

「やめた方がええ。円山応挙は、絵図しか描けんからな」

「最前から、絵図、絵図て、何言うてはりまんのや」

「字のとおり、ただ紙に写しとっただけの図のことや。絵いうもんはな、魂が入って初めて絵と呼べるようになる。応挙の描いたものには、魂なぞ欠片《かけら》もあらへん」

それまで半ば狐につままれた体《てい》でいた商人たちが、にわかに顔色を変えた。贔屓《ひいき》の画家をけなされて、黙ってはおれなくなったのだ。

「円山先生は、誰より立派な絵描きさんどす」

「そのとおりや。京では右に出る者のおへん、当代一の絵師です。なにせ『平安人物志』で、いっとう初めに名が載らはったお方やさかいな」

男にとって、その事実は癪《しやく》の種なのだろう。ただでさえ歪《ゆが》んで見える顔を、さらにひん曲げるようにしてわめいた。

「円山応挙なぞ、ただの職人や！　あないなもん何千枚描いたかて、ほんまもんの絵師にはなれん！」

さっと商人たちが青ざめた。

しかし、ふたりが何を言うより早く、その背中から怒鳴り声が響きわたった。

「先生を愚弄するとは、いったいどこのどいつだ！」

商人たちをかき分けるようにして、小柄な侍が、男の前に立った。

まだ若い。二十歳《はたち》を二つ、三つ越えたくらいか。

まるで男と対《つい》をなすように、顔も目も鼻も丸く、笑うと愛嬌のありそうな顔立ちだが、いまは天敵を前にした獣のごとく、すぐさまとびかかってきそうな物騒な気配を放っている。

だが男はにやりと、目だけで笑った。

「おまえ、応挙の弟子か」

「そうだ。よりにもよって、画塾の前で先生を侮辱するとは、無礼にも程がある」

月代《さかやき》を剃《そ》らず総髪なのは、役目についていない証《あか》しだろう。それでも袴《はかま》をつけて、腰に刀をさしている。

「ほんまのことを言うただけや。円山応挙は絵師やない、笊《ざる》や桶《おけ》をこさえる職人と同じや」

「貴様……」

侍の目が、ぎらりとした光を帯びた。腹立ちが、本気の怒りに達したようだ。己の左腰に手をやった。

それでも相手は、まったく怯《ひる》むようすはなく、周囲を見渡した。

気づけばいつのまにか、人垣ができている。当代一の絵師の工房の前で、何事が起きたのかと遠巻きにようすを窺《うかが》っていた。

男が、すうっと息を吸った。

猫背ぎみの背を起こし、やせた胸を反らすようにして言い放った。

「画《え》を望まば、我に乞うべし！　絵図を求めんとするならば、円山応挙よかるべし！」

酒焼けしたように多少しわがれているが、声は往来の隅々にまで響きわたった。

周囲の人声が、しんと絶えた。残暑に炙《あぶ》られた通りが、そのまま白く固まったように、不気味な静けさにすっぽりと包まれた。

「もう勘弁ならぬ。そこへ直れ！　いまここで斬って捨てる！」

脅しではなかった。侍は刀の鯉口《こいぐち》を切り、右手を柄《つか》にかけた。

ざわりと野次馬の群れがさわぎ、女の小さな悲鳴もきこえる。武家の町たる江戸とは違い、この京では往来で刀が抜かれるなぞ、まずあり得ない。止める方途さえ誰も思いつかず、ただ固唾《かたず》を呑んで成り行きを見守っていた。

男もさすがに、先刻までのにやにや笑いを引っ込めた。それでも臆したようすは見せず、若い侍に目を据えた。

互いの真剣な眼差《まなざ》しが、宙で絡み、火花を上げる。

いまにも引火しそうな危うい気配を消したのは、玄関の内からかかった別の声だった。

「彦太郎《ひこたろう》、何をしている！」

騒ぎが奥まで届いたのだろう。戸外にとび出してきた者が、若い侍を制するように前に立つ。侍よりも年嵩《としかさ》だが、生真面目《きまじめ》そうな線の細さからすると、まだ二十代だろう。

続いてばらばらと、やはり弟子らしい者たちが四、五人も出てきたが、人垣に気づいてぎょっとする。皆、若い僧の着る作務衣《さむえ》のような、藍《あい》の木綿の上下を身につけていた。

「いったい何事だ、彦太郎」

「お下がりください、幸之助《こうのすけ》殿。この男が、先生を愚弄したのです」

「だからと言って、刀を抜くつもりか」

刀にかけた右手をぐっと押さえられ、侍はきかん気の強い目でにらみつける。だが、立場の違いがあるのだろう、怒りでぱんぱんにふくらんでいた気配がわずかにしぼんだ。

「私は駒井《こまい》幸之助、号を源琦《げんき》と申します」

兄弟子は向きを変え、男と向かい合った。そう肝の太い方ではないようで、色白の顔はこわばっている。それでもこの場は自分が収めなければならないと、よく承知しているようだ。得体のしれない男を相手に、懸命に足を踏ん張っている。

野次馬のかたまりがにわかにさざめいたのは、この応挙の弟子の名が、やはり平安人物志に載っていたからだ。

「なるほど、一の弟子、源琦の名はきいとるわ」

「恐れ入ります。あなたさまは？」

それにはこたえず、「応挙はおらんのか」と、男はたずねた。

「先生は、夕刻まで戻りません。ご用がございましたら、私がお伝えします」

「いや、格別の用はない。通りがかったさかい、寄っただけや」

木で鼻をくくるような受け答えに、弟弟子の目が、また剣呑《けんのん》な光を帯びた。しかし分別のある兄弟子は、冷静に重ねた。

「お名をいただけますか？　いらっしゃった旨《むね》を、師に伝えます」

乞われた男は、ふたたび大きく息を吸い、声を放った。

「我が名は、深山箏白《みやまそうはく》！　京随一の絵師なり！」

見物人が、呆気《あっけ》にとられた。そんな名など、誰もきいたことがない。

それまで多少なりともふくらんでいた男への興味が、ひと息に霧散して、代わりにしらけた空気がただよった。

都一を誇る絵師宅に押しかけて、無名の画家が売名行為を働いている。京の者たちがもっとも嫌う、下品な行いとしか映らないのだろう。

昼間から酔っているのか、あるいは頭のおかしい男ではなかろうかと、非難と嫌悪の眼差しが男に注がれる。

まともに受け止めたのは、小柄なからだを仁王立ちにさせた若い侍だけだった。

「たわ言を抜かすな！　京随一の絵師は、円山先生だ！」

「最前から先生、先生と小うるさいガキやな。ええか、いまのおまえは虎の威を借る狐や」

「何だと」

「師匠を庇《かば》うとるふりで、その実、円山応挙の名を借りて、えらそうにしとるだけやないか」

男の言葉は、侍の急所を射ぬいたようだ。丸い目が、一瞬で釣り上がった。

「あかん、彦太郎！」

兄弟子が、止める間もなかった。源琦を押しのけてとび出した侍は、相手の頬に向かって拳をふりあげていた。背の違いで頬には届かなかったものの、右の拳は男の顎をしたたかに打っていた。

頼りないほどあっさりと、男の膝はくずれ、道に尻もちをつく。その襟をつかみあげ、ふたたび拳を構えた弟弟子に、源琦が必死にしがみつく。ひとりでは押さえきれず、他の弟子たちに手伝わせ、どうにか動きを封じたが、それでもなお小柄な侍は、狂い犬のように吠え続けた。

「放せ、放さんか！　先生ばかりか、こやつは我ら円山一門を貶《おとし》めたのだぞ！」

「ええ加減にせんか、彦太郎！　この前も先生から、お叱りを受けたばかりやないか」

兄弟子に一喝されて、鼻の穴を不満そうに広げながらも黙りこむ。さわぎを起こすのは、これが初めてではなさそうだ。

「やれやれ、応挙の弟子にしてはたいそうな血の気やな」

ふいを食らって舌を嚙《か》んだか、口の中を切ったのだろう。深山箏白と名乗った男が、口許《くちもと》を手の甲で拭《ぬぐ》いながらぼやいた。

「大事あらしまへんか？　中で手当てさせますよって」

兄弟子の源琦が、男に駆け寄った。よほど慌てているのだろう、あらたまった口調も忘れ、町人言葉に戻っている。

深山箏白と名乗った男はこたえず、尻をつけたままの恰好で、地面を見ていた。視線の先に、一本の巻物がころがっていた。

留め糸がはずれている。男が広げてみると、表具を施されていない一幅の絵だった。

男の目が、大きく見開かれた。それまで絶えず宿していた皮肉な色が消え、かにを初めて目にした子供のような、明るい光が瞬《またた》いた。

ひと言で言えば、妙な絵だ。細長い紙いっぱいに、蛸《たこ》が描かれている。丸いイボイボを描くことなく、簡素な筆遣いだけで蛸の足とわかるのは、技というよりもって生まれた感性だろう。さらに面白いのは、蛸の横顔が、うつむいているのだ。失敗を犯してしょげているようにも、つれあいを亡くして悲しみにくれているようでもある。じっと瞑目《めいもく》して、悟りを開かんとしている姿にも重なり、見る人によって、さまざまな物語が浮かぶ。そんな横顔だった。

こんな人間くさい蛸には、お目にかかったことがない。

「これは、誰の絵や」

きかれたのは兄弟子だが、さえぎるように声がとんだ。

「おれの絵にさわるな！」

未《いま》だに仲間の弟子たちに両脇を抱えられながら、彦太郎が吠えた。殴りつけた拍子に、懐《ふところ》からとび出したのだろう。男の目が、また面白そうに瞬いた。

「応挙とは、まるで似とらんな」

「黙れ！　おまえに何がわかる」

敬愛する師匠の絵とは、似ても似つかない。そう揶揄《やゆ》されたと彦太郎はとったのだろうが、男は存外ていねいな手つきで軸を巻き、糸を留めた。

「おまえ、名は？」

どっこらしょと年寄くさく腰をあげ、彦太郎に顔を向けた。

「おまえに名乗る謂《いわ》れなぞない」

「なんや、号もまだもろうてへんのか」

「号ならある。吉村胡雪《よしむらこせつ》だ！」

「そうか、覚えとこ」

軸を兄弟子に渡し、背を向けた。錦小路《にしきこうじ》の側の人垣が、男を避けるようにざざっと割れる。

「あ、お待ちください」

男はふり向いたが、呼び止めた源琦ではなく、遠巻きの観衆に向けて声を放った。

「絵をご所望なら、京随一の絵師、深山箏白が承る。上京《かみぎょう》丈伏寺《じょうふくじ》裏琴屋《ことや》町、源吉《げんきち》長屋まで来られたし」

「そのような世迷言《よまいごと》を、まだ言うか」

「おまえも師匠に飽いたら、いつなりと来てええぞ」

「誰が行くか！」

彦太郎の罵倒を背に、風に揺れる蒲《がま》のような姿は、傾き出した陽を浴びながら、ゆっくりと遠ざかっていった。

安永四年初秋、十代家治《いえはる》の治世のもと、江戸では老中田沼意次《たぬまおきつぐ》が存分に権勢をふるっていた。しかし政《まつりごと》から遠く離れたこの古い都では、新しい文化が華やかに咲き誇っていた。

「深山箏白だと？」

はい、と源琦は、師匠の前でうなずいた。

師の円山応挙が四条麩屋町に戻ったのは、予定より遅く夕餉《ゆうげ》の時分だった。帰るとすぐに、身につけていた裃《かみしも》を脱いで、弟子たちと同じ藍の筒袖《つつそで》の上下に着替える。

訪ねた先は、公家の縁に連なる者か、あるいは大寺院の僧正かもしれない。気の張る相手であったから、身なりを正して行ったのだろうが、応挙自身はすこぶる質素な男だった。当代一と謳《うた》われても、暮らしぶりは変えようとしない。唯一、贅《ぜい》を尽くすのは画材くらいのもので、その質実で奢《おご》りのない気風がまた、円山応挙の名声をいっそう高めてもいた。

「先生は、お会いになったことは？」と、一番弟子の源琦がたずねた。

「いや、ない」

書画会なぞで見かけたかもしれないが、挨拶を交わしたことはなく、どんな男かもわからないと応挙がこたえる。

「ただ、絵は一度だけ見たことがある。昨年、池大雅《いけのたいが》殿を訪ねた折に、屏風絵を見せられてな、深山箏白という名も、そのときに初めて知った」

池大雅もまた京の人気絵師のひとりであり、応挙ともつきあいはあったが、そう頻繁に行き来はしていない。互いに忙しいことに加え、大雅はことさらの旅好きで、京にいる方が少ないような男だ。なかなか顔を合わせる機会に恵まれないのである。

「深山箏白殿は、どのような絵をお描きになるのですか？」

「あんな男の描くものなぞ、見なくてもわかる。どうせとるに足らん下らぬ絵だ」

「よさないか、彦太郎。先生の前だぞ」

源琦にたしなめられて、ぷいと横を向く。二十二歳になるのに、子供のようなところが抜けない。困った奴だと、源琦が小さなため息をつく。

「深山箏白殿の絵は、見事なものであった」

師匠の言葉に、源琦や彦太郎はもちろん、居並んだ弟子たちが一様に目を丸くする。

「筆の達者なら、私の上を行くかもしれん」

「馬鹿な。都で随一の先生よりも達者な絵など、どこの誰に描けましょうか」

武士、商人、百姓と、弟子の出自はさまざまで、また京だけでなく、遠方から来た者たちも多い。日頃はあまり皆の賛意を得られない彦太郎だが、このときばかりは弟子の一同が大きくうなずいた。けれども応挙は、彼らを前にして淡々と語った。

「私よりも上手な者は、いくらでもいる。ただ、上手な絵が、良い絵とは限らぬ」

どういうことかと、源琦がたずねた。

「箏白殿の絵は、ひと言で言えば突飛《とっぴ》であった。あれほどの腕を持ちながら、惜しいことよ」

「突飛とは、画題のことにございますか？」

「いや、画題はありふれた『寒山拾得《かんざんじっとく》』だが……およそ僧とは思えぬ、禍々《まがまが》しい姿であった」

寒山と拾得はともに唐代にいたとされる禅僧で、いわば禅宗の象徴のような存在だった。菩薩《ぼさつ》の化身として描かれることも多い寒山拾得を、深山箏白は、まるで異質な描き方をしたようだ。

「たしかに寒山も拾得も、色々と伝説の多い人物ですが……」

遠慮がちに源琦が言ったのは、二僧が破天荒な行いでよく知られているからだ。禅宗にもさまざまな分派があって、ことに新しい一派にとっては旧態を破る意味で、寒山拾得の奇抜な伝説はもてはやされた。

「しかし、あれではまるで獣《けだもの》だ。奇をてらい過ぎては、せっかくの技も台なしになる」

わずかだが、不快そうな皺《しわ》を眉間《みけん》に寄せた。絵も精神も静謐《せいひつ》なこの男には、耐えられぬ代物《しろもの》だったのだろう。他人の絵を非難するような真似はまずしない、応挙にはめずらしいことだった。

「よいか、おまえたち。奇をてらう者は、所詮そこまでだ」

応挙は弟子たちに向き直り、重々しく告げた。

「何事にも通じるが、絵もまた何より土台が大事。土台とは何か、わかっておろうな」

「はい、ものの形にございます」

弟子のひとりが間髪いれずに応じ、応挙が満足そうにうなずく。

「形をしっかりと習得してこそ、そこから先にまことの絵がある。天衣無縫も豪放磊落《ごうほうらいらく》も、その後だ。無理に走ろうとせずとも、土台を築けば自《おの》ずと身についてくるものだ」

弟子たちはてんでに首をうなずかせたが、中のひとりが彦太郎をつついた。

「そうだぞ、彦太郎。ようく心に刻んでおくのだぞ」

「言われずとも、わかっておるわ」

ムッとして、相手をにらみつける。彦太郎にとっては兄弟子になるのだが、源琦以外の者には、まったく敬意を払っていない。おかげで日頃から、このような小競《こぜ》り合いが絶えなかった。

「わかっておらんから、忠言しているのだ。おまえはまだ写しに徹するよう、先生から言われておろうが。なのに手前勝手に絵を描いていた」

昼間に懐からこぼれ出た絵を、兄弟子は槍玉《やりだま》にあげた。

「あれは……茶屋で一筆と頼まれて、戯《たわむ》れに描いた席画《せきが》に過ぎん」

あの蛸だけは自分でも気に入って、つい懐に入れてきてしまったが、たしかに応挙からは、いまは模写だけに徹するよう言い含められていた。師にちらりと視線を向けられ、彦太郎が小さくなる。応挙は細かなことを、いちいち叱ることはしない。けれど口にされないからこそ、目配せひとつ咳払いひとつが、彦太郎にはことさら重く感じられる。

しかし源琦を除く弟子たちは、師匠の分も容赦がなかった。

「まあた茶屋なんぞに出入りしとったんか。昼間っから酒を過ごすさかい、あないな男と悶《もん》着《ちゃく》を起こす羽目になるんやで」

「しかも修業の身で、席画を描くとは何事か。軽はずみであろう」

「それをあの男に褒められて、悦に入っておったしな」

師匠と源琦の手前、彦太郎にしてはよく堪《こら》えた方だが、そのひと言だけは我慢ができなかった。

「悦になど入っておらんし、何より褒められた覚えもないわ!」

言った男に向きを変え、膝立ちになる。

「彦太郎」

いまにも破裂しそうだった癇癪玉《かんしゃくだま》は、応挙の静かな声ひとつで鎮火した。

「おまえたちも、よってたかって一人を責めるのは、よくないやり方だ」

申し訳ありません、と弟子たちは素直に詫《わ》びを口にしたが、内心では忸怩《じくじ》たる思いがあることは、それぞれの顔を見れば明らかだ。

身につけている藍の上下も、応挙が強《し》いたわけではない。内弟子たちが師を慕い、格好を真似ただけのことだが、自ずとそれが慣《なら》いとなった。だが彦太郎だけは、その縛りを拒絶し、侍姿を通している。昼間、源琦が口にしたとおり、彦太郎はしょっちゅう騒ぎを起こしているが、もっとも多い喧嘩の相手は同門の弟子たちだった。

ちりちりと未だ互いの中でくすぶり続ける焦げくさい雰囲気を、知ってか知らずか、応挙はたずねた。

「箏白殿は、彦太郎の絵を、何と言ったのだ？」

何も、と当の彦太郎は口をへの字に曲げ、応挙は代わりに一の弟子にこたえさせた。

「……先生の絵とは似ていないと、そのように」

深山箏白は、応挙の絵を否定した。似ていないということは、つまりは彦太郎の絵を肯定したことになる。弟子たちはそれを褒め言葉としたが、師を慕う彦太郎にとっては足蹴《あしげ》にされるより辛《つら》いことだった。

彦太郎は畳に手をつき、神妙に顔を下げた。

「まだ修業の最中《さなか》にあり、先生には遠く及びませんが……少しでも絵のまことに近づけるよう、一生懸命精進します」

弟子を見詰める応挙の目許が、少しだけゆるんだ。あまり表情を変えぬこの男が、時折見せる淡い笑みだった。

「そうだな、彦太郎。私もやはり修業の身だが、その心がけは大事にしなさい」

はい、と元気よくこたえた弟子に、師は別の憂いを告げた。

「しかし箏白殿に対して、このままというわけにもゆくまい」

自分の留守中、訪ねてきた同業の絵師に、弟子が怪我を負わせた。応挙が拘泥《こうでい》しているのは、そのことのようだ。

「あの男に、詫びを入れろというのですか？」

「先に手を出したのは、おまえであろう」

ごていねいに箏白は、己の住まいを明かしていった。長屋まで行って、ひと言あやまってくるようにと、応挙は見舞金を包んで彦太郎の前に置いた。もとはと言えば、向こうが喧嘩を売ってきたようなものだ。何もそこまですることはなかろうと、弟子たちがざわつきはじめる。

「わざわざ画塾の前で大言を吐いたのは、先生の名を使って、己を売り込む腹だったのではなかろうか」

「ひょっとすると、初めから金目当てかもしれんぞ」

目顔で憶測を口にしたが、応挙は見舞金を引っ込めようとはしなかった。

「彦太郎、行ってきなさい」

「しかし……」

「本来なら、師たる私が出向くべきだろうが、あいにくからだがあかない。私の名代と心得て、よくよくお詫びしてくるのだぞ」

師匠にここまで言われては、彦太郎も意地の張りようがない。顔だけはぶっすりとさせたまま、承知した。

「私も一緒に、ついていきましょうか？」

彦太郎をひとりで行かせては、またひと悶着起きることは目に見えている。案じた源琦が申し出たが、応挙は退けた。

「彦太郎、これも修業のひとつと心得よ」

何かと悶着の多い弟子の、短気を諌《いさ》める心づもりだろう。当の彦太郎を含め、弟子の誰もがそう思った。ため息のようなかすかな呟きは、誰の耳にも届かなかった。

「彦太郎には、やはり見せておいた方がよかろう」

京一番の絵師の目に、水に揺れる影のような、迷いの色が浮いた。

二条通《にじょうどお》りより北は、上京と称される。ことに禁裏《きんり》の西辺りは御所に関わる家が多く、その落ち着いたたたずまいに惹《ひ》かれ、医者や学者、画家などが好んで住んでいた。

ただ、深山箏白が告げた丈伏寺の裏手は、まったく雰囲気が異なっていた。

この辺りは西陣《にしじん》と呼ばれる職人の町で、独特な歴史を持っていた。

彦太郎にとっては馴染《なじ》みのない町で、箏白の住まいを探し当てるのもひと苦労だったが、人にたずねながら、どうにか辿《たど》り着いた。

「ここが、源吉長屋か」

あまりに粗末な造りに、彦太郎は半ば呆気にとられた。片側が傾《かし》いでいるために、大風でも吹けば、たちまち潰《つぶ》れてしまいそうだ。住んでいる者たちも、決して上等とは言えない身なりの者ばかりで、それでも子供たちは、元気にはしゃぎまわっている。

「お侍さん、なんぞ御用どすか」

近くにいた年寄が、存外ていねいにたずねてくれたが、

「ここに、深山箏白という絵師がおるときいてきたのだが」

彦太郎が名を告げたとたん、顔中の皺を寄せ集めたような渋面になった。

「あの、ごんたくれか」

「……ごんたくれ」

吐き捨てた老人の台詞《せりふ》を拾うように、彦太郎は呟いた。

もとをたどれば、浄瑠璃の『義経千本桜《よしつねせんぼんざくら》』に出てくる村の鼻つまみ者「いがみの権太《ごんた》」で、ごろつきや困り者という意味だ。一方で、子供を叱るときにもよく使われる。

「ごんたくれ！　ごんたくれ！」

ふたりのやりとりがきこえたのだろう、周囲の子供たちがいっせいにはやし立てた。

こら、と年寄ににらまれて、蜘蛛《くも》の子を散らすように逃げていく。それでも遠くから、同じ声がいつまでも響く。

生まれ育った淀《よど》にいるような、彦太郎は一瞬、そんな錯覚に陥った。

いたずらで手に負えない子供を、やはりごんたくれという。

幼いころ、大人からさんざん投げられた言葉だが、その時分は、言われるたびに半ば得意になっていた。己だけに許された特別のように思えていたそれが、胸に突き刺さったのは十五のときだ。彦太郎は、他人に疎《うと》んじられる怖さを思い知った。

「えろうすんまへんな、お侍さん」

年寄の声で、我に返った。いや、とこたえ、物思いを払うように頭をふる。

「豊蔵《とよぞう》とは、お知り合いどすか？」

「豊蔵？」

「あの絵描きの名ですがな」

そうか、と彦太郎はうなずいた。

「お侍さんは、どないなご用で？」

「おれは……師匠の使いで来ただけだ。おれの師も、やはり絵師でな」

さようでっか、と年寄が、少しばかり驚いた顔をする。

常のとおり、応挙の弟子だと名乗ろうとして、ふいに昨日見た意地悪そうな面《つら》が浮かんだ。虎の威を借る狐だと、その声がよみがえり、またぞろむかつきがこみ上げてくる。

「あやつとは昨日、一度会っただけだが、鼻もちならぬ輩《やから》であったわ」

「ほんまどすわ、豊蔵はまったくしょがない奴で」

つい、本音をもらすと、相手はたちまち話に乗った。

「昼間っから酒ばかり食ろうて、酔わんと描けんとうそぶいとりますわ。ろくすっぽ売れへんくせに、口だけは達者どしてな」

室町のころから伝わる絵師の家系だと吹聴することもあれば、平氏の末裔《まつえい》だとのたまうこともある。挙句の果てには、明《みん》の皇帝の十四代目の子孫だと大言壮語する始末で、すでに長屋の者たちはきき飽いていて、誰も相手にしないという。

「さっき出かけていったさかい、おっつけ戻ってきはりますわ」

箏白の住まいを教えてくれたが、中で待つという彦太郎に、やめた方がいいと年寄が忠告する。

「描いとるものが、えろう気味悪い代物でしてな。うっかり足を踏み入れて、ひきつけを起こした子供もおるくらいで、家ん中はまるで化け物屋敷どすわ」

決して大げさな話ではないのだろう。思い出したように年寄は、己の両の腕をさすったが、逆に彦太郎は興味がわいた。

「おれは侍だからな、化け物が出たら退治してやるわ」

軽口をたたき、年寄に礼を言って長屋を奥へと進む。やはりななめに傾いているように見える絵師の家の前に立ち、立てつけの悪い戸をあけた。

とたんに淀んだ空気と、強い墨のにおいが鼻をついた。一歩中に入ったが、薄暗い屋内に目が慣れるのに、少しばかり時がかかった。

入口から見渡せる、三方の壁一面にびっしりと絵が貼られ、あふれるように畳にも広がっている。襖ほどの大きなものもあれば、軸物のための長細い紙もある。寸法はさまざまだが、両の目が紙の上の黒を捉《とら》えたとたん、彦太郎は洪水のような墨の奔流に押し流されていた。

「これが……深山箏白か」

まるで、台風だった。

吹きつける突風は濃い湿りを帯び、氾濫した墨はとぐろを巻いて襲いかかる。

――筆の達者なら、私の上を行くかもしれん。

応挙の声が、鮮やかによみがえる。

師匠の仰《おつしや》ったことは、嘘ではなかった――。

筆の緻密《ちみつ》さにかけては、師の応挙と並ぶと言っても過言ではない。

しかし描くものには、白と黒ほどの、決して相容《あいい》れない強い隔たりがあった。

ていた。


　応挙の細やかな筆は、何よりも写実に重きをおいた、美しい山水画や花鳥画を生み出す。

　しかし眼前に広がる箏白の筆は、おどろおどろしい魑魅魍魎《ちみもうりょう》が跋扈《ばっこ》する異世界を現出させていた。

　応挙が不快をあらわにし、さっきの年寄が気味悪がるのも道理だ。だが、それが彦太郎を捉えて放さない。引かれるように、ふらふらと足を踏み入れていた。

　畳に散った紙を用心深くどかしながら、壁の絵を一枚一枚、丹念にあらためる。

　描かれているものは、決して化け物のたぐいではないのだと、彦太郎は気がついた。

『久米仙人図《くめせんにんず》』、『竹林七賢図《ちくりんしちけんず》』、応挙が池大雅のもとで見た屏風とは別物だろうが、『寒山拾得図』もある。画題はいずれも故事や伝説にちなんだありふれたもので、唐《から》風の背景や装束で描かれるのも、山水画の手法を踏襲している。しかし、おそらく誰も、七賢や仙人だとは思うまい。

　応挙は獣と言い、長屋の者たちは化け物と評した。しかし彦太郎には、そのひとりびとりは極めて人間くさいように思われた。

　久米仙人は、奈良の久米寺の開祖とされるが、吉野川で洗濯する娘に欲情して神通力を失い、地上に堕《お》ちてやがて女と夫婦になったと伝えられる。

　脛《すね》をあらわにした若い娘をながめる久米仙人は、狒々爺《ひひじじい》のようないやらしさをたっぷりと含んでいるが、そこには夫婦となったふたりの、満ち足りた空気も感じられた。ふたりをとりまく草木は、まるで熱帯のように生い茂り、あばら家の卓や筵《むしろ》には、ことさらていねいに奇怪な紋様が刻まれている。木も蔦《つた》も、調度すらもひそやかに息づいているような世界に、ふたりは安穏としているのである。

どの絵にも同様の息遣いがきこえ、その生臭さに耐えかねて、人は顔をそむけたくなるのだろう。

だが彦太郎は、そこからどうしても目を離すことができなかった。

下手くそな絵だ——。子供時分から彦太郎は、誰の絵を見てもまずそう思った。ごく稀《まれ》に、すごいと思える画《え》に出会えても、すべて過去の大家の遺物だった。当代の画家の絵に、震えるほどの衝撃を受けたのは、円山応挙が初めてであり唯一無二でもあった。

震えといっても、からだがわななくわけではない。血が震えるのである。

まったく同じ感覚に、いま彦太郎は支配されていた。

感じるのは、畏《おそ》れであった。

とても敵《かな》わない、という畏れが血を冷やし、一方で沸々とわいてくる憧れが、その血を全身にめぐらせる。いつしか身動きがとれず、雁字《がんじ》がらめになっていた。

墨の洪水の中に座り込み、どのくらいそうしていただろうか。

ふと背後をふり返ると、戸口に蒲のようなひょろ長い影があった。

「人の留守に勝手に上がり込んで、何しとるんや」

もともと人好きのする顔ではないが、昨日よりさらに不機嫌に見える。

だが、薄暗い座敷に座り込んでいる彦太郎を認めると、意外にもすぐに表情をほどいた。

「なんや、おまえか」

絵を勝手に見ていた後ろめたさはあって、彦太郎は何を返すこともできずにいたが、豊蔵は拍子抜けするほどあっさりと、彦太郎を黙認した。

どうやら昼間から、一杯引っかけてきたようだ。かすかに酒のにおいがした。土間の水がめから、柄杓《ひしゃく》でごくごくと水を飲む。貧相な喉が上下して、満足そうな息をついた。

「おまえ、その絵が気に入ったんか」

まるで幻術を見せられてでもいたかのように、それまで豊蔵の絵にあてられていた。彦太郎は我に返り、目の前の絵をあらためてながめた。

「『柳下鬼女図《りゅうかきじょず》』や。満足のいく出来とは言えんが、鬼女の髪はまあまあやろ。髪ばかりにこだわった挙句、根が尽きてしもうてな、柳にまで手がまわらんかった」

折り重なるように壁や畳を埋め尽くす絵は、どれも面妖なものに満ちている。その中でも、もっとも不気味な一枚だった。

一本の裸の柳と、鬼女。

人の背丈ほどもある、ほぼ正方の大きな紙に、それだけが描かれていた。

二本の角《つの》を生やし、かっと口をあけた鬼女は、柳の樹上を恨めしげににらんでいる。豊蔵が言ったとおり、鬼女の髪はこれでもかというほど丹念に筆を入れられ、鳥の巣のごとくもつれたさまは、ちぎれとぶ真綿のようだ。逆に柳の枝は、簡素な細い線だけだが、髪と同じに真横になびき、荒野に吠える木枯らしの音をはこぶ。

気に入ったのかと言われれば、そうかもしれない。

夫に捨てられた女が、鉄輪《かなわ》を頭に巻いて生霊《いきりょう》と化す。謡曲の『鉄輪』が思い浮かんだが、すぐに打ち消した。恐ろしいはずの鬼女の顔は、じっと対峙《たいじ》しているうちに、彦太郎には違うものに見えてきた。

「この鬼女は、滑稽だな」

強い慟哭《どうこく》のあまりに、滑稽なほどに顔が崩れてしまった。彦太郎にはそう思えた。女からただようものは、『鉄輪』のような恨みではなく、鬼と見紛《みまが》うほどに打ちひしがれた女の哀れさだった。

滑稽だからこそ、悲しい。

びょうびょうと鳴る風は、荒野ではなく、女の胸の中に吹いているのだろう。

「そうか、その鬼女は滑稽か」

不満そうにはきこえなかった。豊蔵はがさがさと畳の上の絵をどかし、尻を落ち着けた。

六畳にも満たない狭い座敷だ。近づくと、酒のにおいが鼻をついた。

「で、今日は何や。さっそくわしに絵を習いにきたんか？」

「京随一の師匠がおるのに、誰がおまえなぞに教えを乞うものか」

ようやく彦太郎が、いつもの調子をとりもどす。

「先生の使いで、仕方なく足をはこんだまでよ」

「応挙が、わしに何ぞ用か」

返事の代わりに、紙に包んだ銀を畳にすべらせた。

「先生からの見舞いだ……怪我をさせてしまったからな」

昨日、彦太郎が殴った跡だろう。顎にはうっすらと紫色の痣《あざ》が残っている。よくよく詫びるよう言われてきたが、それだけは意地でも嫌だった。相手も別に気にするふうもなく、

「ふうん、そりゃごていねいに」

ひょいととり上げて、手の上で重さを確かめると、さっさと懐に仕舞いこむ。あまりにあっさりした態度に、彦太郎は疑いのまなざしを向けた。

「お主《ぬし》やはり、はじめから金目当てで、あのような真似をしたのではなかろうな？」

「ちゃうちゃう。祇園《ぎおん》へ出掛けた帰りに、通りがかったに過ぎん。四条に入ると、あちこちで応挙、応挙とうるそうてな。いっぺん顔でも見たろか思うて、寄ってみただけや」

「それだけか」

怒るより先に、彦太郎は呆《あき》れてしまった。

「ほな、金もできたし、行くとするか」

「行くって、どこへだ？」

いま帰ったばかりだろうにと、立ち上がった豊蔵を仰ぐ。

「祇園や。馴染みの顔を見にいったんやが、昨日は会えへんかった。今日はおるときいたさかいな」

「おまえのような男に、馴染みの女がいるとはな」

嫌味は気にも留めず、豊蔵は彦太郎を押しのけて壁に手を伸ばした。

「大事なものを忘れとった……これと、こっちゃにしよか。あとは……ま、これでええやろ」

壁に貼られた絵の中から、三枚を剝《は》がし、手際よく丸めて糸で結んだ。彦太郎が、先刻とっくりとながめた『久米仙人図』も入っており、最後に手にしたのは、あの『柳下鬼女図』だった。

「そのような恐ろしげなものを見せても、女は喜ばんぞ」

「おもしろがる茶屋女も、中にはおってな」と、豊蔵はにんまりした。

用も済んだことだし、彦太郎も一緒に、狭い座敷から外へ出た。長屋の年寄が、ここを化け物屋敷だと言ったのは、あながち間違いではなかった。外の空気を吸うと、得体の知れない世界から現世へ舞い戻ったような、そんな錯覚を覚える。

さきほど豊蔵が語ったとおり、この上京からなら、祇園も四条も同じ方角になる。なんとなく、連れ立って歩くことになった。さっさと先に行ってもよさそうなものだが、彦太郎は、豊蔵が抱える三枚の絵が気になっていた。

もう一枚は『叭々鳥図《ははちょうず》』で、枝にとまった黒い鳥が一羽、描かれていた。三枚の中では、唯一まともな水墨画に見えるが、やはりどこか異質だった。

遊郭には、和歌や絵をたしなむ娼妓《しょうぎ》も少なくない。けれど女の身で、あのような絵を受け入れる者が果たしているのだろうか——。疑心と、半ば期待もあって、どんな女か興味がわいた。

叭々鳥は唐からもたらされた椋鳥《むくどり》くらいの黒い鳥で、人語を真似、人によく懐《なつ》く。飼い鳥として親しまれているが、絵の中の叭々鳥に、その片鱗は見えない。周りの一切から身を守るように、枝にじっとうずくまり、見開かれたその目は何も見ていない。ただ虚無を凝視する、孤独な目だった。

あの鳥は、この男に似ているのかもしれないと、彦太郎はちらりと隣をながめた。

豊蔵は、通りの店々を覗《のぞ》いていたが、一軒の酒屋で足をとめた。

「そや、もうひとつ土産を買わんとな」

「これから祇園に行くのに、どうして酒が要《い》るんだ」

怪訝な顔の彦太郎を残し、さっさと暖簾《のれん》を潜《くぐ》る。待つほどもなく酒屋から出てくると、自分は三枚の絵で手一杯だと、ぶら下げた二升樽《だる》を彦太郎に押しつけた。

「祇園まで、荷物持ちをするつもりはないぞ」

「そう言うな。下河原《しもがわら》やから、たいした道のりやあらへん」

「下河原だと？　祇園のはずれではないか」

四条はもう、すぐそこだった。鴨川《かもがわ》にかかる四条の橋は、仮に架けられた板橋で、この仮橋を渡ると、祇園町が見えてくる。四条河原には芝居小屋が立ちならび、祇園八坂《やさか》神社には参拝客が詰めかける。そのあいだに位置する祇園町は、いまや嶋原《しまばら》遊郭をしのぎ、京でもっともにぎわう花街であった。

しかし祇園下河原は、八坂神社からさらに奥まった、高台寺《こうだいじ》の門前にある。

彦太郎も、酒と女には目がない。つい釣られてしまったが、そんなところまでつき合う己が、急にばかばかしく思えてくる。

それでも彦太郎は、応挙の画塾へ帰る道を辿らずに、二升樽を手に豊蔵に従った。

四条に出ると東に向かい、仮橋を渡り、八坂神社の門前を南に折れ、高台寺を過ぎた。着いたところは、一軒の茶店であった。

「ここなのか？」

彦太郎が、当てが外れた顔をする。いわゆる遊女や芸妓を呼ぶたぐいの店ではなく、参詣客相手の腰掛茶屋である。

丸っこい味わい深い字で、「松や」と染め抜かれた小さな旗が、軒に揺れていた。

高台寺は、秀吉《ひでよし》の妻ねねが、亡き夫の菩提《ぼだい》を弔うために建立した。名はねねの院号である、高台院にちなむ。茶室などは伏見城《ふしみじょう》から移築され、桃山時代の風格を色濃く残す寺だった。

東には清水寺《きよみずでら》へ通じる三年坂《さんねんざか》がある。参詣客が絶えることはなく、茶店は繁盛しているようだ。ふたりの茶汲《ちゃく》み女が、忙しそうに立ち働いていた。

同様の茶店が点在するが、豊蔵はそれらを素通りし、ずんずん奥へと入っていく。

「おい、どこへ行くつもりだ。この先は道すらないではないか」

この辺りは祇園林と呼ばれ、未だに濃い緑を呈した木々に囲まれていた。

「こっちが近道なんや」

と、豊蔵は構わず、林の中に分け入っていく。彦太郎も仕方なく後を追った。

林を抜けると、丈の高い雑草に埋もれるように、茅葺《かやぶき》屋根が見えてきた。

「どや、なかなか風流な庵《いおり》やろ」

風流というより、見事なまでのあばら屋だ。まるで風雨にさらされながら、何十年も置き去りにされていたようで、立っているのが不思議なくらいだ。

「ここに本当に、人が住んでおるのか？」

狐狸《こり》のたぐいが潜んでいそうで、夜なら間違いなく化け物屋敷と思うだろう。

それでも開けっ放しの入口から豊蔵が声をかけると、すぐに愛想のいい女の声が応じた。

「豊蔵さん、ようおいでやす。昨日は無駄足させて、かんにんえ」

田舎家ふうの広い土間の奥から、丸い顔がのぞいた。

馴染みの女というには、少々歳が行き過ぎている。五十に届く頃合だろうか。世辞にも器量良しとは言いがたい。ただ笑顔だけは、からだと同じにふっくらしていた。

「あら、めずらしい。お連れさんどすか？」

「こいつも絵師でな、まだひよっ子やが」

「人を子供呼ばわりするな」

すかさず文句をつけたが、女はいかにも嬉しそうに、両の頬いっぱいに笑みを広げた。

「まあまあ、そうどすか。ささ、どうぞ上がっとくれやす」

彦太郎は草履を脱ぎながら、豊蔵にだけきこえる声で皮肉を言った。

「茶屋にしては、店も女も色気がないな」

「そらそうや。あのかみさんも絵師やさかいな」

「何だと！」

女絵師というだけでもめずらしいが、どこからどう見てもあたりまえの――それも町屋ではなく、百姓の女房といった方がしっくりくる。丸みを帯びた顔や姿からは、絵師らしいとんがりは何も感じられない。

「号は玉瀾《ぎょくらん》、名はお町《まち》さんというんやが」

「玉瀾……きいたことがあるな」

口の中でころがして、あっ、と思わず叫んでいた。

「ここは、もしや……」

彦太郎が言うより先に、この家の主《あるじ》が顔を出した。

「おったか、秋平《しゅうへい》さん。邪魔するで」

「よう来はったな、豊蔵さん。昨日はえろう、すんまへんどしたな」

小柄な姿も丸顔も、びっくりするほど女房とよく似ていた。絵師らしい気取りや偉ぶるところがないのも、やはり女房とならぶ。

「池大雅先生にございますか」

円山応挙とならび称される人気絵師は、おっとりとうなずいた。

第二章・大雅《たいが》と玉瀾《ぎょくらん》

「もう、そのくらいにしといたらどうや。相変わらず、長い挨拶やな」

豊蔵《とよぞう》に言われ、彦太郎《ひこたろう》はいったん畳から顔を上げたが、肝心の絵師は、未だに深く辞儀をしている。あわてても一度、頭を下げると、豊蔵はため息をついた。

「秋《しゅう》さんにつき合《お》うとったら、日が暮れるで。挨拶の長いことにかけては、右に出る者がおらんさかいな。いったん手をついたら、煙管《キセル》を一服するまで頭を上げんと評判や」

礼儀正しいというよりも、間が悪い。ちょうどよく顔を上げられないから、互いにいつまでも頭を下げ合うことになる。本人はいたって真面目なのだが、挨拶と同じに、世間とは万事においてずれている。

それでも師の応挙《おうきょ》は、大雅《たいが》のそういうところを、好ましく思っていた。

「だからこそ池《いけの》先生は、慢心とは無縁であるのだ。あれは生来のお人柄であろう」

人は貧すれば鈍するし、奢れば尊大となる。大雅にはそれがない。

七歳にして、書を披露して神童と呼ばれた。書家としては若くして名を成したが、暮らしは変わらず苦しく、それでも大雅は恬淡《てんたん》としていた。書の延長で絵をはじめ、売れるようになったのは四十を越えてからだ。今年の『平安人物志』では、円山《まるやま》応挙、伊藤若冲《いとうじゃくちゅう》に次いで、三番目に名が記されており、四人目は与謝蕪村《よさぶそん》であった。

人気絵師となっても、暮らしは何も変わらない。大雅も、妻の玉瀾《ぎょくらん》も、物欲とは無縁であったからだ。立場にかかわらず、世俗の垢《あか》にまみれぬのもそれ故だと、同じく質素を旨とする応挙はたいそう敬っていた。

大雅は応挙よりちょうど十歳年上の、五十三になり、妻の玉瀾は夫の四つ下になる。豊蔵は、さらに大雅とは歳が離れている。二十もの開きがあるのだが、それにしては態度がでかく、大雅のことも池野秋平《いけのしゅうへい》の通り名で呼んでいた。逆に大雅は、誰に対してもていねいな話しぶりだ。

「そうどすか、円山先生のお弟子さんどしたか。源琦《げんき》さん言わはりましたか、あのお方をはじめ、幾人かのご門人とは会《お》うたことがありますが」

十五の歳に内弟子となり、七年が経《た》つと、彦太郎は己の来し方を語った。

「吉村胡雪《よしむらこせつ》のお名は、きいとります。若いのに、えろう筆が立つそうどすな」

意外にもこの大家は、彦太郎の号を覚えていたが、それははなはだ不名誉な理由からだった。

「いっぺん、円山先生のもとを破門されたそうですな」

邪気がないから、悪口のつもりもない。単に印象深かったのだろうが、彦太郎はいますぐ庵から逃げ出したくなった。

「ほんまか」

豊蔵はびっくり顔でふり向いたが、ああ、と思い出したように、玉瀾が声をあげた。

「たしか、先生のお描きになった手本に直しを乞うたという、あのお弟子さんどすか」

さもおかしそうに、玉瀾はころころと笑う。

入門して二年ほどが過ぎた、彦太郎が十七のときだ。弟子はまず模写からはじめさせられる。手本を渡され、日がな一日それを写すだけの退屈さに、彦太郎は飽いていた。ある日、いたずら心がわいて、応挙の描いた手本を、さも自分の作のように持っていった。

「よく描けてはいるが、この線はまだ弱いな。ここはこう、このように描かねば」

師匠が自分の絵に自分で直しを入れるあいだ、彦太郎は笑いを堪《こら》えるのにたいそう苦労した。

応挙が気づかなかったのは、それだけ彦太郎の模写の腕が人並外れていたからだ。当時は、手本をそっくり真似るのが精一杯だったが、いまの彦太郎なら、画題に沿った応挙風の絵も難なく描ける。

一方でその器用さが、同門の弟子たちには小面憎《こづらにく》く映るのだろう。このときも他の弟子から、師の耳に伝わった。応挙はたしかに面白くなさそうな顔はしたが、同時に、気づかなかった己の不徳も口にした。しかし他の弟子たちがことさらに騒ぎ立て、とうとう彦太郎の方が我慢がきかなくなった。

「武士の子たるもの、責めを厭《いと》うつもりはありません」と、自ら破門を願い出た。

郷里の淀に帰ってみたが、すでに自分の居場所はない。三月《みつき》もせぬうちに、四条に戻って詫びを入れた。もとより応挙には、破門の意図はなかったのかもしれない。すぐに許されて、また内弟子に戻った。

「とんだ、ごんたくれやないか」

「おまえにだけは言われたくないわ」

「ま、すまし顔で己の絵に直しを入れる応挙は、わしも拝みたかったがな」

意地の悪いひと言だけは、豊蔵は忘れなかった。


「たいしたおもてなしもできまへんが、たんと召しあがっとくれやす」

女房はいったん外へ出ていき、それから半刻《はんとき》もせぬうちに、外から料理が届けられた。

「『松や』に頼んで、近くの料理屋に使いを出したんですわ」

「あの茶屋は、お町《まち》さんの実家《さと》でな」と、豊蔵は注釈した。

――おもしろがる茶屋女も、中にはおってな。

ここへ来る道すがら、そんなことを言ったのは、豊蔵の洒落《しゃれ》のようだ。

いまは同じ祇園林にある、別の茶屋の主人に任せきりだと玉瀾は笑い、客の前に、鉢や皿を次々とならべた。賀茂《かも》ナスの田楽、壬生菜《みぶな》と油揚げの炊き合わせに、鯖鮨《さばずし》まである。いたって質素な暮らしぶりだとの評判とは食い違う。結構なごちそうに、彦太郎がとまどった顔をすると、

「ここは客への馳走《ちそう》だけは、けちらんさかいな」

察したように豊蔵は、にやりとした。

「ふたりで公家に招かれたときも、さえない身なりで行きよって、大原女《おはらめ》と間違われそうになったそうや。それでいて持っていった土産は、見事な鯛でな、ようわからん夫婦や」

「あれでも糊《のり》を利かせた、一張羅どしたんえ」と、玉瀾は屈託がない。

大原女とは、いわば田舎女と揶揄されたに等しいが、夫と同じ古びた着物をまとい、眉さえ剃っていない妻は、やはり少しも気にしていないようだ。

「豊蔵さんこそ、今日は豪勢どすな」

「ちいと金が入ったのと、呑む口がひとつ増えたさかいな」

いつもは一升の貧乏徳利がせいぜいだと、豊蔵はつけ加えた。からだつきと同じに、刺々《とげとげ》しさばかりが目立つ男だが、この夫婦の前では角がとれるようだ。しごくくつろいだ表情になっていた。

「さ、おひとつ、どうぞ」

この家には、銚子《ちょうし》はひとつきりしかない。豊蔵は酌をされるのが嫌いらしく、柄杓で直《じか》に樽から酒をくんで茶碗にそそぐ。玉瀾が向けた銚子を、彦太郎は急いでとめた。

「私より、池先生をお先に。さしつかえなければ、私からご一献《いっこん》さしあげたいのですが」

「うちの人は、お酒はあかんのどす。一滴も呑めしまへん」

「そうなのですか」と、彦太郎がたちまち恐縮する。

「どうぞ気にせんといておくれやす。私はこれさえあれば十分ですさかい」

大雅がにこにこと、麦湯の入った茶碗を示す。

「秋さんは、三々九度まで麦湯でしはったそうやからな」

「では、この酒は、先生への土産ではなかったのか」

彦太郎が、じろりと豊蔵をにらむ。

「心配あらへん、お町さんはいける口や」

下戸《げこ》の夫の前で、妻が呑むなど、きいたためしがない。けれど豊蔵の言葉どおり、玉瀾は彦太郎に酌をすると、自分の茶碗にもたっぷりと酒を満たした。思いきりよくあおり、満足そうな息を吐く。妻の横で、夫は嬉しそうに麦湯をすする。

「豊蔵さん、もうひとつの土産を見せとくなはれ」と、大雅が言った。

「おお、そうやった」

豊蔵が、持参した三枚の絵を広げた。黒い鳥の絵だけは掛け軸ほどだが、あとの二枚は襖絵ほども大きく、狭い床いっぱいに広がった。

「おや、まあ」玉瀾が、興味深げに見下ろして、

「相変わらず、手が込んどるのう」と、大雅もしげしげとながめる。

「どや、またしばらく預かってくれへんか」

「もちろんや。豊蔵さんの絵は面白うおますさかいな」

ふたつ返事で、大雅が承知する。

「変わり者の客が多いんやろ、ここに置いとくと、買《こ》うていく奴がおってな」

どうやらこの庵を、豊蔵は己の出店代わりに使っているようだ。

「そうそう、忘れるとこやったわ。だいぶ前に預かった、『寒山拾得図《かんざんじっとくず》』も売れたんどすえ。代銀を渡さなあきまへんな」と、玉瀾が手を打った。

師の応挙が目にしたという絵に違いない。ひと目見てみたかったと、がっかりしている自分に、彦太郎は自身で驚いていた。

「あの絵が売れるとは、酔狂な奴はおるもんやな」

「京随一の絵師にしては弱気だな。昨日は己で、そう豪語していたろうが」

「むろん、わしが京随一やが、才というのは往々にして、世人にはわからんさかいな」

と、豊蔵はまったく悪びれない。

玉瀾が、隣へつづく襖をあけた。とたんに粗末なボロ家に、光があふれた。

窓の向こうに、風光明媚な仙境が広がっている――。

一瞬、そう錯覚していた。隣座敷に立てられた、大屛風に描かれた絵だった。

「あれは……池先生のお作ですか？」

「さようです。瀟湘《しょうしょう》八景《はっけい》を描いたものどす」

遠目でとっくりとながめてから、近くで拝見したいと乞うと、大雅はどうぞという。

瀟湘は唐にある湖水地帯で、古くから山水画の題材とされてきた。大雅の絵は、彦太郎も初めてではない。ただ、前にはそれほど深い感慨を覚えなかった。

「秋さんの筆は、いつ見てものびやかやなあ」

あれほど応挙をけなしていた豊蔵も、感心したように呟いた。

明るく、広く、大らかな絵だった。

光は満ち、風は薫《かお》り、木は囁《ささや》き、山はまどろむ。

見る者の胸に、さわやかな気をいっぱいに送りこむ。ことさらそう感じられるのは、豊蔵の、深山筝白の絵に触れたためかもしれない。まるで地獄と極楽ほどに、両者の世界はかけ離れていた。

ただ、彦太郎が惹かれたのは、大雅の画風ではない。画面の岩や幹を彩る、細かな点だった。

「これはもしや……柳の葉ですか？」

ふり向いて問うた彦太郎に、大雅はうなずいた。細長い柳の葉を、線で表すことはあっても、点にはまずしない。その点描《てんびょう》こそが、この絵に独特の動きを与えていた。色や密度を微妙に変えて、ただの絵具の一滴に過ぎない点が、ちらちらと光る木もれ日や、風のそよぎを感じさせる。

大雅は、点描の画家とも評される。その斬新さに、彦太郎はとらわれていた。

「ちょっと、よろしいか」

鑑賞を終えるのを見計らい、玉瀾が屏風を横にどかせた。驚いたことに、その下の毛羽立った畳を、よっこらしょともち上げる。床下を物入れ代わりにしてあるようで、中から無造作に小ぶりの甕《かめ》をとり出した。仮にも人前で、不用心もはなはだしいが、

「大枚を盗まれても、この夫婦は蚊に刺されたくらいにしか思わんのや」

実際に壁に穴をあけられて、三十両もの大金を奪われたことがあるという。彦太郎は呆れたが、大雅はまったく気にしていない。

「暑い盛りやったさかい、風通しがようなってよろしおました」

「日頃は四、五十文もあれば、十分どすからな。もしものときのために、こうして少しは蓄えとりますが」

言いながら女房は、豊蔵に金をさし出した。一分銀二枚だが、豊蔵は少し考えて大雅に言

った。

「これで金泥を、分けてもらえんやろか。あの絵に使いたいんやが」

広げたままの、『久米仙人図《くめせんにんず》』をさした。

「そら、ええなあ」

大雅はすぐさま同意して、心得た妻が、隣座敷の床の間脇から、金泥に加え、筆と絵皿を仕度する。金泥は、金を粉末にしたもので、温めながら膠《にかわ》と水で溶く。

豊蔵は火鉢を借りて、隣座敷に移った。床に絵を広げ、金泥を指で溶かしはじめた。

追い出された格好の彦太郎は、居間に戻り、夫婦と話に興じた。

「昨日までは、近江八幡《おうみはちまん》におりましてな。琵琶湖はやはり、ええもんどすなあ」

大雅は旅好きで、思いつきでふいに長旅に出ることもある。玉瀾が言った、もしものときとは、その路銀のことだった。若いころは、江戸、日光、北陸と、大雅はあらゆる場所を旅して歩き、また、富士はもちろん立山《たてやま》や白山《はくさん》と、山登りも好んだ。

「とはいえ、ここ十年ばかりは、長旅は難しゅうなりましてな」

歳に加え、人気絵師としての忙しさもあるようだ。残念そうに告げたが、数日の旅なら未だにちょこちょこと出ていくという。

絵そのものが深呼吸するような、大雅の大らかな風景は、まさしく旅のたまものだった。

大雅とは反対に、応挙はほとんど京から出ることがない。応挙の目は、鳥の羽、獣の毛皮、あるいは一枚の葉に注がれた。さらには水の流れ、川面《かわも》を覆う霧、枝に残る雪。身近なあらゆるものが、応挙の写実の手本となった。

「おふたりで、旅に出ることもあるのですか?」

「うちは、ついていかしまへん。この人には、旅仲間がおりますさかい」

玉瀾が、目を細めた。夫婦は子供こそ授からなかったが、大勢の良き友に恵まれていた。

「旅仲間とは、もしや……」

彦太郎は、隣座敷に目を向けた。細筆を持ち、絵にかぶさるようにしているが、こちらに背を向けているから表情は見えない。

「豊蔵さんも旅好きなんやが、ひとり旅がお好きでな」

「なして三人も四人も、団子のようにくっついて歩かんといかんのや、とこうどすわ」

すでに茶碗、四、五杯はあけている。いっそう陽気になった玉瀾が、豊蔵の口真似をした。思わず吹き出しそうになるほど似ていたが、隣座敷からは何も返らない。

「ああなると豊蔵さんは、絵に呑み込まれてしまうさかいな。何もきこえんし、見えんようになる」

のんびりと、大雅が言った。まるで隣座敷が、見えない壁に囲まれてでもいるように、豊蔵は日が暮れるまで、三人に見向きもしなかった。

「えろう、盛り上がっとるな」

豊蔵が、呆れたように口をあけた。

ようやく絵を仕上げ、もとの座敷に戻ってみれば、三人はすっかりできあがっていた。

大雅は三味線を抱え、玉瀾は琴をかき鳴らしている。座は完全に宴席と化していた。

「お町さんはともかく、酒も入らんのに、ようそこまで酔えるもんやな」

麦湯しか飲んでいないはずの大雅は、三味線に合わせ唄まで披露している。

一方の豊蔵は、自身も呑みながら描いていたが、いくら呑んでもたいして酔えぬたちだった。

「おまえは、何しとるんや」

豊蔵が、彦太郎に怪訝な目を向ける。

「独楽《こま》だ」

と、得意そうにさし出す。目はとろりとして、まわりが赤らんでいた。

「見ればわかるがな。そんなもん、どっから出してきたんや」

「彦さんはな、独楽回しの達人なんえ」

ひとっ走りして近所の子供から借りてきたと、玉瀾が語る。ろれつはかなりあやしく、すでに着物の両袖を抜き、上は襦袢《じゅばん》姿になっているが、これもいつものことだ。

「大道芸の真似事かいな」

豊蔵は洟《はな》も引っかけなかったが、彦太郎は調子よく声を張り上げた。

「とざいとうざい、これよりお見せいたしまするは、吉村彦太郎が曲独楽にござりまする」

よっ、待ってました、と夫婦から威勢のいいかけ声がかかる。

彦太郎は狭い縁側に出て、板の間で独楽をまわし、ひょいともち上げて人差し指にのせた。独楽は倒れることなく、彦太郎の指先でまわりつづけている。思わず豊蔵も、目を見張った。

彦太郎は、そのまま隣座敷に入っていく。目指しているのは、大雅の瀟湘八景が描かれた屏風のようだが、足許はおぼつかない。豊蔵はあわてて、金泥を施したばかりの己の絵をどけた。

「皆々さま、ようくごろうじろ。独楽の屏風渡りにございます」

彦太郎は、指先を屏風の端に持っていった。独楽がついと指から屏風に移り、右から左へとゆっくりと動き出す。ほおっ、と夫婦から、感嘆のため息がもれた。彦太郎が屏風の背にまわり、微妙な加減でもち上げているのだった。

六枚の面をもつ、六曲一隻《ろっきょくいっせき》の屏風である。五つの折れ曲がった山を、独楽は難なく渡っていき、左端に着いたところで、落ちた独楽をぱっと手で受けとめた。

大雅も玉瀾も、やんややんやの大喝采だ。

「お次はいよいよ、曲独楽の大技、刃渡りにござります。ほんのわずかな風ひとつで、独楽が揺れますので、どなたさまも息を詰めてごろうじなさりませ」

ふたたび縁で独楽をまわすと、彦太郎は己の刀をとり上げて、すらりと抜いた。刃を上にして構え、ひょいと独楽をその上にのせる。独楽の回転を止めぬため、先刻と同じ早業《はやわざ》だった。刃渡りは二尺三寸ほど、独楽は刀の鍔《つば》から一尺ほどのところにある。

彦太郎が用心深く刃先をわずかに下げると、独楽はそちらへ向かって動き出した。この家の主夫婦はもちろん、豊蔵も固唾を呑んで見守った。

座敷は緊張をはらんだ静けさに満たされて、虫の声すら三人の耳にはきこえていない。独楽はけなげに回り続けながら、己の軸より細い刃の上をゆっくりと渡る。刃先の大きな曲がりを落ちそうになったところで、ぽん、と独楽は大きく宙にはね上げられて、彦太郎の手の中に納まった。

口上どおり、それまで息をすることを忘れていた三人が、同時にはあっと息を吐く。次いで大喝采が起きた。大雅と玉瀾はもちろん、豊蔵もこれには拍手を送る。

日頃のきかん気の強さなど、おき忘れてきたように、彦太郎も満面の笑みになった。

「まるで、子供みたいやな」

豊蔵が苦笑ぎみに呟いた。独楽芸の興奮はなかなか冷めやらず、今度は席画会になった。

絵師が四人そろっているのだから、当然の成り行きでもある。

「こないなことになるんなら、もっと仰山《ぎょうさん》買《こ》うとくんでしたな」

玉瀾は押入れから白扇子を出してきて、ひのふのみと数える。ひとり三本はあたると、豊蔵と彦太郎にさし出した。

「懐かしおすなあ、昔はよううちの人とこうして、扇やら軒行灯《のきあんどん》やらに書画を書いたもんどっせ」

「お町と一緒になる前から、私は扇屋をしとりましてな」

書画の才を生かそうと、十五のときからはじめたと大雅が語った。

「これがさっぱり売れまへんでな。風呂敷かついで美濃《みの》や尾張《おわり》まで売りに行ってもあかんどした。帰りに瀬田《せた》の大橋から、みぃんな川に投げ入れてしまいましたわ」

「それはまた、もったいない」と、彦太郎は残念そうな顔をする。

「人さまの役に立たんのなら、せめて竜神さまに使《つこ》うてもらおう思いましてな」

大雅らしい、朗らかな冗談だった。一本目はその大雅が、文句なしの一席となった。

「これは見事やな。月のない『洞庭秋月図《どうていしゆうげつず》』なぞ、はじめてや」

豊蔵が思わずうなった。洞庭湖は、大雅の屏風にあった瀟湘八景に近い大湖である。大雅の達筆で「洞庭秋月」と記されて、湖をわたる小舟の上に、横笛を吹く男が小さく描かれていた。この絵の主題たる月はどこにもなく、あとは一面、細くうねうねと波打つ線ばかりだが、このさざ波だけで、湖面に照り映える月明かりが感じられる。

「こちらも負けてはおられまへんな」

玉瀾が発奮し、二枚目は豊蔵と甲乙つけがたいところであったが、玉瀾の『瓢鯰図《ひょうねんず》』に軍配が上がった。丸い瓢簞《ひょうたん》で、ぬるりとした鯰《なまず》をつかまえる。いわゆる「鯰に瓢簞」で、とらえどころがないという意味だ。鯰がことに愛嬌があると誰もが評したが、

「うちの先生の、手本どおりの鯰どすわ」と、玉瀾は謙遜した。

「おれもこのあたりで本腰を入れねば、席画の胡雪の名が泣くわ」

彦太郎が、俄然やる気を出した。負けず嫌いもあるのだろうが、軽妙洒脱と感性が問われる席画には、それなりに自負があるようだ。扇の形に沿うように、軸に近い下三分ほどを、墨で塗りつぶした。そして、上に残った白い面に、ごく細かな模様をならべる。帆を上げた、舟であった。二十ほどの舟が行列をなし、後ろへ行くほど小さくなり、やがては点となる。

「なんじゃい、これは？」豊蔵が首をかしげ、

「墨が海やとすると、舟が空へ向かってのぼっていくようどすなあ」と、玉瀾が受けた。

「舟やのうて牛車《ぎっしゃ》なら、月へ帰ってゆくかぐや姫なんやが」

やはり大雅も見当がつかぬようだ。ふふん、と彦太郎は、得意そうに胸を張った。

「これは海ではなく、鯨の背中でござる」

あっ！　と三人が、同時に叫んだ。舟は鯨取りの船団で、『捕鯨図《ほげいず》』だと彦太郎が告げた。

「なるほど……黒い鯨の向こう側に、海が広がっとるんやな」

「そう言わはりますと、ほんまそないに見えますなあ。おもろい判じ物やわ」

夫婦はしきりに感心したが、豊蔵だけは食い入るように捕鯨図を見つめている。

「小僧、おまえ……伊勢《いせ》におったことはないか？」

「おれは小僧ではないし、伊勢に暮らしたためしもないわ」

「嘘をつくな！　たしかにおったはずや」

つかみかからんばかりの勢いで、豊蔵は彦太郎に詰め寄った。

「豊蔵さん、急にどないしはったん」

玉瀾がたずね、大雅もとまどった顔をする。しかし豊蔵は、ふたりのことなど眼中になかった。

「よう、思い出せ。おまえがもっと細《こま》いとき……たぶん、七つ八つのころや」

「おれは生まれも育ちも淀だ。京に上るまでは、淀を出たことすら……」

と、彦太郎が、待てよという顔をした。

「そういえば、一度だけ伊勢に行ったことがある。父上に連れられて、お伊勢参りに行ったのだ。あれはたしか、七つだった」

「やはり、そうか……あれは、おまえか」

悄然《しょうぜん》とうなだれて、ふらふらと座を離れる。

三人に背を向けて縁に座し、豊蔵はそれからひと言も口をきかなかった。

第三章・砂絵師

身内を亡くしてからは、懐かしむほど良い思い出には恵まれていない。

それでも伊勢にいたあいだは、楽しかった。

となりに木沢惣之助《きざわそうのすけ》がいたからだ。惣之助は、行くあてのない豊蔵《とよぞう》を拾ってくれた。


両親と長兄が相次いで死に、豊蔵は家を失った。十三のときだった。

幼い妹は親類に預けられたが、豊蔵は大坂《おおさか》の米屋に奉公に出された。けれど商売も主人も雇い人も、何もかもが豊蔵にはなじまなかった。米屋にとっても、はなはだあつかい辛い奉公人だったのだろう、毎日叱られどおしで、一年も経たぬうちに豊蔵は逃げ出した。

いったんは京に向かったが、すぐに食い物に事欠いて、伊勢を目指すことにした。

抜け参りと称して、柄杓一本たずさえていれば、途中の家々から米や銭をめぐんでもらえる。そうきいたからだ。伊勢へ向かう者たちへの施しは、功徳のひとつとされていた。

国中から参詣者が詰めかける伊勢は、この世の華美をすべて集めたような街だった。旅人もここでは金を惜しまない。撒《ま》き銭《せん》なぞも茶飯事で、物乞いでもすれば食うには困らなかったろうが、人に媚《こび》を売るのが何より嫌いな性分だ。道に落ちた銭を拾いながら、半月ほどはしのいだが、豊蔵は途方に暮れていた。

木沢惣之助に会ったのは、そんなときだった。

月代も髭《ひげ》も剃っていない、ひと目で浪人とわかる風体《ふうてい》だった。

樫《かし》の枝が、広い日陰を作っている。侍はそこに風呂敷を広げ、ひと抱えほどもある角盆に似た漆塗りの板をおいた。傍らには皮袋があり、その中身を板の上にまんべんなく撒く。

伊勢には参詣客を当てにして、大道芸人なぞもひときわ多い。ただ、客寄せも口上もなかったから、そういうたぐいだとは気づかなかった。

いったい何をしているのだろう——？　気になって、豊蔵は傍《そば》に寄ってみた。

皮袋の中身は、白い砂だった。

その砂を黒い盆に均等に撒きおえると、男は右手にへらを握った。竹を削ったもので、菓子を切り分けるときの爪楊枝に似ているが、もっと大きい。

男はそのへらで、砂の中ほどから下に、長い斜線を何本も入れた。行儀のいい蛇のようで、それが川だとわかったのは、魚の形に砂がとり除かれてからだ。魚の上に薄く砂が落とされて、水面から見える魚影となった。

「うまいもんやなあ」

豊蔵の背中で声がした。いつのまにか、参詣客の人群れができつつあった。

次いで川より上の砂が、男の手によって注意深くとり除かれた。指とへらを器用に使い、残った砂は、楓《かえで》の葉と満月になった。最後に手から新たに砂を落とし、もう一匹魚を作った。麦わらを口にくわえ、そっと吹く。砂の小さな窪《くぼ》みは、魚の目だった。

満月に向かって、魚が跳ねる。紅葉《もみじ》が舞い散る、秋の宵の景色ができ上がった。

ほおっとため息があがり、小さな拍手もわいた。見物人は、二、三十ほどに増えていた。

「これは何だね、お侍さん」東から来たらしい旅人が、たずねた。

「砂絵というものだ。わしは砂絵師でな」

髭面で歳がよくわからなかったが、案外若い声がこたえた。

「砂絵師……」

豊蔵が呟くと、髭面の中で目だけが笑った。大道芸としてはいささか地味だが、それでも砂絵はこの男の生計《たつき》のようだ。黒い盆の傍らにおかれた木椀に、数枚の銭が投げ込まれた。

だが、これで終わりではないと男は客たちに告げた。

「むしろここからが、砂絵の肝でな」

男の手によって、盤上の砂は見る間に形を変えた。さきほどの錦秋満月《きんしゅうまんげつ》は、めでたい鶴亀となり、それから流れ落ちる大滝や、雪をいただく富士があらわれた。

黒い背景に、白い絵が次々と浮かんでは消えてゆく。

「まるで花火みてえだ……儚《はかな》いもんだな」

豊蔵の背中の客は、そんな感想を述べた。最後に男が描いたのは、吉祥天女《きっしょうてんにょ》だった。

「皆に吉祥の加護があらんことを」

多少なりとも口上らしいものは、それだけだった。見物人から、大きな拍手がわいた。


「おれ、いまもち合わせがのうて……明日じゃあかんか？」

汐《しお》が引くように客が散ってからも、豊蔵はどうにも立ち去りがたかった。

「子供からは、金はとらん」

もじもじしていたが、男に言われてようやく気が楽になった。椀から大きく逸《そ》れた銭を、拾うのを手伝ってやる。

「おまえ、ひとりか？　親は？」

「死んだ」

そうか、と男は呟いた。

「お侍さんは、どこで砂絵を習《なろ》うたんや？」

「木沢惣之助だ」

と、まず名乗り、豊蔵も名を告げた。

「砂絵は教わったわけではない。五年ほど前になるか、江戸で見覚えてな。見よう見真似で己で試してみた。絵は若いころに習うたが、さほどの才はなくてな」

「木沢さまは、江戸の人か」

江戸よりさらに東、常陸国《ひたちのくに》にある、さる藩の家臣の倅《せがれ》だとこたえた。父親が上屋敷詰めであった折、何年か江戸に住んでいたと語る。

「三男の冷飯食いであった上に、養子の口も見つからんでな。このような芸で糊口《ここう》をしのいでおる」

自嘲のわりには、口ぶりはからりとしていた。旅暮らしは、そう悪くないと言い添える。

「西に来たのは、砂を採るためでな」

「砂？」

「江戸の近くで色々と試してみたが、どうも砂が重うてうまくない。紀州《きしゅう》の白良浜《しららはま》が良いと、人にきいてな。思いきって足を延ばしてみた」

紀伊《きい》白良浜は、風光明媚な湯治場として人気だが、旅の便は決してよくない。それでも行った甲斐はあったと、木沢は髭面をほころばせた。

「名のとおり、白良浜の砂はどこよりも色が白く、粒も細かい。砂絵には打ってつけでな」

以来、時折砂を調達する必要もあり、白良浜に近い西国をまわるようになったという。

木沢はその日、もう二回、興行を打ち、豊蔵はそれを飽きずにながめていた。

「惣さんは、明日もここに来るんか？」

「ああ、日和《ひより》が良ければな」

すっかりなじんだ豊蔵に、木沢はこたえた。

樫の枝を屋根にした小さな広場に、豊蔵は毎日通った。翌日からは、興行の合間に豊蔵も砂絵をやらせてもらった。簡単そうに見えたが、頼りない砂は、わずかな加減で形を失う。なかなかに難しかったが、木沢はすぐに豊蔵が初心者ではないと気がついた。

「おまえ、絵心があるな。絵を習うていたのか？」

「おれも習うたためしはあらへん。ただ、親父やおふくろが生きとった時分は、日がな一日、蔵の中で絵ばかり描いとった」

「蔵の中？」

「爺さまが道楽で集めておったから、蔵の中に軸やら絵やらがたんとあってな」

祖父は豊蔵が物心つく前に亡くなったが、土蔵にはその遺品があふれていた。最初はながめるだけだったのが、そのうち真似をして自分でも描いてみるようになり、気づけば夢中になっていた。ほとんど蔵にこもりきりのありさまだったが、両親は仕事で忙しく、しっかり者の長兄もいたから、ことさら咎《とが》められもしなかった。

「古今の絵を写すのは、絵師修業には欠かせぬ一歩だ。おまえは知らぬうちに、自ら筆の鍛錬をはじめていたということだ」

ふうむと木沢は感心し、数日が過ぎたころには真顔で言った。

「おまえ、本気で絵師になる気はないか？　絵の師匠に、ついてみてはどうだ」

旅の途中で出会った絵師を、二、三知っているという。身寄りのない豊蔵を、そこに預けるつもりになったのだろうが、豊蔵は断った。砂絵の面白さに惹かれていたのと、惣之助と離れるのが惜しかったからだ。

偏屈は生まれついての性分だ。豊蔵の気難しさに、つきあってくれる者はそういない。鷹《おう》揚《よう》な木沢は、そんな豊蔵を大目に見てくれる稀《け》有《う》な男だった。

「おれのことより、惣さんは商いを心配せえ。もっと人が仰山集まるところで、砂絵を見せた方がよかろうに」

樫の木の広場は、参道からは奥まった場所にあり、人通りは決して多くない。

「表通りはみかじめが高くてな、おれにはとても払えん。それに人通りが多いと、どうしても埃《ほこり》が立つ。砂絵には大敵でな」

そうか、と豊蔵も納得する。

「豊蔵、それよりおまえ、いつもどこで寝泊まりしておるのだ。良かったら、おれと一緒に来んか。小さな寺だが、住職が良いお方でな。おまえひとりくらい置いてくれよう」

木沢は伊勢の外れにある寺に、世話になっていた。薪《まき》割《わ》りなどをする代わりに、堂のひと隅を借りているという。

「おれにも塒《ねぐら》くらいある」

案ずるにはおよばないと、木沢の申し出を断った。本当は定まった塒などなく、あちこちの寺の床下などに潜り込んで雨露をしのいでいたが、惣之助には握り飯を分けてもらったり、十分世話になっている。甘え過ぎてはいけないと、豊蔵なりのけじめだった。

「ほんなら、惣さん、また明日な」

「ああ、日和が良ければな」

木沢はいつもと同じ挨拶をして、片手をあげた。

その翌日、木沢惣之助は、樫の木の広場に現れなかった。


「どないしたんやろ、惣さん」

日はすでに南中にある。いつもなら、二度目の興行がはじまるころだ。

「日和だって、文句あらへんのに」

空はすこんと晴れ上がり、時折小さな雲が、速い動きで西から東に流れていく。

「ひょっとすると、白良浜への旅に出てもうたんやろか……」

砂が少なくなったから、そろそろ調達しなければと、たしか二、三日前に木沢が呟いていた。豊蔵がここに通うようになって、十日ほどが経っていた。

木沢が起居する寺の名前はきいていない。じっとしていられなくて、豊蔵は伊勢の街をむやみに歩きまわった。どこも人であふれ返っているが、なじんだ砂絵師は見あたらない。

烏《からす》が鳴くころに、またいつもの場所に戻ってみたが、やはり木沢の姿はなかった。

「からだを、こわしたんかな。それとも……」

自分が、疎ましくなったのだろうか——。

思いついたとたん、からだ中に鳥肌が立った。

他人との折合がうまくつけられぬ性分には、十四の豊蔵も薄々気がついていた。それでも、ことさら嘆いたことはない。豊蔵も、相手に興味がなかったからだ。人の顔色をうかがい、腹には別のものを溜めながら、口先だけでおべんちゃらをならべる。そんな連中と、なれ合うつもりはさらさらなかった。

豊蔵が人をぎょっとさせるのは、本音を口にするからだ。はっきりと理解せずとも、何となくそれは察していて、直すつもりもなかった。

なのに、木沢もやはり、嫌っていたのかもしれない——そう思うだけで、意地も虚勢もみるみるしぼんでゆく。木沢惣之助という砂絵師に、自分がどれほど懐いていたか、頼りにしていたのかを、いまさらながらに思い知った。

「もう、会えんのやろか……」

樫の根方で膝を抱えると、弱音と一緒に涙がこぼれた。知らぬ間に、唯一の拠所《よりどころ》となっていた場所から離れられず、豊蔵は泣きながら眠ってしまった。


「豊蔵、豊蔵」

からだを揺さぶられ、名を呼ばれた。目をあけようとしたが、涙で張りついたまつ毛と、重いまぶたのせいでうまくいかない。

「こんなところで眠っていたのか、風邪をひくぞ」

「……惣さん」

後を続けるより早く、大きなくさめがふたつ出た。

「ほれ、見たことか。やはり風邪を引きこんだのではないか？」

心配そうな木沢惣之助の顔が、覗きこんでいた。

日はすでにのぼり、木々の向こうからは参道のざわめきもきこえる。いつのまにか、朝になっていた。

「惣さん、なんで昨日は来いひんかったんや。おれ、ずっと待っとったのに」

寝起きのためか、木沢にまた会えた安堵《あんど》のせいか、気持ちがそのまま言葉になった。口にしなくとも、泣いて腫《は》れぼったいまぶたで、一目瞭然だったのかもしれない。

「そうか、おまえ……おれを待っていてくれたのか」

髭面がくしゃりとつぶれ、笑顔になった。

「そうかそうか、それは悪いことをしたな」

詫びを入れながら、木沢はひどく嬉しそうだ。埃まみれの豊蔵の頭を、わしわしとなでた。

「昨日は日和が悪かったからな、やめにしたんだ」

「日和って、昨日もちゃんとお天道《てんと》さまは出ていたぞ」

「昨日は、風が強かったろう？」

言われて初めて、豊蔵も気がついた。昨日はたしかに、雲の流れがいつもより速かった。決して目をあけるのが難儀なほどの強風ではない。並みの商売なら休むほどではないから、豊蔵にはわからなかった。

「あれほどの風でも、砂絵には大敵となる。おかげで商いに出られる日も少のうてな。辛いところだが、こればかりはどうにもならん」

「そうか、それだけやったんか……」

できれば本当にやっていただろう。宙でとんぼ返りがしたいほど、豊蔵は嬉しかった。

しかしまたくさめが出て、木沢は顔を曇らせた。

「豊蔵、やはり今夜から、おれと一緒に寺に泊まれ。早《はよ》う風邪をなおして、それから旅に出んか」

「……旅に？」

「そうだ。そろそろ白良浜に行かねばと思うていた。ついでに京大坂や播磨《はりま》、安芸《あき》のあたりまで足を延ばしてみるつもりだ」

思いがけない申し出だった。旅に出るのもわくわくしたが、何よりもこの侍と離れずにすむ、その手形をもらえたように豊蔵には思われた。

「おれ、ついてってもいいのか？　ずっと惣さんと、一緒におっていいのか？」

「ああ、おれも相肩《あいかた》がいると助かる。おまえならすぐに、砂絵の腕も上達しよう」

うわあい、と豊蔵はとび上がった。

木沢が案じたとおり、豊蔵はかるい風邪をひき、その晩は熱が出た。けれど、すぐに回復し、三日目にはふたりは伊勢を旅立った。

「稼ぐなら、どこよりも伊勢が良いのだが、さすがに年中では飽いてしまってな」

伊勢にとどまるのは四月《よつき》ほどで、あとは旅先で興行をするという。

白良浜の海は青く、砂は白く、大気は暖かかった。瀬戸内には絵のような島々が浮かび、厳島《いつくしま》神社では、海からにょっきりと生えた鳥居に、ただ驚いた。

四年のあいだ、豊蔵は木沢惣之助とともに旅をした。四国にも渡ったし、ときには富士や箱根にまで足を延ばした。

そのあいだ豊蔵は、木沢から砂絵を習い、わずか一年ほどでこつを会得した。錦秋も鶴亀も吉祥天も、豊蔵の指にかかると、ありきたりではない別のものになった。

絵師になれとは口にしなくなったが、そのかわり惣之助は、豊蔵に墨や矢立《やたて》を与えた。

豊蔵は旅の合間に、夢中で描いた。山や川、花や鳥、魚に獣、そして何よりも、人間を好んで描いた。

「これはまた、よう似ておるな。和尚にうりふたつだ」

「わしは、こんなんかいな」

眉を八の字に下げた情けない顔は、いっそう豊蔵の絵に似ている。

伊勢のとなり、松坂《まつさか》にある朝田寺《ちょうでんじ》は、ふたりの定宿だった。街道なら旅籠《はたご》に泊まるが、一歩外れると、寺や物持ちの家に泊めてもらう。田舎ではめずらしいのだろう、旅の絵師だと名乗ると、快く泊めてくれる者は多く、その礼に砂絵を披露し、絵を描いた。

「どうせなら、もうちいと男前に描いても、罰《ばち》は当たらんと思うがな」

朝田寺の住職は、あまり気に入らぬようすだ。人物を写すとき、豊蔵は決してとりすました姿を描こうとはしない。自ずと漏れてくる人の内面こそが、何より面白く、また描くに値《あたい》すると信じていた。そのためか、似顔絵はあまり喜ばれない。

一方で名所旧跡をはじめとする旅先の風景は、なかなか旅に出られぬ者たちに大いにもてはやされた。それは伊勢で興行するときも同じで、砂絵を披露する横に掲げておくと、旅の土産にと、三保《みほ》の松原《まつばら》や天橋立《あまのはしだて》などの絵を買いもとめていく。

達者な筆さばきは、どこへ行っても褒めそやされて、豊蔵は半ば天狗《てんぐ》になっていた。

しかしそれは、十代の小僧のわりには筆が立つと、ただそれだけのことだった。

思い知ったのは、十八を迎えた正月だった。冬から春先にかけては農閑期にあたり、百姓の参詣客がひときわ増える。伊勢ではかき入れどきにあたり、木沢もこの時期に滞在することが多かった。

興行をひとつ終え、次の砂絵がはじまるまでのひととき。用足しか買物か、惣之助はおらず、豊蔵はひとりで店番をしていた。

「下手くそな絵だな。こんなもので金をとるのか」

顔を上げると、子供がひとり立っていた。

豊蔵の前には、数枚の墨絵が並べてある。すべて豊蔵が描いたものだ。

けなされてむっとしたが、子供とはいえ武家の身なりだ。かまうのを避けて無視を決め込んだが、子供は絵の向こう側にしゃがみ込んだ。

「下手な上に、つまらん。山も海もありきたりで、しかも拙《つたな》い」

生意気な武家口調で、延々といちゃもんをつける。それまで絵を覗きこんでいた商人風の客が、そういうものかという顔をする。豊蔵は、追い払うつもりで文句をつけた。

「気に入らんのなら買わんでええ。せやけど、商いの邪魔だけはせんでくれ」

「このようなものを平気で売るなど、心得が悪いと言ったんだ」

「おれの絵に、それ以上けちをつけるなら、たとえお武家でも容赦はせんぞ」

豊蔵の脅しにも屈しない。幼い丸い顔は、ますます尊大になる。

「これはおまえの筆か。道理で下手くそなはずだ」

「この糞《くそ》ガキが！」

つかみかからんばかりの勢いで、思わず立ち上がったが、そうしてみると拍子抜けするほどに相手は小さい。歳はせいぜい、七つ八つだろう。武家との面倒は利にならないし、その代わりに豊蔵はいいことを思いついた。

「そうまで言うなら、お武家の坊《ぼん》、ひとつおれに手本を見せてくれんか」

半紙ほどの紙と、矢立をとり出した。

「人の絵をこうまでこきおろすのなら、さぞかし達者な筆を披露してもらえるんやろな」

豊蔵はにんまりと、意地の悪い笑みを広げたが、相手はまったく怯むことがない。

よかろうと、あっさりと勝負を受ける。やはり子供だと、豊蔵はほくそ笑んだ。

豊蔵が己の絵をどけて、毛氈《もうせん》の上に半紙を広げる。子供は意外にも慣れた手つきで筆をとり上げると、矢立の墨壺にたっぷりと浸した。興を引いたのだろう、見物人はいつのまにやら増えていて、誰の目も子供の手許を追っていた。

まず半紙の真ん中あたりに、横にゆるい弧を描いた。子供はその下を黒く塗りつぶす。上の余白には、ひと続きにならんだ点々をおいた。

「できたぞ」

と、子供は得意そうに胸を張る。幼児のらくがきでも、もう少しましだ。豊蔵と見物人が、同じ間の抜けた顔になった。

「これは何や。黒い坊主山に……上の点々は雁《かり》の群れか？」

誰もが豊蔵と、似たりよったりの見立てなのだろう。腑《ふ》に落ちぬ表情を、てんでにうなずかせたが、子供は違うと応じた。

「鯨の潮吹きだ」

一瞬の間があいて、あっ、と皆がいっせいに口をあけた。

「そうか、山ではなく鯨か」

「こっちゃは雁やのうて、吹き上げた潮や。ほんまにそう見えますなあ」

子供のいたずら描きに過ぎぬ代物だが、大人の意表を突く洒落に満ちていた。

「こら、ええ話種《はなしだね》になる。坊、この絵をわしに譲ってくれんか。むろん、ただとは言わん」

前にいた行商人が、目を輝かせながら懐を探った。

「おれは金など要らぬ。墨代として、この者にくれてやれ」

「さよか、さすがはお武家の坊ですな」

世辞らしきことを口に乗せながら、行商の男は豊蔵に銭をさし出した。

からだ中が、かっと熱くなった。豊蔵は己の絵を、二十文で売っている。だが、掌《てのひら》の銭は、五十文ほどもある。参詣客の投げた撒き銭を、初めて拾ったときとおんなじだ。ただ情けなく、恥ずかしかった。

「いらんわい!」

豊蔵は、客の手から銭を払い落とした。何をどう喚《わめ》いているのか、自分でもよくわからない。ただ、あらんかぎりの罵詈雑言《ばりぞうごん》を叫んでいた。客たちは一様に眉をひそめたが、当の子供だけは、ふてぶてしい顔のままだ。

何も届かぬことが、いっそうやりきれなかった。

「豊蔵、どうした。何かあったのか?」

気がつくと、いつかと同じに、木沢惣之助が覗きこんでいた。

「おれのいない間に、無頼の輩にからまれでもしたか」

木沢が勘違いするのも無理はない。絵は一枚残らずびりびりに引き裂かれ、あたりに散っていた。

「違う……おれがやった」

「おまえが?」

目を見張った惣之助に、しがみつかんばかりの勢いで豊蔵は叫んだ。

「頼む、惣さん、おれにもっと絵を教えてくれ！　どうしたら、もっとうまくなる。人を驚かすような絵は、どうやったら描けるんか」

「豊蔵……」

「何だってする。達者になるためやったら、どないな苦労も厭わん。せやから教えてくれ、惣さん」

ひとまず豊蔵を、樫の木の根方に座らせて、惣之助はとなりに腰をおろした。

「豊蔵、おれにはもう、おまえに教えられることは何もない」

え、と惣之助をふり向いた。座っていても、わずかに豊蔵の目線が高い。縦にばかりひょろひょろと伸びて、いつのまにか小柄な木沢を追い抜いていた。

「おれがかじった絵の技は、すべておまえに伝えてしまった。もう逆さにふっても、おれからは何も出ん」

「そないなこと、あらへん。惣さんはおれの師匠やないか」

落ち着けと、やせた豊蔵の肩をたたく。

「昔、一度だけ言ったことを覚えているか？　まっとうな絵師のもとに行けと勧めたことがある」

「……覚えとる」

「おれの腕では、内弟子の末席がせいぜいだが、おまえには才がある。ちゃんとした師について絵を習えば、きっとひとかどの絵師になれる」

「おれには、才などない」

さっきの小生意気な子供の顔が、頭の中で舌を出す。

「才とはな、豊蔵、ちょうど酒に似ていてな。うまく造れば極上の味になるが、ひとつ間違えば腐らせることになる」

「才が、腐るのか？」

「そうだ。もって生まれた才が大きいほど、手間がかかる。決して一朝一夕で、成せるものではない」

たとえ人がうらやむ天分に恵まれていたとしても、腐らせればそれだけ臭《にお》いもひどい。急がず、じっくりと育てることが大事だと、惣之助は説いた。話をききながら豊蔵は、何故《なぜ》だかさっきの子供を思い浮かべた。

「豊蔵、お主にとっては良い機がめぐってきたのやもしれん。実はな、国許から便りが届いて、おれは帰らねばならなくなった」

え、と豊蔵は、傍らの侍を見詰めた。息子が冬場は伊勢にいると、木沢の家も承知している。厄介になっている寺を介して、この時期だけは国許からの便りを受けとっていた。

「家督を継いだ兄が、重い病に臥《ふ》せってな。もう、いけないそうだ。おれに跡を継いでほしいと乞うてきた」

惣之助のすぐ上の兄は、すでに養子に出ている。長兄の子はまだ幼くて役目に就けず、ぜひとも三男の惣之助に帰ってきてほしいと、老いた母親は書いてきた。

「惣さんはおれをおいて、国に帰ってしまうのか？」

「おまえを放っていくことなどできん。一緒に連れていこうかとも考えたが」

豊蔵は、ほっと肩の力を抜いた。

便りが届いたのは半月も前で、そのあいだずっと思案に暮れていたようだ。三十半ばまで気ままに暮らしていた己が、家を継ぐことなどできようか。その憂いもなかったわけではないが、惣之助が何より迷っていたのは豊蔵のことだった。

「だが、豊蔵、おまえは絵を捨てられるか？」

びっくりして、豊蔵は目をぱちぱちさせた。

絵を捨てるとは、どういうことか。咄嗟《とっさ》には呑み込めなかった。

惣之助の故郷は常陸にあった。城さえ持たない小さな領地で、いわば山間《やまあい》の田舎だという。大きな城下までは山を三つも越えなくてはならない。父と一緒に江戸へ出て、初めてまともな絵に接したと、惣之助は語った。

「だがな、豊蔵、本気で絵を志すなら、江戸ではだめだ。絵師を望むなら、やはり京だ」

いわゆる浮世絵が流行《はや》りはじめるのは、まだまだ先のことだ。絵といえば、水墨画や花鳥画をさし、江戸は未だに、京に後れをとっている。

もっとも大きな一派といえば、やはり将軍家の御用絵師たる狩野派《かのうは》だ。一方で、狩野派の絵画では飽き足らないとする新しい潮流が、京の画壇には迫っていた。

将軍の膝元たる江戸は、やはり窮屈で、新しい波は流れとなる前に堰《せ》き止められる。各地をめぐり、江戸と京の双方を見聞した惣之助には、その違いがはっきりと見えていた。

「豊蔵、おまえは京を離れてはいかん。おまえならきっと、ひとかどの平安絵師になる」

「平安絵師……」

平安とは、京の都のことだ。

いつか胸を張って、京の絵師を名乗れ。腹の底を揺さぶる、力強い声だった。

豊蔵が絵師になろうと決心したのは、このときだ。

「ただ、あいにくと、おれには京の絵師に伝手《つて》がなくてな」

申し訳なさそうに、肩をすぼめた。高名な絵師に教えを乞うには、それなりの金が要る。惣之助には先立つものがなく、豊蔵を頼みおけるほど親しい者も京にはいなかった。考え抜いたあげく、木沢はひとりの絵師をえらんだ。

「旅先で知り合うた、近江《おう》の方でな。ひところは江戸に出て、たいそうな評判をとったそうだが、いまは近江日野《ひの》で静かに暮らしておられる」

ふたりはまもなく伊勢を立ち、近江へと向かった。

知己を得た絵師は他にもいるが、惣之助はおそらく豊蔵の気性を考えて、半ば世捨て人のような、その人物に託すことにしたのだろう。すでにたいそうな高齢の老爺《ろうや》だったが、歳に似合わぬ勢いにあふれた線を描く。豊蔵のことも、快く引き受けてくれた。

「ここなら京にも近い。ここでしっかりと修業を積めば、いつか京に出て、己の力を試すこともできよう」

「うん、きっと立派な平安絵師になって、常陸まで惣さんに会いにいくからな」

それが木沢惣之助との、今生《こんじょう》の別れになった。


「あれから十五年も経つのに、未だに約束は果たせんままや」

ため息とともに、呟きがもれた。

「豊さん、となりええか？」

気づくと、大雅《たいが》の柔和な顔が覗き込んでいた。

「ふたりには、おいてきぼりを食ろうたさかい、手持ちぶさたになってしもうた」

座敷をふり向くと、大雅の妻の玉瀾《ぎょくらん》は、琴に寄り添うようにして眠りこけており、彦太《ひこた》郎《ろう》は大の字になっていびきをかいていた。

「どんだけ呑んだんや」と、豊蔵が呆れた。

どのくらい経ったのだろう、豊蔵が縁でぼんやりしているあいだにも宴《うたげ》は続き、あげくにふたりは酔いつぶれてしまったようだ。先刻まで屏風や刀を渡っていた独楽も、いまは彦太郎の足許で静かに傾いていた。

「おまはんは、相変わらず強うおますな」

下戸《げこ》の大雅は一滴も呑んでいないが、豊蔵はいくら呑んでもほろ酔いより先に進まないたちだ。銚子と麦湯をあいだに置いて、大雅は豊蔵とならんで縁に腰を下ろした。

暦が変わっても、暑さはいまだに大手をふっている。それでも朝晩になると、秋の気配をわずかに感じた。季節を知らせるように、虫の声だけは騒々しいほどに立ち込めていた。

「前に見たんは、舟やなかった」

大雅は何もきかず、黙って虫の声に耳をかたむけている。沈黙に押し出されるようにして、豊蔵は話しはじめていた。

「さっき見た絵と、まるで同じや。下が塗りつぶされて、上は空やと思うた。空には点がぽつぽつ散っとってな、鳥かときいたら、鯨の潮吹きやとこたえよった」

「豊さんは昔、吉村《よしむら》さんに会《お》うとったんか……。よほどの縁があるんやろな」

「ほんまにあいつかどうか、いまとなってはわからへん」

ただひとつ確かなのは、あの子供が、豊蔵の行く先を大きく変えたということだ。

まさにあの鯨の絵さながらに、天地がひっくり返った心地がした。豊蔵が抱えていたわずかな自信も自負も、目の前で粉々にくだけた。

「あの小倅に会わへんかったら、わしはいまごろ大道芸人か、武家の中間《ちゅうげん》をしとったかもしれん」

「どっちも豊さんには、合わんなあ」

大雅らしい素直な相槌に、豊蔵はつい苦笑した。

「そういや秋さんは、わしがそのころ世話になっとった人に、似とるかもしれん」

豊蔵がとなりにいても、のんびりとした風情は変わらない。そういう相手は滅多におらず、歳が離れているせいもあろう。思えば大雅と木沢惣之助は、同じ年頃だった。

もうひとりだけ、豊蔵をけむたがらない者がいた。豊蔵が預けられた、近江日野の絵師だ。世捨て人のような老絵師は、自身も気ままな暮らしぶりで、弟子にもうるさいことを言わなかった。けれど豊蔵が日野にいたのは、わずか二年だった。師匠たる老絵師の寿命が尽きてしまったからだ。すでに八十を越えていたから、大往生と言えるだろう。豊蔵が岩肌や木の幹に用いる、強い大胆な筆遣いは、その老絵師の影響だった。

師匠の葬式を済ませると、豊蔵はその伝手で、さる京の絵師に入門したが、米屋と同様、一年ももたなかった。肝心の絵に魅力を感じられず、その絵師の権威主義も鼻についた。以来、豊蔵が師を持つことをしなかったのは、日野でも京でも、門弟たちとの確執が絶えなかったからだ。豊蔵にとって師と呼べるのは、木沢惣之助と近江日野の老絵師だけだった。

目指すものがなければ、上達は望めない。

豊蔵はそれを、子供のころと同じに、古今東西の多くの絵に求めた。

京を出て、ほぼ十年のあいだ、旅の絵師として糊口をしのぎながら、各地の寺や旧家に残る絵を、豊蔵は貪欲に写し、吸収した。

京に住まうようになったのは三年前、三十を越えてからだ。わずらわしい人づきあいのない旅暮らしは、向いてはいたが、己の頼りなさに、ふいに慄然となる夜はある。

そんなときに思い出すのは、木沢惣之助だった。

このまま常陸への道を辿ろうかと、何十遍考えたかしれない。幸か不幸か、豊蔵の頑《かたく》なさが、それを阻《はば》んだ。

「秋さんがおらんかったら、京にも長居はできひんかったやもしれんな」

たとえ相手が大雅でも、来し方を語るつもりはない。それでも昔を思い出し、感傷が頭をもたげたのか、めずらしく弱気な台詞が口をついた。

「京におる当てが、もうひとり増えたんやおへんか？」

ふふっ、と嬉しそうに大雅が笑う。

座敷に大の字になった彦太郎は、まるで返事をするように、大いびきをひとつかいた。


あくる日、目覚めてみると、深山箏白《みやまそうはく》の姿はなかった。

「ゆうべ遅くに、帰らはりましてな」

この家の主に告げられて、酔った挙句に眠りこけていた彦太郎は、ひたすら恐縮した。

「ちょうど朝餉の時分やさかい、食べていきなはれ」

玉瀾の勧めをていねいに辞退して、急いで身仕度を整えた。

ふと見ると、隣座敷の屏風が様がわりしている。昨日、金泥で仕上げた豊蔵の絵を、屏風の裏に張りつけたようだ。

「見事なもんどっしゃろ」

大雅に言われ、ついうなずいていた。

「ほんまに豊蔵さんの仕事は、細こうおすな」と、玉瀾もとなりで感心する。

人物の衣服の模様、背景の籠《かご》や衝立《ついたて》、葉の葉脈などに、ていねいに金泥が施されていた。細く、絶妙な淡さで入れられた金は、俗な輝きではなしに、枯れた風情さえ感じさせる。下品な印象を伴わないのは、技が確かな証しだった。

もてなしの礼と暇《いとま》を告げると、夫婦は外まで見送りに出てくれた。

「遠慮せんと、またちょくちょく寄っておくれやす」

「そうしたいのはやまやまですが、やはり師匠の手前もありますし……」

にこにこする玉瀾に、彦太郎は言葉をにごした。応挙と肩をならべる絵師のもとに、あまり足繁《あししげ》く出入りしては、師の面目を潰すことになりかねない。たとえ応挙が許しても、兄弟子たちに咎められるのは目に見えていた。それでも玉瀾は、にこやかに続けた。

「うっとこだけやのうて、上京にも折々、足をはこんでくれはらしまへんか」

「あの男と、親しくつきあえと？」

「豊蔵さんは、吉村さんをたいそう気に入ってはりますえ。こないなこと、うちの先生以来、初めてどすさかいな」

「私には、とてもそのようには思えませんが」

むっつりと返すと、丸い笑顔が少しだけ切なそうに曇った。

「あの人は、心根が人一倍、こまやかどしてな。せやから世間のあたりまえも、いちいち癇にさわったり、傷ついたりしてまうんやわ」

豊蔵は、滅多なことでは他人に心をひらかない。旅に同行しないのも、大雅の旅仲間を受け入れないからだ。大雅の友人だけあって、高名な書家や、印判を彫刻する篆刻家《てんこくか》など、書画に関わる者たちばかりで、人柄も申し分ない。それでも豊蔵は、彼らに馴染もうとはしなかった。

「出会うて間もないうちに、こないに仲ようなったんは、それこそ吉村さんが初めてや。ここへ連れてきたのが、何よりの証しどす」

あまり嬉しくない褒め言葉に、彦太郎が眉間のしわを深くする。

「あの男は、師匠を悪《あ》しざまに言ったのです。つきおうたりすれば、それこそ障りがありましょう」

「そないつれのうせんと、きっと仲のええお仲間になりますえ」

女房の言葉に、となりの大雅も同じ笑顔でうなずいた。

「円山先生に、どうぞよろしゅうお伝えください。今度は先生もご一緒に、また独楽や席画を楽しみたいもんどすなあ」

これには彦太郎も異存はない。またいつかきっとと大雅に応じた。

その約束は、果たされることがなかった。

翌年、安永五年四月、池大雅はこの世を去った。

第四章・月渓《げっけい》

「池大雅《いけのたいが》先生が、亡くなられたと？」

彦太郎《ひこたろう》が師の応挙《おうきょ》から告げられたのは、四月半ばのことだった。

「この十三日にな、身罷《みまか》られたそうだ」

「そんな……」

茫然《ぼうぜん》とする彦太郎に、応挙はいかにも残念そうに告げた。

「お加減が悪いと伺ってはいたが……まさかこんなに早く逝かれるとは私も思いもしなかった。見舞いに行かなかったのが、いまになって悔やまれる」

大雅が先月仕上げたという絵を、応挙は目にする機会があった。筆には衰えなど見えず、だからこそ病ときいてもどこかで安心していた。まさか遺作になるとは夢にも思わなかったと、肩を落とす。

「明日、浄光寺《じょうこうじ》でご葬儀が営まれる。おまえも先に一度、池先生の草庵にお邪魔したのであろう」

「はい……」

去年の九月、ほんの半年余り前になる。目に浮かぶのは、丸い面差《おもざ》しのよく似た夫婦だ。病や死の影など微塵《みじん》も見えず、いかにも呑気で幸せそうだった。

応挙は主だった弟子を連れ、葬儀に参列するという。おまえもそのつもりでいるように、と告げられて、はい、と力なくうなずいた。

「人とは、なんと儚いものか」

師がその場を離れても、彦太郎はぼんやりと縁側に突っ立っていた。


弔問客の多さは、池大雅の人となりをよく表していた。

誰も彼もがその死を悼んだが、世に知られた書画家の才を惜しむというよりも、ただ池野《いけの》秋平《しゅうへい》という男が、現《うつつ》にいないことを何よりも悲しんだ。

焼香を済ませ、応挙を先頭に円山《まるやま》門下の弟子たちが、身内に挨拶にいく。

大雅は母ひとり子ひとりで、母親もとうに他界している。身内といえば妻だけだが、おそらく旅にも同行したという親しい友人たちなのだろう。ふた組の夫婦と思われる男女が、玉瀾《ぎょくらん》の両脇に寄り添っていた。

「急なことで、何と申し上げてよいか……心からお悔み申し上げます」

応挙がていねいな悔みを述べると、ありがとう存じます、と玉瀾は頭を下げた。その横にいるのは、応挙とも顔見知りの書家のようだ。

「秋平さんは、薬断ちをしておりましてな。どんなに頼んでも、薬を飲もうとはしませんでした。見かけより、よほど頑固な男でしたから」

それだけ病も足を速めたのかもしれないと、残念そうに語った。

「何の願かけかとたずねたのですが、若いころのことで忘れたとの一点張りで……案外、神仏祈願とは関わりなかったのかもしれません」

「というと？」

「自然《じねん》であれと、それが身上でしたから、薬でわずかばかりに命を永らえるのがさもしく思えたか……あるいは単に苦いものを口にしたくなかっただけかもしれません。無類の甘味好きで、子供みたいなところがありましたから」

「どちらも、池先生らしいですな」

応挙は故人を懐かしむように、しみじみとうなずいた。

「床についても、せっせと絵ばかり描いている。いい加減休むよう言ったのですが……もういけないと、どこかでわかっていたのでしょう。これはみな、お町《まち》さんのための手本だからと、そのように」

ひとり残される玉瀾を、大雅は何より案じたのだろう。

玉瀾は、掛茶屋の娘とはいえ、祖母と母はともに名の知られた歌人であった。絵をはじめたのは大雅と一緒になってからだが、最初の師匠は夫ではなく、夫の友人の画家である。画家亡きあとは大雅が妻の師匠となり、弟子への手本との名目であったが、暮らしに詰まったら絵を売って生きていけるようにとの心づもりもあったのだろう。

けれどこの先も玉瀾は、行灯描きをしながら暮らしを立て、夫の絵を売ることは一切しなかった。

「奥方への先生の真心が、胸にしみるお話です」応挙はしんみりと応じた。

師に続いて、兄弟子たちが型通りの弔辞を述べ、彦太郎の番になった。けれど玉瀾を前にすると、彦太郎は何も言えなくなった。

背を少し丸めて座り、泣いているわけでも、とり乱しているわけでもない。それでも彦太郎は、玉瀾の笑っている顔しか知らない。それをそっくり剝ぎとった顔が、ただ痛ましくてならなかった。頭で考えていた、通り一遍の文句が立ち消えて、剝《む》き出しの気持ちだけが残った。

「……約束を守れず……申し訳ないことをしました」

ともすれば涙がこぼれてきそうで、それ以上続かなかった。しばしぼんやりとこちらを見ていた玉瀾が、春風につつかれた桜のつぼみのように、ふっくらと口許をほころばせた。

「あの宵は、ほんに楽しゅうございました」

こたえる代わりに、ただ無闇にうなずいた。

「ほんまはな、あの日の朝、うちの人と大喧嘩したんどすわ」

懐かしそうな笑みが、うっすらと浮いた。評判のおしどり夫婦とはいえ、ともに書画を極めんとする者同士だ。互いの我《が》がぶつかりあって、派手な喧嘩もよくやらかした。玉瀾が家をとび出して、しばらく別居していたことさえあるという。

「互いにひと言も口をきかず、なんでこうまで頑固なんやろと腹が立って仕方おへん。また家を出よかと思案していた矢先、おふたりが見えたんどす」

「さような最中とは、ちっとも気づきませんでした」

びっくりして、思わず声が出た。夫婦とつきあいの深い豊蔵《とよぞう》だけなら、喧嘩は続行されたかもしれない。だが一緒にいたのは初見の若い男で、しかも応挙の弟子だ。世間体というより、興味が勝り、怒りが引っ込んでしまったという。

「おかげで仲直りできよした上に、まっこと楽しい思いをさせてもらいました。ありがたいお人やと、主人もよう言うておりました」

約束など気にすることはないと、玉瀾のあたたかな言葉に、こらえていた涙がほろりとこぼれた。玉瀾もまた夫を思い出したのだろう、袖を目にあてた。

「豊蔵さんとは、会うてはりますか？」

涙がおさまると、玉瀾は鼻をすすりながらそうたずねた。

「いえ、あれきりです……今日は、顔が見えないようですが」

「うちの人が亡《の》うなる、三、四日前に来やはりましてな。いよいよ駄目やとわかったのでしようが、葬式なんぞに行く気はない、さっさとよくなれと枕元で怒っとりましたわ」

語りながら、玉瀾は嬉しそうな顔をした。

「ひとつ、お願いがあります」

「何なりと」

「上京へ、行ってほしいんどす。豊蔵さんに、届けてほしいもんがありましてな」

どんな頼みであれ、断るつもりはない。

翌日、彦太郎は上京へと足をはこんだが、深山箏白《みやまそうはく》と会うことはかなわなかった。


「旅に出ただと？」

へえ、と老爺はうなずいた。同じ長屋に住まう年寄で、初めてここを訪ねた折も、豊蔵の住まいや噂を教えてくれた。

「たまにあるんですわ。旅仕度をして、ふいっといなくなりましてな。だいたいふた月、三《み》月《つき》は帰ってきいしまへん」

「どこへ行くと言っていた。きいてはおらんか？」

さあ、と年寄はたよりなく首をかしげる。

「もしや、伊勢ではないか？　たしかそんな話を、耳にした覚えもあるのだが」

大雅の草庵で、したたかに酔っていたときだ。記憶もおぼろげだが、伊勢がどうのこうのと詰め寄られたのがうっすらと頭に残っている。

「たぶん大家さんには、断りを入れとりますやろ。ちょっと待っといておくれやす」

彦太郎の熱心さに負けたのだろう、年寄は大家の家に確かめにいったが、見当とは違う返事をたずさえてきた。

「どうやら播州《ばんしゅう》の方角のようどすなあ。長くなるかもしれんと、言うとったそうですわ」

「そうか……造作をかけてすまなかったな」

自分でもとまどうほどに、彦太郎は気落ちしていた。

長屋を出て、しばしたたずむ。

行先をきいて、どうするつもりだったのかと、自嘲めいた笑みがこぼれた。

京から東に行けば伊勢、西に行けば播州。どちらも道のりは同じくらいだが、播州はあまりに広い。伊勢であれば、もしかしたら旅の絵師の噂くらいは拾えるかもしれないと、一瞬そんなことを考えた。伊勢の人の多さは、彦太郎も話にきいている。ばかばかしい思いつきだと己を笑い、長屋を離れた。

しかし歩き出すと、懐が急に重く感じられた。玉瀾から大雅の遺品としてあずかった扇と、いつもよりふくらんだ巾着のためだ。

ふたりで花街へくりだして、景気づけに夜通し呑もうと、そのための金だった。

「ふん、せっかくの心づくしを無駄にしおって。旅先で己の傷を舐《な》めておればよいわ」

絵師が立ったのは、数日前だと老爺は語った。ちょうど大雅が死んだころで、当然玉瀾から知らせが行ったはずだ。

人づきあいの悪い豊蔵にとって、大雅は唯一無二の友人だった。たった一度会っただけの彦太郎でさえ、これほど応えたのだ。豊蔵の喪失感は、はかり知れない。

痩せ衰えた野良犬のように、とぼとぼと埃っぽい道をいく姿が見えるようだった。

弱り果てた自分の姿を誰にも見せたくなくて、豊蔵は旅に出たのかもしれない。

――面倒なやつだ。救われない性分だ。

そのひとつひとつが、己にはねかえる。たぶんいまの豊蔵を、誰より理解できるのは彦太郎だ。たとえ隣にいたとしても、口にするのは慰めややさしい言葉ではない。たぶんいつもの憎まれ口ばかりだが、豊蔵や彦太郎のようなひねくれ者には、その方がありがたい。

悶々と考えるのは、それこそ性に合わず、彦太郎は途中で頭《かぶり》をふった。

「ええい、我ながら鬱陶《うっとう》しい！　あの野郎の分も、今日はとことん呑んでやる！」

往来で叫ぶと、通りがかりの顔が、驚いたようにいくつもこちらをふり返った。

「吉村《よしむら》さん、ようおこしやす」

顔見知りの仲居が、彦太郎を愛想よく迎え入れた。

四条から東へ行くと祇園だが、彦太郎は五条《ごじょう》まで足を延ばした。やがて本圀寺《ほんこくじ》の広大な敷地が見えてきて、南隣が西本願寺《にしほんがんじ》になる。彦太郎は、ふたつの大寺の西の裏手へまわった。

向かったのは、嶋原《しまばら》である。

百年ほど前までは、嶋原は六条三筋町《ろくじょうみすじまち》にあった。東本願寺《ひがしほんがんじ》の北側で、いまよりもよほど繁華な場所だ。吉野太夫《よしのだゆう》をはじめとする名妓が何人も出て、元禄《げんろく》の頃にもっとも繁盛したと言われるが、京随一の遊郭という地位はすでに祇園に奪われていた。

彦太郎もまた、たびたび通うのは祇園だが、それでも馴染みの店はある。

『桔梗屋《ききょうや》』という揚屋《あげや》の暖簾をくぐった。

「今日はずいぶんと、にぎやかだな」

「へえ、おかげさんで。大きな句会がございまして」

ほう、と彦太郎が、声のする奥の方をのぞく。

嶋原の格式の高さは群を抜いている。揚屋とはいわば料亭であり、置屋から太夫や芸子を呼んで、華やかな遊芸や料理を楽しむ場所なのだが、嶋原の揚屋の造作はひときわ凝っている。豪勢な屋敷に、広い庭や茶室もあり、遊里と呼ぶのがはばかられるほどだった。

その格式の高さが、客離れの理由のひとつとも言われるが、昨今はひところよりは盛り返しているようだ。

「そういえば、ここの主人も俳人だと、きいたことがあったな」

「へえ、呑獅《どんし》いう俳号どして、与謝蕪村《よさぶそん》先生とはたいそう親しゅうさせてもろうとります」

嶋原では俳句が大はやりで、桔梗屋のような揚屋の主人ばかりでなく、太夫や芸子もこぞって俳句に熱を入れている。あちこちで毎晩のように大きな句会が開かれて、人もそれだけ集まっているという。その大きな拠所となっているのが、与謝蕪村であった。

終生、芭蕉《ばしょう》を敬いつづけ、停滞していた俳諧に『蕉風《しょうふう》』という新風をもたらした。その句はありのままを詠み、また目の前に景色が浮かぶような絵画の趣もある。四十歳を越えてから、絵をはじめたのもそのためであろう。

いまや亡き池大雅とならぶ高名な文人画家で、『平安人物志』にも大雅の次に名が示されている。歳は大雅より七つ上、伊藤若冲と同年であった。

文人画は、文人が趣味で描いたもの、という意味だ。蕪村には俳人、大雅には書家という専門があり、応挙のような職業画家とは一線を画す。趣味で描くその余裕にこそ価値があると、唐では古くから尊ばれていた。

画号は別にあるのだが、画家としても蕪村という俳号の方が通りがいい。

「与謝蕪村先生も、いらしておるのか？」

「いえ、今日は別口の句会どすから……せやけど、先生のお弟子さんなら見えとります。句会やのうて、茶屋遊びどすけどな」

蕪村は嶋原や、また祇園にも出入りしているというから、応挙ほどの堅物ではないのだろうが、それでも派手な遊び方はしない。ただ、彦太郎同様、弟子にはそうでもない者もいるようだ。

句会の場所とは反対側にある静かな座敷に、仲居は彦太郎を案内したが、途中でひどくにぎやかな座敷の前を通りかかった。句会とは違い、華やかな女の嬌声がいくつもきこえる。

「さっき申しあげた、与謝先生のお弟子さんどすわ」

ふた間離れた座敷に彦太郎を通すと、内緒話のように仲居が告げた。

「あのようすでは、たいそうな羽振りのようだな」

「金座《きんざ》のお役人さんどすさかいな」

金座役人は町人身分だが、その辺の武士よりはよほど実入りがいい。父親が金座年寄役で、自身も平役を務めており、金座平役は月に百両、年寄役となれば月に百七十五両もの収入があると、仲居は下世話な話までつけ加えた。

それをきいて、ちょっと気分が悪くなった。

「ふん、与謝先生の弟子といっても、若旦那の手慰みではな」

「ところがそうでもないんどすわ。この前の『平安人物志』にも載らはったんどすえ」

絵師として、名を連ねているときき、にわかに敵愾心《てきがいしん》が増す。

「名は何という。歳はいくつだ?」

「歳はたしか、吉村さんと同じくらい。絵の方のお名は、月渓《げっけい》さんとおっしゃります」

歳が近いときいたとたん、ますます気分が悪くなった。月渓という名は知らないが、無名の弟子に過ぎぬ己より、数段先を行っている。さすがに口にはせぬものの、絵の才にかけては、応挙門下ではいちばんだとの自負が彦太郎にはある。

「それほどのお方なら、同じ絵師としてご挨拶せねばなるまいな」

言葉とは裏腹に、ただようものは剣呑だ。仲居も何か気づいたのだろう、急いで止めに入る。

「ご挨拶なら、後でもよろしおっしゃろ。まずはご一献召し上がって……そうそう、芸子さんも呼ばないけまへんな。どなたがよろしおすか?」

酒と女は、彦太郎の何よりの好物だ。つい食指が動き、話に乗った。

「そうだな……桃瀬か初島……お、そうだ、どうせなら雛路《ひなじ》がいい」

「え、雛路さんどすか」

ぎくりと仲居の顔がこわばった。

「雛路さんは売れっ子どすさかいな……いつ体があくか、わからしまへんし」

「そのくらい知っておるわ。どうせ今宵は泊まるつもりだ。多少待つのは構わんし、それまで別の女を寄越してくれ」

雛路は嶋原一と称される芸子で、見目は派手やかなのに楚々《そそ》とした風情がある。三味線も上手《うま》いが、何よりも声がいい。前に一度きいて、彦太郎もすっかり惚《ほ》れこんでいた。

「せやけど、雛路さんだけは難しおすなあ」

仲居はあくまで歯切れが悪い。豊蔵にもふられたばかりだ。いつもはそれほどしつこくないのだが、めずらしく彦太郎は粘った。

「置屋にきいてみますさかい、それで駄目なら堪忍しておくれやす」

なかなかにあきらめの悪い彦太郎にそう言いおいて、仲居は腰を浮かせたが、ちょうど襖をあけたとき、廊下を伝うようにして唄がきこえてきた。

「……あれは、雛路ではないか？」

ふたりといない良い声だ。じろりと彦太郎が仲居をにらむ。

「いったい、どういうことだ。たとえ大事な客を迎えておるにしても、同じ揚屋の内なら、ひととき席を外すくらいはできようが」

観念した仲居が、あわてて頭を下げる。それからそろりと言い訳を口にした。

「堪忍しておくれやす。……せやけど雛路さんは、決まったお人がいらっしゃいますさかい、万が一にも間違いがあってはと……」

口にはしないまでも、女子《おなご》にはことさら手が早いと評判の、彦太郎を警戒しているのは明らかだ。

「なんだ、雛路はもしや旦那持ちか？」

さようです、と仲居がこっくりとうなずく。

ほんのひと握りではあるが、芸子の中には、芸は売ってもからだは売らぬという者がいる。良い旦那がつけば、金銭の面倒をすべて見てもらえる。枕芸の必要もなく、そのかわりひとりの旦那に操《みさお》を立てるのである。

「それならそうと早く言え。おれとてそのくらいの分別はある。旦那持ちの女に言い寄るような、無粋な真似はせん」

ただ雛路の喉を、少しばかり披露してもらいたいだけだと仲居に告げた。

仲居はひとまず納得したそぶりを見せたが、彦太郎の分別は、酒が入るとはなはだ怪しくなる。それもよく承知している仲居は、早めにすませた方がよかろうと判断したようだ。

「ほな、雛路さんにおたのみしてみます。旦那さんもうるさいお人やあらしまへんし、唄だけどしたら承知してくれはりますやろ」

「旦那、だと？　旦那もいま桔梗屋に来ておるのか」

「へえ、さっき申し上げた、月渓さんどすわ」

「何だと」

たちまち彦太郎の表情が険しくなる。まるでおどろおどろしい黒雲が、一瞬で立ち込めたような形相だ。

「そうとわかれば、やはり挨拶をせねばなるまいな」

「あ、ちょっと、吉村さん！」

仲居が懸命に制しても、彦太郎はきかない。廊下を戻る形で、ずんずんとふた間離れた座敷へと進む。

「こちらにおられる月渓殿に、ご挨拶させていただきたい。それがしは、吉村胡雪と申す絵師にござる」

腹に力をこめて、廊下から声を放った。威張りくさった大上段な物言いに、それまで響いていたきれいな声がぴたりと止まり、襖の内が一瞬しんとなった。

しかしすぐに襖があいて、中から快活な声がかかった。

「これはご丁寧に。どうぞお入りください」

雛路をはじめ、芸子は五、六人もいよう。

ひときわ華やかな席の真ん中から、その男は笑顔を向けた。

「円山門下の方とお近づきになれるとは、嬉しい限りです。号は月渓、名は松村文蔵《まつむらぶんぞう》と申します」

憎たらしいほどの男前である。

見目麗《みめうるわ》しい雛路とならべると、まさに一対の雛人形のようだ。

育ちのよさ故か垢抜けていて、それでいて嫌味がなくさわやかだ。歳は彦太郎よりふたつ上だが、武家相手のためか言葉遣いもていねいだった。

「何より茶屋遊びのお仲間ができたのは喜ばしい。これからも末長くおつきあいください」

容姿に加え、趣味も多彩で、笛や謡曲、蹴鞠《けまり》までたしなみ、また美食家でもある。

この男がとなりにいては、女子の目はすべてそちらに引きつけられよう。あまりおつきあい願いたくない相手だと、内心でこぼした。彦太郎も決してもてない方ではないが、女子に受けるのは愛嬌だ。時折見せる子供じみた表情やふるまいが、可愛《かわい》らしいと評される。

月渓こと松村文蔵には、その程度では太刀打ちできまい。

「私は以前、大西酔月《おおにしすいげつ》先生に師事しておりまして」

彦太郎の屈託など気づきもせずに、月渓は朗らかに語る。

大西酔月は存命のころ、平安人物志の第一位にあがった画家で、狩野派の流れをくみながら、そこから逸脱せんとした画風が人気を博した。強い癖のある水墨画や、逆に細密な着色画などを得意とした。

酔月は四年前に名古屋で客死して、それまで二位にいた応挙がくり上がり、去年の番付で一位となった。月渓は酔月亡きあとに、与謝蕪村に師事したのである。

「大西先生と与謝先生では、画風がまったく違う。似た師匠につこうとは思わなんだのか」

「そうですね……むしろ違うからこそ、いまの師匠の門をたたいたのかもしれません」

彦太郎は、応挙の絵に心酔して門下に入った。それにくらべて月渓は、より貪欲だった。

蕪村は、まるで物語を絵にしたような情緒にとんだ水墨画や、略筆の俳画で有名だが、多種多様な様式を試みる画家でもあった。やまと絵や狩野派は言うにおよばず、尾形光琳《おがたこうりん》や英一蝶《はなぶさいっちょう》風の絵画にも挑戦し、唐画も、北宗画と南宗画の両方を手掛けている。

月渓は、その一切を吸収しつくせんとしていた。

「あまり欲張るのも、どうかと思うがな。人にはそれぞれもちまえの才がある。手当たりしだいに腹に詰め込んでは、もって生まれた才を痛めることになりかねん」

勧められるまま盃《さかずき》をかたむけながら、やんわりと皮肉をぶつけた。周りには花畑のように、雛路をはじめとする芸子たちが居並んでいた。せいぜい見栄を張らねばならぬから、めずらしく言葉をえらんでいる。

だが月渓は、からりとこたえた。

「ご心配にはおよびません。私には、もとより才などありませんから」

「才がない、だと？」

「はい。才がないからこそ、目にするすべてが手本となります。絵の奥深さは、私などには未だ計れませんが、だからこそ楽しいと……」

「若くして平安人物志に名を連ねながら、才がなかろうはずがない！」

思いのほかの大声に、座がふたたび静まりかえった。しまったと思ったがもう遅い。

驚いたように目を見開いた雛路が、だがすぐに親しげな小さな笑みを彦太郎に向けた。口調は乱暴だが、内容は月渓を褒めている。礼のような微笑だった。

「あれは……私自身が認められたわけではありません」

雛路のとなりで、月渓が静かに告げた。

「あれは師匠のおかげです。与謝蕪村の名が、私ごときを引き上げたに過ぎません」

「さようにへりくだることはあるまい。現におれとて円山門下だが……」

「円山一門は、弟子の多さにかけてはとび抜けています。何百とおられる中から頭を出すのは並大抵ではありますまい。それにくらべればわが一門は、弟子も些細《ささい》な数ですから、たまたま私がえらばれただけですよ」

月渓は、蕪村の一の弟子と目されているのだろう。応挙門下であれば、源琦《げんき》と同じ立場となる。源琦もやはり平安人物志に示されており、決して師の威光だけではないのだろうが、応挙の名があってこそ源琦の知名も上がったことはたしかだ。

「よろしければ、私の絵をご覧になりませんか」

若い絵師は、傍らにあった二本の軸を手にとった。

「ぜひ」

蕪村の絵は何度か目にしたことがある。その弟子がどれほどの力量か、己の目で確かめてみたかった。月渓から渡された、二幅の絵をひらく。

「これは……」

二幅の絵は、対になっていた。どちらも梅に鳥が描かれているが、片方が小さな鳥を二羽配した双禽図《そうきんず》で、もう一枚は鷹《たか》を描いた梅鷹図《うめたかず》だった。

彦太郎は、にわかに眉をひそめた。

「与謝先生の、手本通りとお見受けしましたが……習作ですか？」

「いいえ、私の絵です」

「これが、月渓殿の絵と申されるか」

あまりにも、蕪村の筆に酷似していた。

いわゆる花鳥図だが、応挙のような華やかさはない。しかし見るものを絵の中の世界にいざなうような、独特の抒情《じょじょう》を感じさせる。人は応挙の絵に、はっと目を見張るが、蕪村の絵にはしみじみとした心地になる。

素朴な筆遣いも、やや寒そうにこんもりと羽をふくらませた鳥の描き方も、蕪村そのものだ。そのあからさまな模倣に、彦太郎はただとまどっていた。

師匠の影響を色濃く受けるのは当然だ。しかしそっくり似せるなど、まずあり得ない。人にはそれぞれ個性がある。彦太郎の言った、もって生まれた才とはそのことだ。個性とは、いわば我と同じで、「我はここにいる！」との叫びに等しいものだった。

月渓は、己の我を放り出し、蕪村をそっくり受け入れたということだ。

だが、そんな絵に、いったいどんな価値があるというのか――。

「何故、己の絵を、描こうとはなさらぬのか」

「ですから、それがいまの私の絵です」

「しかし……」

意に染まぬ絵なのだから、いつものとおり下手くそだと切り捨てればいい。なのにどうしてだか、もやもやとしたものが、彦太郎をこの絵に拘泥させる。

「私は師匠の一切を、己の血肉にしたいのです。絵や句だけでなく、お人柄や文人としての暮らしぶりなぞ、すべてです」

単に蕪村を妄信している大阿呆だと、片づけられれば楽なのだが、この違和感は何だろう――。彦太郎は、あえてその場では核心に触れることをしなかった。突き詰めると、自分にはねかえってきそうで怖かったからだ。

「まあ、お役目の傍らにたしなむ絵なら、たしかに文人画に近いかもしれませぬな」

代わりにお茶をにごすように、小さな皮肉をぶつけた。

「やはり金座役人の余興に過ぎぬと、おっしゃいますか」

「いや、そこまでは……」

「私も、そう思います」

にっこりとてらいのない笑顔を向けられて、さらにとまどいが深くなる。

「実は近々、お役目を退くつもりでおります」

「まことですか」

「はい、下に弟がおりますから、家督は譲るつもりです」

安定した暮らしには、何の未練もなさそうだ。苦労知らず故の無謀さとも言えるが、もったいぶった覚悟など微塵もない。その構えのなさが、かえって好もしく映る。

「実は、もっと早くから心づもりはあったのですが、お恥ずかしい話ながら金が要り用だったもので」

「もしや、雛路殿のためか？」

嶋原一の芸妓の旦那ともなれば、相応のかかりとなろう。その意味で口にしたが、月渓のこたえは、彦太郎の見当をはるかに上回っていた。

「雛路を身請けする話が整いましたから、ようやく肩の荷がおろせます」

芸子の身請けには金だけではなく、方々への手配りが要る。塩梅《あんばい》よく立ちまわってくれたのは、この桔梗屋の主人、呑獅だった。蕪村とは昵懇《じっこん》の呑獅のおかげで、嶋原一の芸子の身請けが叶《かな》ったのである。

「では、雛路殿と……」

「はい、私と雛路は夫婦《めおと》になります」

晴ればれとした顔で月渓が告げ、その傍らで、雛路が嬉しそうに頬を染めた。


雛路の身請け話に、すっかり毒気を抜かれた彦太郎は、祝いの宴と称して、それから一時《いっとき》余りも同じ座敷で酒宴に興じた。

月渓や芸者衆とともに浴びるほど呑んだが、どうにも芯から酔えない。

いい加減のところで暇を告げて、桔梗屋を後にした。

初夏の宵は心地よく、そろそろはじまりそうな梅雨を告げるように、そこここでしきりに蛙の声がする。その伴奏に耳だけ貸しながら、彦太郎は考えていた。

足許はふらつくほどに酔っているのに、頭だけが冷えている。こびりついているのは、さきほど目にした月渓の絵だった。

才などない、示すべき個性などないと、あの男は言った。たしかにあの絵は、蕪村に似過ぎている。それでもなお、蕪村とは違うものを、あの絵は内包していた。

ひと言で言えば、「粋《いき》」だ。明るい洒脱さが、あの男の本来の持ち味なのだろう。蕪村の画風とは相容《あいい》れないはずのものを、目立たぬ形で無理なく溶けこませてあった。

――私は師匠の一切を、己の血肉にしたいのです。

あれは誇大でも、ましてや狂信でもない。すべてを吸収し、消化して、己の養分とするだけのしたたかさが、月渓という絵師にはあるということだ。

そこまで考えて、ぞくりと寒気がこみ上げた。

模写の腕なら、彦太郎にも自信がある。応挙風の絵なら、いくらでも自在に描ける。だが、それはあくまで応挙の絵であり、吉村胡雪の絵ではない。彦太郎の個性は、師の応挙とはあまりにもかけ離れている。かつて箏白に、示唆されたとおりだ。内弟子としてもうすぐ八年が経つが、その乖離《かいり》には、彦太郎自身が気づきはじめていた。

応挙の絵を慕う一方で、彦太郎の強烈な自我は、そこへ引きずられるのをよしとしない。師の応挙は、その頑固さもまた彦太郎の個性の一部だと、認めてくれているのだろう。たえず写実を説きながらも、画風には非難も強制もしない。それがなおのこと、彦太郎を迷わせる。あの男のように、素直に一切を受け入れられればどんなに楽かと、思わず酒くさいため息を吐《つ》いた。

「円山先生の絵には、私もたいそう惹かれます」

月渓は、酒宴の最中、そのようなことも口にした。

計算され尽くした隙のない構図と、写実に徹した精緻《せいち》な筆。両者が相まって、妥協やほころびとは無縁の、静謐な世界をつくりだす。見事だと、月渓は褒めたたえた。

「いつか円山先生の絵も、ぜひ学んでみたいものです」

なにげないひと言が、彦太郎に突き刺さった。

この男なら、応挙の一切も、やはり自分のものとできるだろう。応挙によく似た、それでいて月渓らしい絵を、描ききることができよう。

何よりも、月渓の資質は、応挙の画風と相性がいい。粋で、いかにも都人《みやこびと》らしい趣は、大西酔月や蕪村よりむしろ、応挙の洗練された画面にこそふさわしい。

この男が、本気で師匠の絵を学んだら——。

ふたたび、寒気に襲われた。はっきりと感じたのは、嫉妬《しっと》と焦燥だった。

彦太郎は、腰の刀に手をあてた。

「これを捨てれば、おれもまことの絵師に近づけるだろうか……」

月渓が、金座役という金と地位を捨てたように——。

蛙はこたえをくれず、ただ同じ声を返してくる。

ふいに、そして無性に、深山箏白に会いたくなった。

問うたところで、くだらんと吐き捨てられるに違いない。わかってはいたが、彦太郎の心中を、多少なりとも察してくれるのは、あの男しかいないように思われた。

「いまごろあやつは、どんな絵を描いているのだろうな」

呟きながら、刀の鞘《さや》をきつく握る。

武家を笠にきて威張りくさっていると、周囲からは甚だ評判のよくない代物だ。
それでも彦太郎には、刀を捨てられないわけがある。
侍であることが、自分と生家をつなぐ、たったひとつのものだった。

第五章・応挙《おうきょ》

「こぉの、ごんたくれがあ!」

思い出すのは、祖父の声だ。

障子が震えるほどのがなり声が、彦太郎《ひこたろう》の背を追いかけてくる。けれどその声を、恐いと思ったことはない。

「こらあ、待たんか、彦太郎! この悪たれめが」

「誰が待つものか。じさまの小言なぞ、きき飽いとるわ」

ここまでおいでと舌を出し、地団駄を踏む祖父を残して、笑いながら走り去る。事あるごとに彦太郎を叱りつけ、そして誰よりも可愛がってくれたのは、この祖父だった。

武家では嫡男《ちゃくなん》と次男のあいだに、はっきりと線が設けられている。育て方からしつけ、衣食に至るまで、あきらかな差があった。祖父が幼いころから構ってくれたのも、彦太郎が嫡男だからこそだ。五つ上の姉や、下の弟には、見事なまでに関心を示さなかった。いわゆる古い気質の年寄だが、からだいっぱいの愛情を、惜しみなく彦太郎に注いでくれた。

山城国《やましろのくに》淀藩は、十万二千石。京の都を擁する大藩だが、所領は西国各地から関東にまで分散し、山城国内はわずか二万石に過ぎない。おかげで藩主たる稲葉《いなば》家は、早くから財政の逼迫《ひっぱく》にあえいでいた。

それでも、三本の川を背にした淀城の景色は、美しかった。やがて淀川に合流する桂川《かつらがわ》と、宇治川《うじがわ》、木津川《きづがわ》の合流する場所に建てられた天然の水城《みずき》である。秀吉《ひでよし》の愛妾淀君が住まいした淀城とは別物だが、そう遠くない地に築城された。

吉村《よしむら》家はこの淀藩より八十石をたまわり、すでに祖父は隠居して、父の和右衛門《わえもん》はこの頃、小納戸《こなんど》役を務めていた。

「父上はじさまとは、どうしてこうも似ておられぬのか」

「そのかわり、彦太郎がわしに似ておろうが」

「じさまになぞ似ておらぬわ」

憎まれ口をたたいたが、内心では嬉しかった。

一方で吉村家三代の中で、ひとり浮いていたのは父だった。息子が口ごたえせぬために、不仲はそう目立たなかったが、そりは合わなかったのかもしれない。陽気で何でも顔に出す祖父とは逆に、和右衛門は一切を腹に仕舞っておくような男だった。

叱りもせぬかわり、頭を撫《な》でてくれることもない。膝に乗せてもらった覚えすらないが、思えば祖父が、その役目を奪っていたのかもしれない。話すことすら滅多になく、同じ座敷にいてもひどく遠い。父とはそういう存在だった。

そのぶんどうしても、祖父との距離は近くなる。ただ彦太郎も、祖父の口やかましさには閉口した。嫡男として、立派に育て上げねばならないとの気負いもあったのだろうが、黙っておれないのは性分だろう。五つ、六つのころから言い返すようになり、年を経るごとに腕白ぶりが加速した。

となりの家の橘《たちばな》の実を、夜中のうちにひとつ残らずもいでしまったり、近所の子供たちに卵の大きさくらべをしようともちかけて、皆であちこちの百姓家から卵を失敬してきたりと、思いつく悪戯《いたずら》は何でもやった。

早々に祖父をはじめとする大人たちから、「ごんたくれ」と称されたが、それさえ彦太郎には得意だった。世の中は自分のためにまわっていると、半ば本気で信じていた。吉村家の嫡男であり、祖父には目をかけられて、加えて彦太郎は何をやらせても器用な子供だった。

学問もでき、剣術も難なくこなす。己も俳人であった祖父は、武家のたしなみとして、あらゆることを習わせたが、書道や俳句、囲碁将棋、舞や楽器まで、どんなことでも彦太郎は呑みこみが早く、師匠を驚かせた。あくまで子供の手習いの範疇《はんちゅう》ではあったが、祖父は誇らしかったに違いない。中でも祖父が感心したのは、絵の上手さだった。

「わしは絵だけはどうにも苦手でな、吉村家にはこの才ばかりは欠片もないと思うていたが、あながちそうでもないようだ」

何よりも生まれもっての才がものを言うのが絵画だと、祖父は手放しで褒めた。小さなからだは、ただでさえ慢心で満ちている。まるで天狗の鼻を三本も縦にくっつけたように、彦太郎の幼い自負ははちきれんばかりだった。そしてこのころから才というものの使い道は、もっぱら他人を驚かせ、他人の注目を集めることにあった。

大人が、あっ、と声をあげ、たいしたものだと賞賛の目を向ける。絵を描く甲斐は、そこにあった。絵そのものではなく、観る者の目にどう映るかが肝心だ。それが彦太郎の才能であり、限界でもあった。

彦太郎の目論見《もくろみ》は、表向きは成就した。けれど本当に見てほしかった者の目を、引きつけることはできなかった。誰よりも気を引きたかったのは、己に無関心に見える父と、そして母だった。

母は婚家よりも格の高い家柄の出で、大事にされてきたお嬢さまだ。悪戯が過ぎて手に負えぬ長男を、あきらかにもて余していた。そのぶん母の愛情は、ふたつ下の弟に向いた。手ずからていねいに育てた次男は、行儀がよく素直なたちだ。母の膝は、幼いころからこの弟のものだった。

父との関わりは、さらに薄かった。長く一緒にいたのは、たった一度だけ。ふたりで伊勢参りへ出掛けたときだ。どうして祖父が同行しなかったのかは、覚えていない。祖父はいっとき、膝を痛めてしばらく出歩けなかったから、そのころだったのかもしれない。

伊勢といえば、誰しも物見遊山と考えるが、和右衛門には浮ついたようすなど欠片《かけら》もなかった。何を祈願したかはやはり知らないが、父は伊勢のしきたりに則《のっと》って、神楽《かぐら》などを奉納していた。

七歳の彦太郎の記憶にあるのは、ただ敗北感だけだった。父の関心を己にふり向けたくて、彦太郎なりに一生懸命努めた。道中はしきりに話しかけ、面白そうなものを見つけると袖を引き、足を止めさせた。けれどそれらはすべて裏目に出て、父を疲れさせただけだった。神楽奉納が終わると、ろくに返事もしてくれず、帰り道はほとんど無言で歩いた。

深山箏白《みやまそうはく》は、何故かこの伊勢行きを知っていたようだが、彦太郎には出会った覚えはない。ただ、父とうまくいかぬ腹いせに、露店に難癖をつけたり悪戯もやったから、そのあたりだろうかとの心当たりはあった。

ともかく親子どちらにとっても散々であった短い旅が終わり、帰ってきてから彦太郎は熱を出した。祖父が手ずから看病してくれて、熱が引くと同時に、伊勢の思い出も消え去った。

父母との関係は築けなくとも、祖父がいる限り彦太郎の立場は揺るがない。

相変わらず悪童ぶりを発揮しながらも、いずれ父の後を継ぎ、吉村家当主となる。その行く末しか見えておらず、絵師になるなどとは考えてもいなかった。

その太い一本道に、初めて絵師という彩りが加わったのは、十二の歳だった。

淀から京までは、北へ四里ほどの道程だ。

年に一、二度は、祖父は彦太郎を連れて、京へ足を延ばした。古刹《こさつ》をめぐり、繁華な街中の店々を覗く楽しみもあったが、祖父の何よりの目的は、俳句をはじめとする文人仲間との交遊にあった。

「おこしやす。坊もすっかり大人にならはりましたな」

その日、祖父が足を向けたのは、四宝屋《しほうや》という大きな商家だった。四宝とは文具のことで、筆墨硯《すずり》をあつかう文房店だが、そこの隠居がやはり俳句を嗜《たしな》んでいて、彦太郎も幼いころから何度か通った場所であった。

「今日は俳句談義より前に、ぜひお見せしたいもんがございましてな」

挨拶もそこそこに、いそいそとふたりを座敷に案内する。凝った造りの庭に面した座敷には、屏風がふたつ置かれていた。枕屏風であるから、そう大きなものではないが、二曲一隻で対になっていた。目にしたとたん、彦太郎の総身がざわりと粟立《あわだ》った。

「これはまた……何とも風変わりな屏風絵だな」

祖父はとまどった表情を浮かべたが、四宝屋はさもありなんと言いたげな満足そうな笑みを広げた。

「これまでにない変わり種どっしゃろ？　ここんとこ京ではたいそな評判になっとりまして

に呟いた。

「円山、主水……」

応挙《おうきょ》を名乗るのは、この翌年からだ。彦太郎は、初めて耳にしたその名を、身に刻むよう

な、円山主水《まるやまもんど》ちゅう絵師どすわ」

彦太郎にとって絵とは、人をびっくりさせるものだ。どのような大家の筆であっても、並みの山水画や花鳥画は退屈に思える。他人の絵に心を揺さぶられたのは、応挙の『氷図《こおりず》屏風』が初めてだった。

「割れ氷に鯉か……画題はありふれているが」

祖父がそう言ったから、本当は氷図ではなく、鯉魚図《りぎょず》という方が正しい。主にあたる右隻に、割れた氷の穴から勢いよくはねる鯉が描かれて、添えの左隻には、ただひびの入った氷だけがあった。

割れ氷は、唐では吉祥の意味がある。画題にもたびたびとりあげられたが、祖父が腑に落ちぬ顔をしているのは、鯉の描き方がめずらしかったためだろう。

まるで生きているような、いまにも屏風からとび出してきそうな生々しい姿だった。

「『写生』と言いましてな、在るものを在るがままに、まさに生きたままを紙に写しとるんですわ。これが新しゅうて面白いと、数寄者《すきしゃ》のあいだでもてはやされとるんどす」

と、文具屋の隠居が、噂を披露する。

写生画が京雀たちに受け入れられたのは、ちょうどそのころ隆盛の兆しが見えていた、本草学や博物学への興味が底にあった。この手の学問に勤《いそ》しむ者たちは、新たな種の発見や分類に余念がなく、これをまとめた図鑑も出回りはじめていた。そこには詳しい説明とともに、動植物の姿を丹念に写した絵が載せられており、誰にでもわかり良いものだった。博物学趣味は、広く町人にも波及して、流行の先端となっていた。

応挙の写生画は、この時代の潮流にぴたりと嵌《は》まったのである。

ただ、決して万人が、拍手喝采で迎えたわけではない。ことに画壇の重鎮たちは、写生画を認めようとはしなかった。

本来、絵というものは、物事の隠れた本質を、美と情緒をもって表現するものだ。たとえていえば、与謝蕪村《よさぶそん》に代表される詩情こそ、絵の真髄だと評される。対象をいかに細密に描こうとも、単にそのまま写しとったものに価値はない。

深山箏白が応挙の筆を、「絵ではなく絵図だ」と言い切ったのも、同じ理由であろう。

絵画に一家言もつ者たちは、おおむね感心しないようすを見せたが、代わりに大勢の都人たちは、驚きと賞賛をもって写生画を受け入れた。

あいにくと祖父は昔堅気の人だったから、やはり円山主水の鯉魚図には得心のいかぬようすで、しきりと首をひねっていたが、彦太郎が張りついていたのは鯉がはねる右隻ではない。氷のみが描かれた左隻だった。

地色さえ塗られていない画面に、ただ簡素な線が走っている。背景はおろか、池の枠さえない。そこにはただ、氷に入ったひびだけが横たわっていた。

たったそれだけで、氷の冷たさと森閑とした空気が伝わってくる。時折、きりりと鳴って新たな裂け目が増える。その音さえきこえてきそうだ。

「この絵を描いた絵師は、京にいるのですか？」

左面から目を離さぬまま彦太郎が問うと、四条に住まいがあると、隠居はすぐに教えてくれた。

「じさま、おれは円山主水という絵師に会《お》うてみたい」

びっくりしたように祖父は、まじまじと孫をながめた。

「めずらしいこともあるもんだな。日頃はどんな絵を見せても、へたくそだの、あくびが出るだの、散々にこきおろしておったというのに」

常に大人を小馬鹿にしているかのような目が、いつになく真剣だった。孫のその変化に、何よりも祖父は驚いていた。

「よっぽど気に入らはったんどすな。彦の坊も絵心がおありどすさかい、やはり見る目が違うのかもしれまへんな」

気に入りの絵師を褒められて、四宝屋も相好《そうごう》を崩す。うきうきと四条までの案内役を買って出た。

彦太郎はこの日初めて、後の師匠、円山応挙に会った。

「さようですか。こちらのお孫さまも、絵を描いておられるのですか」

幸い、応挙は四条に在宅していて、ふいの来訪にもかかわらず三人を快く迎えてくれた。

「何を見せても素っ気ない孫が、円山先生の屏風絵には、たいそう感じ入ったようでしてな」

画風には感心しなかった祖父も、応挙の人となりには好感をもったようだ。穏やかで静かな佇《たたず》まいと、ていねいな態度は、このころから変わっていない。

応挙は三十三歳。画家としてはまだ若かったが、すでに「附立《つけたて》」技法を完成させていた。下描きや輪郭線を骨描《こつが》きといい、逆に線を用いず、墨や絵具をそのまま塗ることを「没《もっ》骨《こつ》」という。附立は、没骨の技法のひとつで、墨絵具の濃淡だけで描ききる。墨なら淡墨《たんぼく》を筆にたっぷりと含ませ、先にだけ濃墨《こずみ》をつけると、一筆で濃淡が浮き上がり、輪郭が現れる。

精緻な写生画を得手とする応挙は、技に優れた画家でもあった。

しかし彦太郎が惹かれたのは、写生でも筆の技でもない。

言ってみれば、何も描かれていない空間にこそ、彦太郎は強く惹かれた。

屏風や襖絵となれば、誰しも絢爛《けんらん》に走る。画面の許す限り、美しく派手やかなものをいっぱいに描きこもうとする。いわば足し算であり、対して応挙は引き算の画家だった。徹底して無駄をのぞき、装飾を限り、置くべきものだけを配する。結果、紙の大半を、大きな空間が占めることとなり、その何もない余白に独特の空気がただよう。氷が昇華するような、静謐で澄んだ大気が、応挙の絵には満ちていた。

卓越した構成力があってこそ、なし得る技だ。

——計算され尽くした隙のない構図が、妥協やほころびとは無縁の、静謐な世界をつくりだす。

与謝蕪村の弟子、月渓《げっけい》もまた、応挙の長所を的確に見抜いていた。

応挙の間を読む力は、二十代のころに携わった『眼鏡絵《めがねえ》』に因《よ》るものかもしれない。それまでの日本画にはない、遠近法で描かれた風景画を、レンズを備えた「のぞき眼鏡」を通して覗くと立体的に見える。西洋から伝わったこの遊びは、ひところ京でも大流行し、眼鏡絵がとぶように売れた。

画家としてひとり立ちする前、応挙は玩具商のもとでこの眼鏡絵を描いていた。平面に遠近をつける方法や、緻密な線は、南蛮渡りの眼鏡絵から学んだのだろう。後にたぐいまれな空間を、応挙の絵の中に生むことになる。

「よろしければ、お孫さまの絵を、拝見させていただきますが」

京中から引っ張りだこの絵師となっても、奢ったようすがないのは、丹波《たんば》の百姓の倅《せがれ》だからかもしれない。ていねいに祖父に申し出て、柔和な笑みを彦太郎に向けた。

「いや、今日はそのようなつもりはなかった故……」

「ぜひ先生に、見ていただきとうございます！」

祖父の弱気を、彦太郎は気合を込めて吹き払った。

「いま、この場で描きますから、筆と紙をお貸しいただけませぬか」

応挙がゆったりとうなずいて、脇に控えていた弟子が、すばやく腰を上げた。二十歳前くらいに思える、細面《ほそおもて》のまじめそうな青年だった。無駄のない動きで、筆を数本と、すでに磨《す》ってある墨をそろえる。この若者が、後の源琦《げんき》である。

「半切《はんきり》で、よろしいですか？」

弟子が師匠にたずね、応挙が彦太郎に顔を向ける。彦太郎がうなずくと、弟子は畳の上に下敷きとなる布を敷き、掛け軸につかう長い紙をのべた。書画に用いられる画仙紙《がせんし》を、縦半分に切ったことから、その名がついた。

筆を墨に浸しながら、さて、何を描こうかと、彦太郎は迷った。

他人に見せるための絵だから、もともと即興の席画は得意だ。どちらかというと景物《けいぶつ》や草木よりも、人や動物を好んで描いたが、頭の中には、さっき目に焼きつけたばかりの氷図があった。

考えた挙句、彦太郎は、細筆で氷のひびに似た線を何本か入れた。ただ、氷のように硬質ではなく、わずかにたわみを帯び、空に向かって伸びている。薄墨でそれを描ききると、今度は同じ筆に濃墨を含ませた。線の上に、五枚の花弁をおく。

気を抜くと手指がふるえ、額には汗が浮いている。こんなに真剣に描いたのは、生まれて初めてだった。いくつもの花を仕上げ、筆をおく。

「できました」

緊張や迷いのためか、もち味である筆の勢いは失《う》せている。決して満足のいく出来ではなかった。じっくりとながめる絵師の姿に、だんだんと鼓動が早まってくる。

もしや、何を描いたかすらわからないのだろうか――。

心配が頭をもたげたとき、応挙が口を開いた。

「これは、桜ですな」

「はい」

心の底からほっとした。こんもりと咲く桜ではなく、枝にぽつぽつと花をつける野桜だった。

「この花の描き方は、どなたかに教わったのですか?」

「いえ、私の工夫です……」

落ちた五枚の花びらが、ちょうど花の形を成していた。地面でふたたび咲くようなさまを見て、思いついたものだった。先がふたつに割れた花びらを、一枚一枚紙に貼りつけたような描き方は、写生とは対極にあり紋様に近い。

「このような桜は、ついぞ目にしたことがありませぬな」

やはり駄目なのだろうかと、一瞬心が沈んだが、驚いたことに応挙は彦太郎に笑顔を向けた。

「その歳で己で工夫して、このような桜を描くとは、おみそれしました」

あまり表情を変えぬ男だ。祖父を前にしての世辞ではないと、口ぶりや目の色でわかった。

驚きが勝り、しばしぼんやりしていたが、しだいにふくふくとした嬉しさがこみ上げる。

「お孫さまの才は本物です。ぜひこれからも、精進なさいませ」

力強い励ましに、祖父はもちろん、四宝屋の隠居までもが喜んでくれた。

「またいつでも、絵を見せにいらっしゃい」

帰る折も、応挙は穏やかな笑顔で三人を見送った。

誰かに似ていると、ふと思った。

けれど誰に似ているのか、そのときはどうしてもわからなかった。

「あの円山主水という絵師は、なかなかの男だな」

現金なもので、すっかり応挙贔屓になった祖父は、帰る道々も上機嫌だった。

祖父が死んだのはそれから一年後、絵師が応挙と名を改めた、その年のことだった。

家の中に、己の居場所さえ見つけられない。

祖父だけが、たったひとつの拠所であったのだと、彦太郎は思い知った。

目を背ける母と、何も顔に出さぬ父の前では、悪戯さえ虚《むな》しく空回りする。自ずと屋敷に居つかなくなり、年上の悪仲間とつるんでは色街にくり出すようになった。酒や女を覚えたのもそのころだが、からっぽな身の内はどうにも埋まらない。

何でも器用にこなす一方で、何も身につかない。

習い事のほとんどはやめてしまったが、唯一絵だけは描き続けていた。自覚はなかったが、応挙の言葉が励みになっていたのかもしれない。

まもなく祖父が寝ついたこともあり、京の四条には、あれ以来一度も行っていない。筆をとるたびに、丸く福々しい絵師の面影は浮かんだが、足を向ける気にはなれなかった。

その名をふたたび目にしたのは、祖父の死から二年後、彦太郎は十五になっていた。

本当ならそろそろ元服をすませ、跡継ぎとして殿さまに御目見《おめみえ》しなければならぬ頃だが、彦太郎はほとんど家に寄りつかず、また父からも何も言ってこない。

「たまには顔出さんと、知らん間に廃嫡されるんとちゃうか？」

遊び仲間にまで揶揄される始末だが、半ば意地になり、折り合うきっかけすらつかめずにいた。そんな中、仲間のひとりがあるものを携えてきた。

「こいつは『平安人物志』ちゅうてな、文人やら学者やらを番付したもんや」

「おえらい先生の番付なんぞ、くそも面白うあらへんがな。どうせなら遊郭の太夫の番付でもってこんかい」

違いない、と仲間たちはどっと笑ったが、文人という言葉が耳にとまった。

「その番付、もしや絵師も載っているのか？」

「ああ、たしかあったように思うわ……ええと、ほれ、ここや」

示されるやいなや、ひったくるようにして、彦太郎は画家の部に見入った。

目当ての名は、すぐに見つかった。

大西酔月《おおにしすいげつ》が存命のころだ。その次の二位に、応挙の名は挙がっていた。

「円山応挙……こんな位にまで、上り詰めていたのか……」

正体のわからない熱いかたまりがこみ上げて、胸がいっぱいになった。祖父の死に消沈し、自棄《やけ》を起こしているあいだに、相手はぐんぐん高みへ上っていく。もう、追ったところで間に合わぬかもしれない。それでも彦太郎は、じっとしてはいられなかった。

「おい、彦、どこへ行くんか。外は雨やで！」

仲間の声が追ってきたが、じっとしておられず、外へとび出した。

篠《しの》突《つ》く雨は、火照《ほて》った頭にはかえって心地いい。

目指したのは、京の四条だった。

京のとっつきまでなら四里だが、四条までは五里はある。淀を出たときにはすでに、陽は落ちかかっていた。

真っ暗な道を、雨に濡れながらひたすら駆けた。泥で草履がすべり、ころんではまた起き上がる。息が切れると歩き、そしてまた走る。

祖父とともに、たびたび歩いた道だ。幸い足は覚えていて、やがて四条にある絵師の住まいに辿り着いた。

ずぶ濡れの上に泥だらけだ。玄関に出てきた弟子は、彦太郎の姿にまず仰天した。

「あの、円山先生にお会いしたいのですが……」

「あいにくと先生は、出かけております。お帰りは遅うなると思いますが」

不在だと告げられたとたん、思わず土間に座り込みそうになった。唇を噛み、両手を握りしめる。そのとき初めて、左手に握っていたものに気がついた。墨はにじみ、紙はいまにも破れそうになっていたが、おや、と弟子は目を止めた。

「もしや、平安人物志ではありませんか？」

仲間に返すのも忘れ、握ったままとび出してしまったようだ。判読もできぬほど、ぼろぼろになった冊子は、いまの彦太郎そのものに見えた。

「お祝いに、駆けつけてくだすったのですか？」

すでに夏も過ぎていて、濡れたからだが芯から冷えてくる。それを暖かな掻巻《かいまき》で包むような、やさしい声だった。

「いえ……あ、はい……」

曖昧《あいまい》な返事にも、にこりとする。やはり人をほっとさせるような、心地のよい笑みだった。

「ひとまず、お上がりください。そんな恰好では、風邪をひいてしまいますよ」

遠慮はしたものの、結局、勧められるまま板間に上がり込んだのは、若い弟子がまとう和やかなものに安堵したためかもしれない。まるでやんちゃな弟の面倒を見るかのように、手拭《てぬぐ》いや着物を出してきたり、熱い茶を淹《い》れてくれたりと、まめまめしく世話してくれる。乾いたものに着替えて一服すると、ようやく人心地ついた。

「申し遅れました。淀から参りました、吉村彦太郎と申します」

彦太郎が名乗ると、心当たりがあるようにしばし考える顔をした。

「ひょっとして、三年ほど前におじいさまとご一緒に訪ねていらした方ですか？」

こちらはすっかり忘れていたが、相手は彦太郎を覚えていた。

「私は、駒井幸之助《こまいこうのすけ》と申します」

後に源琦と号する、一の弟子だった。根付職人の息子で、彦太郎より七歳上になる。応挙の弟子は、町人がとび抜けて多かった。

応挙の傍らで、筆や墨を整えてくれた弟子だと、彦太郎もようやく思い出した。ていねいな態度は、武家に対する町人の礼儀というよりも、この青年のもとからの気質であろう。

「覚えていたのは、あの桜です。先生が仰ったとおり花に工夫があって、何よりも健気《けなげ》に見えました」

褒める口調にも、てらいや屈託がない。話を交わすうち、荒ぶっていた気持ちがいつのまにか落ち着いていた。こんなにくつろいだのは、祖父が死んで以来初めてだった。

「おや、先生がお帰りになったようですよ」

やがて応挙が帰宅して、彦太郎は夜分に訪れた非礼を詫び、ひとまず祝辞を述べた。三年ぶりに突然現れた彦太郎に、驚きはしたのだろうが、気持ちを腹に納める男だ。それでも祖父の不幸をきくと、痛ましそうに顔を曇らせた。

「あの、本日は、先生にお願いがあって参りました。私を弟子にしてください」

「構いませぬよ」

即座に承知してくれた。多くはないが、武家の門弟も抱えており、また大坂や、遠く離れた播州にも応挙の弟子はいる。

「淀であれば、そう遠くはない。お好きな折に、通われればよろしかろう」

吉村家を継ぐ身であることを考慮して、たとえ年に一度でも構わないと応挙は言った。まだ元服前だから、親の許しは得るようにと、それだけはつけ加えた。

「絵を続けているときいて、私も嬉しい。あの桜の絵は、いまも大事にしまってあります」

「まことですか！」

応挙の丸い顔が、うなずいた。兄弟子の心尽くしで溶けかかっていた心が、ほろりとくずれた。不覚にも、涙が堪えられなかった。

「……ありがとう、ございます……一生懸命、精進します」

「楽しみに、しておりますよ」

涙を拭い、顔を上げると、応挙の静かな目とぶつかった。

そのとき、この絵師が誰に似ているか、ようやく思い当たった。

父の、吉村和右衛門だった。


「父上、お話があります」

ひと晩厄介になり、翌朝、家に帰った彦太郎は、父の居室に向かった。

「話とは、何だ」

父の顔を正面から見るのは、実に久方ぶりだった。

いったいどこが、応挙と似ているのだろうかと、内心で首をかしげる。少なくとも見てくれは、まったく違う。応挙は顔もからだも丸みを帯びているが、父は恰幅に欠けていた。目鼻の造作も小作りで、かすかにうずく虫歯を堪えているような、いつもそんな辛気くさい表情をしていた。

強いて言えば、気持ちの起伏が、表に出ないことかもしれない。

「役目は非番だが、他出する用向きがある。あまり時がない故、早《はよ》う申せ」

長く向き合っていたくない、そう言いたげに、父は気短かにせっついた。

京で話題の絵師に、弟子入りしたい。これを機に心を入れ替えて、悪所通いもやめるから、月に一度ほど京に通わせてほしいと、父にはそう頼むつもりでいた。

だが、己を正視しない父をながめるうちに、彦太郎の胸に悪戯心がわいた。

一度でいいからこの父が、あわてふためくさまを見てみたい——。

ふと、そんな思いにかられたのだ。

「父上、私は絵師になります」

開口一番、彦太郎はそう告げた。

「どうかこの吉村の家から、出していただきとう存じます」

「……つまりは、この家を継ぐことはせぬと、そういうことか？」

「さようです。私は円山応挙という先生のもとで、絵の修業がしたいのです」

内弟子に入るという考えは、それまで彦太郎の頭にはなかった。

長男が自ら廃嫡を願い出る。これなら、滅多に震えることさえない父の度肝を、抜くことができよう。青ざめ、おろおろする、そんな父を見てみたいという、はなはだ子供っぽい思いつきだった。

和右衛門は、かすかに眉をひそめ、しかしそれだけだった。

「もう、心に決めておるのか？」

念を押され、はいとこたえるしかない。

まるで肩の荷を下ろしたように、父はため息をひとつついた。

「相分かった。好きにするがよい」

「え？」

「家督は、久次郎《ひさじろう》に継がせることにする」

一瞬、耳を疑った。驚くどころか、父はあっさりと長男の廃嫡を認めた。

己はただ、ひとり相撲をしていたに過ぎなかった——。父も母も、とうに彦太郎を見限っていたのだ。これまで黙っていたのは、祖父の遺言があったからだ。当の本人の望みなら、反故《ほご》にするのもやむをえまい。理由を探していた父親に、彦太郎自らがきっかけを与えたようなものだった。

「ひとまず久次郎には伝えておくが、仔細は戻ってから相談いたそう」

父が立ち上がり、背中を向けたとき、たしかに彦太郎は何かが割れる音をきいた。

応挙の絵から響いた、氷の音だった。

父と応挙の相似がどこにあるかを知ったのは、弟子入りしてしばらく経ってからだったが、このとき彦太郎は薄々感づいていた。

あからさまな人の感情に、触れるのを厭う。ちょうど応挙の描いた薄い氷を、身にまとわせているような、父にも応挙にも、そういうところがあった。知らず知らず彦太郎はふたりを重ね合わせ、応挙を慕う気持ちの中には、父親を求める感傷がたしかにあった。

幸い、応挙と彦太郎のあいだには、絵という絆《きずな》があった。父にくらべれば物腰も穏やかで話しやすい。同門の弟子たちとは悶着が絶えないものの、一の兄弟子の源琦は、本当の弟のように可愛がってくれる。四条での内弟子暮らしにはやがて馴染んだが、吉村家にいた最後の数日は、悪夢を見ている心地がした。

母は喜びを隠そうともせず、当の弟だけは誰よりも驚いていたが、兄上に代わって家を守りますと、行儀よく頭を下げた。

あれはただの冗談だった。やはり私に継がせてほしいと乞えば、事は覆ったのかもしれない。けれど、口にできなかった。屋敷中が、弟の家督相続に浮き立っていたからだ。

「旦那さまと奥方さまも、肩の荷が下ろせてやれやれでんな」

「あないなごんたくれが殿さまにならはったら、先はあらへん。わてらですら仰山、気を揉《も》んどったさかいな」

「これで吉村家は安泰や。家運もようやく上がるというもんでっせ」

使用人たちのひそひそ話は、いたく彦太郎を傷つけた。両親にとって、いかに己が厄介者だったのか、いまさらながらに思い知った。

それでも彦太郎は、両親を責めるつもりはなかった。息子と向き合う機会を奪ってきたのは、孫を誰より慈しんでくれた祖父であったからだ。

ただ己で感じていた以上に、彦太郎は武家というものに、失ってしまった嫡男という地位に固執していた。腰の刀は、その未練の現れであった。

彦太郎はやはり、刀を捨てることはできない。それでも絵師としての道には、明るい兆しが見えはじめていた。

月渓と出会った日の翌朝、彦太郎は兄弟子の声に起こされた。


「ほれ、彦太郎、しっかりしなさい。昨夜《ゆうべ》もまた、帰りが遅かったのだろう？　まったく困ったやつだ」

小言を口にしながらも、源琦の世話焼きは相変わらずだ。どうしても目があかない彦太郎に、身仕度を促して手拭いを握らせる。

「先生が、おまえに話があるそうだ。奥でお待ちだから、早《はよ》う行きなさい」

井戸端で顔を洗うと、ようやくしゃっきりした。師匠の座敷に赴いて、お呼びでしょうかと頭を下げる。すでに源琦は、師匠の横に膝をそろえていた。

「おまえにもそろそろ、落款《らっかん》を拵《こしら》えてやらねばと思うてな」

「よろしいのですか！」

つい、大きな声で叫んでいた。応挙がゆっくりと首をうなずかせる。

仕上げた絵に、署名や印を入れるのが落款というものだ。応挙門下では、一人前の絵師として、師に認められた証しでもあった。祝儀代わりに、弟子には印が贈られる。彦太郎の胸は、喜びではち切れそうになった。

「おまえに何か思案があるなら、そのとおりに作らせよう。どのような印がよいか」

たずねられ、即座にこたえた。

「魚《うお》と氷を、印にしとうございます」

「魚と、氷？」

「私が初めて目にした、お師匠さまの絵です。四宝屋のご隠居から見せられた」

ああ、と応挙も思い出し、となりの源琦も納得顔になった。

「彦太郎はことのほか、あの絵に執心しておりましたから」

「よかろう、それにしなさい。思いつく図案はあるか？」

彦太郎は少し考えて筆をとり、亀甲の中に魚の字を入れた。六角の亀甲が、氷を意味する。

しばしながめて、応挙が言った。

「ふむ、悪くはないが……いっそ氷を溶かしてみてはどうか」

「溶かす……と言いますと？」

彦太郎の図案の横に、応挙はもうひとつ魚という字を書いた。それをふよふよと頼りない六角で囲む。角のとれた亀甲は、形がやさしく、梅の花にも似ていた。

「亀甲では多少、角がきつい。このほうが、落款としては収まりがよかろう」

「はい、ありがたく、ちょうだいします」

応挙がうなずき、源琦が満面の笑みを向ける。

父の氷は溶けず、割れてしまった。けれども応挙の氷は、早春の雪のように、少しずつ流れていくのかもしれない。そんな思いが胸にわいた。

「彦太郎、印を賜ったのだから、少しは酒や色街通いは控えるのだぞ」

「今宵は、そのための祝宴をあげねばなりませぬ」

源琦の忠告に、すましてこたえる。兄弟子はあきれたが、師匠の目は笑っていた。

初夏の風が座敷に流れ、魚に氷を記した紙が、ひらりと舞い上がった。

第六章・南紀

冬というのに風は暖かく、穏やかな波音は子守唄のようだ。

陰暦師走半ば、京は底冷えに縮こまっているころだが、この南紀州はまるで冬とは縁を切っているかのようだ。昼間の日差しはぽかぽかと心地よく照りつけて、眠気を誘う。

うつらうつらとまどろみながら、手は魚に氷の印をころがしていた。師匠から授かった落款は、歳月を経てつやを帯びている。

あれから十年が過ぎていた。

彦太郎《ひこたろう》にとっては、恵まれた年月だった。円山応挙《まるやまおうきょ》の弟子として、ひとり立ちした証しに印を得た。そのころから吉村胡雪《よしむらこせつ》の名は、京の町で広く知られるようになった。一の兄弟子、源琦《げんき》に次ぐ、応挙の懐刀というだけでなく、その才の豊かさに誰もが目を見張った。

「筆の運びに、ためらいがおへん。勢いのある、おもろい線や」

「ことに席画の腕はすぐれとる。その場でささっと描きよるもんが、恐ろしゅう上手でな」

「あの孔雀《くじやく》を見やはりましたか。円山先生と寸分違《たが》わぬ、神々しい孔雀や。先生ばかりやのうて、その気にならはったら、どんな絵師の絵もそっくりに描けるそうどすわ」

「器用なもんやな。それでいて吉村胡雪の絵は、円山応挙とどっこも似とらへん。まるで別物や」

ふっ、と彦太郎は目をあけた。

京雀たちの評価も、概《おおむ》ね芳《かんば》しいものばかりだ。それでも師匠の画風を受けついでいないと言われるたびに、水底にたまる泥をかき混ぜられたごとく、にごったもやが立ちのぼる。親の血が薄いと言われた子のように、寂しさの混じった不安が忍び寄る。

手を顔の前にもってきて、印を見詰めた。

魚の字を、溶けかかった氷のような、柔らかな六角が囲む。彦太郎にとって、護符であり、大事な守袋《まもりぶくろ》でもあった。

市中の評判とともに、師の彦太郎への信頼も、大いに増していた。

応挙の名声は、いまや京に留《とど》まらず、西国に広く知れ渡っている。注文は引きも切らず、一方で洛中の贔屓筋をさばくだけで応挙は手いっぱいだ。応挙風の絵を完璧にこなせる弟子は重宝されて、師匠の代わりに彦太郎が遠国《おんごく》へ出向くことが多くなった。

図案は師が描き、そのとおりに彦太郎が、襖や屏風に写しとる。これだけ模写をくり返しているにもかかわらず、肝心の吉村胡雪の絵はいっこうに師に近づかず、むしろだんだんと離れていく。

緻密に対し大胆に。写生に比して抽象に。人の目を欺くような突飛な構図も、少なくない。応挙は、それらの絵からほとばしる飛沫《しぶき》を、疎んじることはしなかった。

「おまえはおまえの絵を描きなさい。いつも代書ばかりさせて、すまないと思うておる。せめておまえの才だけは、おまえの手で伸ばしてやりなさい」

南紀州へ旅立つ折にも、そう言って送り出してくれた。

京を立ったのは、十月だった。この年は閏《うるう》十月があったため、かれこれ三月前になる。伏見《ふしみ》の船着場から、大坂船場《せんば》までは船で。あとは馬と徒歩《かち》で、紀伊半島の西の形をたどるようにして、海辺の街道を南下した。峠をいくつも越え、六日後、白良浜を擁する田辺《たなべ》に着いた。

白良浜は、風光明媚な温泉地で、年中通して湯治客が絶えない。名の由来となった白い砂浜は、石英が多いためである。断崖絶壁の名勝、三段壁《さんだんへき》からのながめは雄大で、円月島《えんげつとう》を背景に、千畳敷《せんじょうじき》からながめる夕日はどこよりも美しかった。

またここからは、熊野《くまの》への道が二本通っている。熊野へ詣で、行き帰りに白良浜で遊山する旅人も多かった。

それまでは行く先々で寺に泊まっていたが、田辺では物持ちの家に厄介になった。

京の有名な絵師が来たとの噂はたちまち広がり、大歓迎を受けた。紙や扇子を手に、方々から土地の顔役たちが詰めかけて、彦太郎は休む間もなく絵を描いた。牛に猿、鷹に鶏、蟬《せみ》に蜻蛉《とんぼ》、あるいは達磨《だるま》に美女。乞われれば、なまめかしい女体も請け負った。ただし同じ絵は、二度と描かない。

彦太郎の、絵師としての自負であり、こだわりだった。

「たいしたもんや。さすがに平安人物志に載らはった先生は、違《ちご》うおますな」

吉村胡雪の名が、初めて載ったのは四年前、天明《てんめい》二年だった。

絵師は二十九人がえらばれて、筆頭はもちろん円山応挙である。さらにそのうち五人が応挙門下で占められ、吉村胡雪もそのひとりだ。

彦太郎は、得意の絶頂だった。

四条を歩けば、道往《ゆ》く者たちから頭を下げられ、通いなれた色街でも女たちの受けはいっそう良くなった。

「あまり天狗になってはいけないよ、彦太郎。伸び過ぎた稲穂は倒れやすい。うまくいっているときこそ、頭は低くしておくものだ」

兄弟子の源琦はしばしばそういさめたが、彦太郎はどこ吹く風だ。日頃から周囲には、素行が悪い、不遜だと、はなはだ評判が悪い。どうだ、恐れ入ったかと、見返す気持ちが強かった。ろくな絵も描けぬ輩に限って、陰口だけは達者だ。どう言われようと、たいして気にも留めなかったが、ひとりだけ気になる者がいた。深山箏白《みやまそうはく》こと豊蔵《とよぞう》だ。

相変わらずあの男とは、親しく行き来する間柄ではない。ただ、互いに同じ絵師だから、画材の店や書画展などで出くわすことがある。

ふいに現れて、こちらの見当とは大きく外れたことを口にする。

彦太郎にとって、深山箏白とは、そういう男だった。

唯一無二の友だった池大雅《いけのたいが》が亡くなって、豊蔵は旅に出た。それきりぷつりと音信は途絶え、彦太郎も忘れかけていた。ふたたび現れたのは、二年も経ってからだ。

若い画家たち数人で開いた、書画会の席だった。彦太郎も三枚の絵を披露していたが、中の一枚がことさら評判が良かった。

『東山名所図《ひがしやまめいしょず》』。祇園社の向こうに清水寺を配し、遊山を楽しむ人々の姿を描いた。

彦太郎にしてはめずらしく、奇をてらうことをせず、豊かな景色と参道のにぎわいを素直に紙に写しとった。これが思いのほか好評で、さる商人が高い値をつけて買いとり、同様の絵を描いてほしいとの求めをいくつも受けた。

吉村胡雪の名を広める、大事な足掛かりとなったが、あの男だけは別だった。

「なんや、このつまらん絵は。少し見ぬ間に、ずいぶんと筆が鈍《なま》ったな」

再会の挨拶すらろくにせず、ひと目見るなり呆れた声をあげた。

「久しぶりに会うたというのに、何だその言い草は」

彦太郎の剣突《けんつく》などきこえぬように、あとの二枚を一瞥《いちべつ》し、ふん、とつまらなそうに、すぐに顔を背けた。

「あの二枚もたいしたことあらへんが、この絵がいちばんひどい。どこぞで見たよな名所絵や」

言われて、ぎくりとした。誰かの作を真似たわけでは決してないが、この手の絵は世にあふれている。名所図といえばこのようなものだろうと、安直に走り、深い考えなしに仕上げた。好評を得たのは存外で、自分でもどこか納得のいかなさがあった。その心中を、見抜かれたように思えたのだ。

「こぎれいなだけで、少しも響くもんがない。おまえの師匠とおんなしや」

皮肉でも嫌味でもない。心底、愛想をつかしているとわかった。

そのときは、師匠を馬鹿にするなといつものとおり怒鳴りつけ、これ以上用はないと言わんばかりに、豊蔵もさっさと帰っていった。その実、投げられた言葉はひどく応えた。いつまでも余韻の消えぬ鐘のように、胸の中で後をひいた。

後日、客の求めに応じて幾枚かの名所絵を仕上げたが、一枚ごとに気が滅入《めい》り、途中からぷっつりと描かなくなった。

油断していると、ふいに目の前に現れて、大きな棘《とげ》を突き刺していく。

彦太郎より十一歳上だから、当の豊蔵はすでに四十四になっている。未だに芽の出る気配はなく、時折旅に出て、糊口を凌《しの》いでいる有様だ。京から来た平安絵師というだけで、田舎ではめずらしがられ、仕事にもありつける。

不遇な絵師の文句なぞ、気に留めることはない。わかってはいたが、枯れかかった蒲のような貧相な姿は、たびたび脳裡《のうり》をよぎり、彦太郎を不快にさせた。

また、そろそろ現れるのではないか——。

「馬鹿な……いくら何でも、こんなところまで追いかけてくるはずがなかろう」

胸をかすめた思いつきを、声に出して払った。

ここは白良浜より、さらに京から離れている。紀伊半島の最南端に位置する、串本《くしもと》という小さな漁村だった。紀州の南端は、本州のもっとも南を意味する。そこに小さなおできのように、潮岬《しおのみさき》が突きだして、傍らには大島《おおしま》と呼ばれる島がならぶ。串本は、本州と潮岬の繋ぎ目にあたる。

魚は美味《うま》く、人は素朴で朗らかだ。しかしふた月以上も逗留《とうりゅう》すると、さすがに飽いてくる。

何より困るのは色街がないことだ。白良浜は大きな湯治場だから、女をおく宿も相応にあったが、串本にはそれがない。なめらかであたたかな肌に、毎日でも触れたい彦太郎としては、はなはだ不自由な土地だった。

ついため息をついたとき、ききなれた足音が廊下を伝って近づいてきた。

「また昼寝か。いい加減、お釈迦さまに叱られるわい」

しゃがれた声が、頭の上から降ってくる。この無量寺《むりょうじ》の住職、愚海《ぐかい》和尚だった。大きな孫をもてあます祖父のように、白髪の多い眉を情けなく下げる。

「ここは御本尊さまのおわす本堂やぞ。昼寝なら、庫裏《くり》でせんかい」

無量寺は、八十年前の宝永《ほうえい》地震で全壊し、大津波に流された。これを再建したのが、愚海和尚である。できたての真新しい本堂は、壁や襖の白が目にまぶしい。和尚は寺の再建を志し、浄財を集めるために京へのぼった。無量寺は臨済宗の禅寺であり、京の東福寺《とうふくじ》が本山にあたるからだ。そのころに応挙と知り合い、親しい友となったのである。ようやく出来上がった本堂を飾るには、当代一の絵師が何よりふさわしい。和尚の頼みを、応挙も快く受けたが、あいにくと串本へ足をはこぶ暇《いとま》はない。応挙の絵を、誰よりも忠実に描ける者として、彦太郎を遣わした。

白良浜を過ぎ、串本に着いたのは、京を立って十日目、南紀では未だ蟬の声がかしましい十月末のことだった。

京から彦太郎と同行したのも愚海和尚だが、京を出て早々、大変な者を引き受けてしまったと後悔したに違いない。その辺の坊主よりよほど僧らしい質朴な師匠とは、この弟子は似ても似つかない。来る日も来る日も酒と女を所望され、串本に着くまでのたった十日で、ほとほと疲れきってしまったとぼやいた。

さらに串本に着いてからも、彦太郎はぶらぶらと遊び暮らし、さっぱり描こうとしない。むっくりと身を起こし、彦太郎はいつもの言い訳を口にした。

「昼寝ではないわ。この襖に何をどう描くべきか、思案をまとめているだけだ」

「また、それかいの。何をどうて、手本はちゃんとあるやないか。上間一之間《かみのまいちのま》の三枚は、円山先生が自ら描いてくれはったもんや。同じ筆遣いで一之間と似合いに描くなぞ、朝飯前だとのたもうたのは、おまえさんじゃろうが」

和尚に責められて、そっぽを向くように顔をそむけた。

本堂奥にある仏間を、上・中・下之間が三方から囲む。さらに上間と下間《しものま》はふた間続きで、それぞれ一之間、二之間《にのま》と称する。

仏間の向かって左に位置する上間一之間は、すでに趣ある座敷に仕上がっていた。襖に『波上群仙図《はじょうぐんせんず》』、床の間に『山水図《さんすいず》』、棚の袋戸に『群鶴図《ぐんかくず》』。応挙から預かった三枚の絵は、着いて早々、襖や袋戸に張りつけられた。

和尚もたいそう満足したが、彦太郎は肝心の役目を、さっぱり果たそうとしなかった。ふた月半が経とうというのに、残る四室の襖は、真っ白なままだ。

文句をこぼす和尚の方が、いい加減、口の中がすっぱくなってきたと冗談にするほどだ。言われる彦太郎も、重々承知はしているのだが、たまに筆を手にしても、どうにも重くてならない。何がわだかまっているのか、薄々感づいてはいるのだが、彦太郎は見て見ぬふりで このふた月余りをやり過ごしていた。

漁師と一緒に漁に出かけ、烏賊《いか》をとったり、鯖の一本釣りも教わった。女断ちなど、彦太郎にはできようはずもないから、ときには漁師の娘や女房をつまみ食いしては和尚から説教されたりもする。

一方で、串本に近い古座《こざ》の成就寺《じょうじゅじ》へ通い、本堂を含めたすべての襖絵を仕上げていた。この成就寺もまた、無量寺と同様に京の東福寺を本山とする。愚海和尚とともに、やはり応挙に絵を依頼したが、この寺には自身の絵を託すことなく、「おまえの好きに描いてかまわぬ」と、許しを得ている。

彦太郎は張り切って、『唐獅子図《からじしず》』や『花鳥群狗図《かちょうぐんくず》』を描いたが、胸中のわだかまりに足をとられたように、決して満足のいく出来ではなく、かえって絵筆の重みが増したように感じた。

しかし幸いなことに、良い暇潰しを見つけた。

彦太郎の無聊《ぶりょう》を慰めてくれたのは、絵でも女でもなく、別のものだった。

ぱたぱたと、かるい足音が外からきこえ、いくつもの小さな頭が縁にとりついた。

「せんせぇ、もうみんな集まっとるで」
四、五人の子供らが、早う早うと彦太郎を急《せ》かす。男女を問わず、どの顔も真っ黒に潮焼けしているが、京坂の童子より無邪気で屈託がない。近在の漁師の子供たちで、彦太郎を目当てに、毎日のようにこの寺に通ってくる。
「もう、そんな刻限か。仕度も済んでおるのか？」

「とうにできとるわ」

「机も運んだし、筆もそろえた。墨も磨りはじめとるよ」

「そいつは用意がいいな。よし、はじめるか」

「おまえさんがこうも子供好きとは、見当すらせんかったわ」

皮肉の陰に、ちらりと感謝の念を覗かせて、愚海和尚が苦笑をこぼした。

小さな手に引っ張られるようにして、彦太郎は本堂の脇へと消えた。

「やれやれ、これでは紺屋《こうや》の明後日《あさって》より当てにならんな」

和尚は恨めしそうに白い襖をながめ、ため息をついた。


「せんせぇ、うちの描いた雀見てえ」

「おれのが先や。今朝、父ちゃんが釣ってきた、でっかい鯖を描いたんや」

「おれは草双紙《くさぞうし》がええ。せんせぇ、浦島太郎をまたきかせてくれんか」

欅《けやき》の根方に腰かけた彦太郎のまわりに、わらわらと子供たちが群がる。

その向こうには小机が十ほども据えられて、それぞれがてんでに筆をもち、書や絵にとっくんでいる。かと思えば、飽いた何人かは、まわりで追いかけっこをしたり、寝そべって猫とたわむれたりと、自由きままに過ごしていた。

境内にある欅の下は、即席の寺子屋になっていた。

温暖なこの地は雨も少なく、たまの雨露は欅の枝葉がさえぎってくれる。ただ、嵐だけはすさまじく、彦太郎が逗留しているあいだにも、できたばかりの本堂が根こそぎもっていかれそうなほどの風雨に何度もさらされた。冬の最中のいまは、空も海も何事もなかったようにからりとして、京より青々として見える空に、子供の歓声だけが高く響く。

最初はほんの三人ほど、寺に用のあった親についてきたのだろう。草木や鳥などを写生していた彦太郎を、興味津々でながめていた。

「お侍さん、上手やなあ」

「おまえ、知らんのか。京からわざわざ来た絵描きさんやもん、上手はあたりまえや」

「なあなあ、次はあそこで寝とる、トラを描いてくれんか？」

トラというのは、無量寺に住みついている、茶の縞柄《しまがら》の猫である。よしよしと応じた彦太郎は、虎縞の猫をそのまま写しとるのではなく、あえて表情をもたせ、愛嬌を加えた。相手の喜ぶ絵が、彦太郎の身上だ。たいそう愛らしい猫に、子供たちは大喜びだった。

子供たちは足繁く寺に通うようになり、噂をききつけて、数もひとり増えふたり増え、いまでは二十人に届くほどになった。

最初は絵の手ほどきなぞをしていたが、武家に生まれ育った彦太郎は、読み書きも算盤《そろばん》もひととおりこなす。いまでは乞われるままに、何でも教えるようになっていた。

「せんせぇ、じろやんとまさやんが、またけんかしとる」

「あいつらはいつものことだ、放っておけ」

「せんせぇ、みつが腹が痛いて泣いとるわ」

「庫裏に連れていって、寝かせてやれ。小坊主に言えば、薬もくれよう」

愚海和尚はああ言っていたが、子供好きだとの自覚はない。決して世話好きな気質《たち》ではないから、まめに面倒を見ることもなく、けんかしても泣かれても放りっぱなしの有様だ。

ただ、この歳になっても子供じみたところが抜けぬから、どこか波長が合うのだろう。同じ目線に立ち、一緒に楽しむ——先生と呼びながらも口調はぞんざいで、師匠というより面白い仲間がひとり増えた——子供たちの側にも、そんな空気がただよっていた。

「浦島太郎は、この前やったばかりだろう。今日は、そうだな、さるかに合戦はどうだ?」

わっ、と大きな歓声があがり、机のまわりに陣取っていた子供らも、我先にと集まってくる。桃太郎やかちかち山など、昔話のたぐいは、草双紙として広く親しまれている。いわば子供のための絵本で、赤本と呼ばれた。京坂には豊富だが、この田舎の漁村では滅多に見かけない。

彦太郎は即席で絵を描いて、それを見せながら物語を語ってやった。子供たちには何よりの楽しみとなり、彦太郎が画帳にすばやく筆を走らせるあいだから、熱心に覗きこむ。五枚ほどの絵を描き上げて、昔話をはじめた。あれほどにぎやかだった境内が、いっとき静まりかえり、よくとおる彦太郎の声だけが、しばし朗々と響く。

ほどなく子供らは物語に引き込まれ、猿が蟹《かに》をだましたくだりには、ずるい奴だと非難を浴びせ、その仇討《かたきうち》に栗や臼《うす》が乗り出したときには、やんやと喝采した。

「この栗と臼に、加勢を申し出たのが、蜂と蛇、そして牛糞だ」

「牛の糞が、仇討するのか？　初めてきいたぞ」

「そうなのか？　おれはじさまから、そうきかされたのだがな」

彦太郎が首をひねると、げらげらと子供たちが笑い出す。

さるかに合戦の仇討役は、地方や語り手によってさまざまで、海に近いこの辺りでは、荒《あら》布《め》と呼ばれる海藻が登場するという。

「ほう、荒布か。蛇の代わりに包丁なら、どこかできいたのだが、荒布とはめずらしいな」

「牛の糞の方が、よっぽどけったいや。糞がどうやって仇討するんか」

「そりゃ、顔にぶつけられでもしたら、臭《くそ》うてかなわんわ」

誰かが混ぜ返し、さらに皆が笑いこける。

「いやいや、そうではない。栗や蜂にびっくりした猿が、家から逃げ出そうとして、牛糞にすべってころぶのだ。すってんころりんとな」

そこに臼が落ちてきて、猿を押し潰して物語は終わる。ぱちぱちと子供たちから拍手があがった。気づけば太陽は、いまにもぽちゃりと海に浸《つ》かりそうなほどに西に傾いている。

「今日はこれで仕舞いだ。また、明日な」

はぁい、と返事をし、彦太郎が命じるまでもなく、机や筆墨を寺の納戸に片付けはじめた。

「せんせぇ、明日は独楽回しを見せてくれんか」

「ふん、独楽か。そういえば、しばらく披露しなかったな。ようし、明日は刀の刃渡りではなく、綱渡りを見せてやろう」

わあっ、と期待に満ちた歓声があがり、そこに水をさす者がいた。

「こないな田舎でも曲独楽か。いっそほんまの手妻師《てづまし》に、鞍替《くらが》えしたらどや」

ささくれた蒲の穂のような、手入れの悪い髷《まげ》と、ひょろりとした体軀《たいく》。

思わず自分の目を疑った。いるはずのない男が、目の前に立っている。

深山箏白の画号をもつ、豊蔵だった。


「悪い夢ではあるまいな。何故、おまえがここにおる」

本堂の縁に、どさりと荷を下ろし、豊蔵がやれやれと息をつく。腰を落ち着けるのも待たず、彦太郎は矢継ぎ早にたずねた。

「何故と言われてもな、たまたまや」

「そんなはずがあるか。いくら旅の絵師でも、足を延ばすのはせいぜい白良浜までだ。こんなド田舎まで来るものか」

「せんせぇ、ド田舎はあんまりやぞ」

苦言を呈したのは、二郎《じろう》だった。皆からじろやんと呼ばれる十歳の子供だ。ふたつ下の、さよという妹も一緒で、この兄妹よりほかは、皆家路についた。豊蔵をここまで案内してきたのは、兄妹の父親だった。いまは庫裏で、愚海和尚と話をしている。ふたりは父親を待ちながら、ものめずらしそうに、新たな珍客をながめまわした。

「まさか……暇にあかせて、京からおれを追ってきたのではあるまいな」

「あほ抜かせ。そこまで暇ではないわ。伊勢へ行く前に、白良浜に寄るんは毎度のことや」

「伊勢だと？」

同じ紀伊半島とはいえ、西と東に離れ、熊野を擁する深い山々に隔たれている。伊勢から熊野を通り、白良浜へ出る参詣人もいるが、決して楽に行き来できる道ではなく、また絵を所望する客も多くはなかろう。

「ただの験《げん》かつぎや。たいした理由《わけ》はあらへん」

彦太郎の訝《いぶか》しい目つきを払うように、素っ気なくこたえた。

「白良浜で、応挙の弟子がここで襖絵を描いとるときいてな。足を延ばしてみたんや」

来る途中、二、三日滞在したから、田辺や白良浜では吉村胡雪の名は知られている。彦太郎の絵を目当てに、わざわざ串本までやってきたのかと、少しばかり自尊心がうずいた。日頃から師の応挙をこきおろし、他の弟子たちには洟も引っかけない。毎度、辛辣な評を浴びせながらも、応挙門下でこの男が固執するのは吉村胡雪だけだ。

くすぐったいような嬉しさがこみ上げたが、豊蔵は本堂の中を一瞥し、つまらなそうに呟いた。

「なんや、まだ出来上がっておらんのか。ずいぶんと、のんびりやな」

縁に面した二之間は、真新しい襖の白さだけが際立っていた。

「……まあな。本堂の襖絵ともなると、なまなかな絵では申し訳が立たない。いろいろと、案を練っておる最中《さなか》だ」

もったいをつけて言い訳したが、とんでもない横槍が入った。

「この奥の座敷だけは、仕上がっとるぞ。な、せんせ」

二郎は気を利かせたつもりなのだろうが、彦太郎はぎくりとした。

「いや、あれは……」

「ずいぶん前にでき上がったと、和尚さんもたいそう喜んどったやないか」

「三枚、あったもんな。鶴の絵と山の絵と……えっと」

「仙人の絵や」

「そうそう、仙人や」

思わず兄妹をじろりとにらみつける。ふたりがきょとんとし、顔を見合わせた。

「そうか。ほんなら、見せてもらおうかいな」

豊蔵が縁から気軽に腰を浮かせ、兄妹の指さす奥の間の襖をあけた。

日は西の海に半身を浸《ひた》し、光は勢いを失っている。奥の間はすでに薄暗いが、もともと日本画は、暗さを鑑みて描かれている。行灯や燭台《しょくだい》のほのかな灯《あか》りに浮かび上がるときこそ、真の姿を見せる。

しかし豊蔵は、座敷に入ってすぐさま、落胆のため息をもらした。

「なんや、応挙の筆やないか。こないなもんを拝むために、ド田舎まで足を延ばしたわけやあらへんわい」

「相変わらず、無礼な奴だな。寺の和尚は、師匠の絵をご所望なのだ」

ちらりと、豊蔵がふり返った。

侮蔑と猜疑《さいぎ》を隠そうともしない、あからさまな視線だった。

「もしや、同じつまらん筆で、残る襖や壁を、埋めるつもりではなかろうな？」

この男の言いざまは、いつでも人の心をえぐる。いくら覚悟をしていても、その容赦のなさに打ちのめされる。喘《あえ》ぐように、彦太郎は反駁《はんばく》した。

「おれは、師匠の代わりに遣わされた。寺が望むのは、吉村胡雪ではなく円山応挙の絵だ」

言いながら、その空虚さに気がついた。彦太郎が噛んでいるのは、砂ですらない。まるで籾殻《もみがら》を口いっぱいに食《は》んでいるかのようだ。いくら噛みしめても中身はなく、籾の先だけがちくちくと舌を刺す。

応挙は彦太郎に、自身の筆を真似よと強いたことは一度もない。ただ師の代筆という立場が、彦太郎を縛るのだ。人を喜ばせるのが、彦太郎の身上だった。なまじ師とそっくりに描ける腕をもつために、応挙風を期待されると、応えてやりたいとの思いがわく。それが強靭な我とせめぎ合い、迷いとなって筆に現れる。

新築の寺ともなれば、その迷いはいっそう深まる。一枚一枚の出来だけではなしに、どこにどのような絵を配し、按配《あんばい》するか。流れや繋がりも鑑みて、寺という空間に、俗世と切り離されたひとつの世界を作る。それが障壁画と呼ばれる室内装飾の真髄なのである。

己が足をはこべぬ詫び料代わりに、応挙は数枚の絵を彦太郎に託す。

その礎《いしずえ》をまるきり無視して勝手に走れば、寺の静謐な空気そのものを壊すことになりかねない――。それを言い訳に、これまでどうしても踏み出せなかった。

「おまえは、それでええんかい」

豊蔵は、背後の絵を閉め出すように、後ろ手にゆっくりと襖を閉めた。

「はるばるこないな地まで足をはこんだあげく、くだらん筆で茶をにごすつもりか？　己の絵を描かんままで、おめおめと京へ戻るつもりなんか？　平安絵師の誇りは、旅路の紀伊の浜に、落としてきたんか？」

単に応挙を、侮辱しているのではない。豊蔵が問うているのは、吉村胡雪の、画家としての覚悟の程だった。

「……おれには弟子としての務めがある。勝手を通さば、今度こそ破門となろう」

「破門くらい、なんぼのもんじゃい」

ふん、と鼻で吐き捨て、まるで白無垢《しろむく》のような二之間の壁を、拳で打った。薄い拳にもかかわらず、その音は座敷をふるわせた。

「見てみい！　白紙《しらかみ》は仰山、残っとるやないか。ここに己の意の赴くままに、筆を走らせるんや。考えるだけで、からだが熱うなる、胸が躍る。それがほんまの絵師やないんか！」

まるで大砲《おおづつ》の弾が、まともに当たったようだ。彦太郎にとっては、それほど凄《すさ》まじい衝撃だった。打ち抜かれた胸に、大きな風穴があき、そこから新鮮な空気が音を立てて流れ込む。

ひとたび豊蔵を見返して、くるりと背を向けた。

本堂を離れ、境内を抜け、山門を出る。

ひと足ごとに速まって、やがては駆けるようにして一本道を下った。

串本は、両側を海にはさまれた東西が七町にも満たない狭い土地だ。東へ向かい、いくらも行かぬうち、海が見えた。

空の半分を闇が覆い、藍の海が眠るように静かに横たわっていた。

それ以上進みようがなく、波打ち際で足が止まったとたん、堪えていたものが一気にあふれた。

このふた月余、どうしても描けなかった。筆をもつたびに、手は応挙の影をなぞることを嫌がった。のらくらと時を稼ぎながら、誰かが背を押してくれることを彦太郎は待っていた。そんな都合のよい奇跡など起こるはずがないと、諦めかけてもいた。

深山箏白は、その奇跡をやってのけた。

彦太郎は声を放ち、海に向かって泣き続けた。

「せんせぇ、行っちゃったね」

彦太郎の姿が境内から消えると、さよが言った。

「追いかけんで、ええんか」と、二郎が豊蔵を仰ぐ。

「かまへん。それより坊主、この辺に寺は他にあらへんか。泊めてもらお思うてな」

「無量寺さんに、泊めてもろうたらええやろが」

「わしがおると、邪魔やろうからな」

豊蔵の目があっては、彦太郎も描きにくかろう。そのつもりで言ったのだが、二郎は別の意味にとらえたようだ。

「おっちゃんは、せんせぇと仲が悪いんか？」

「そやな〳〵ま、良くはないやろな」

ふうん、と二郎は、妙に納得顔になる。

「おれもな、まさやんとは馬が合わんのや」

「兄ちゃん、まさやんと、けんかばかりしとるんよ。今日もしとったもんな」

「そないに嫌いな相手か？」

たずねると、たしかに好きではないが、そう嫌いでもないと二郎はこたえた。

「そやけど、まさやんの顔を見るとどうしても、いちゃもんをつけとうなるんや」

「それはわしにも、ようわかるわ」

豊蔵はめずらしく、声に出して笑った。

「けどな、今年の春、まさやんが悪い風邪を拾うて長く寝ついたんや。そのあいだは、つまらのうてならんかった」

自分と対等にけんかができる相手は、まさやんしかいないと、二郎はあらためて気づいたようだ。

「せんせぇが、あないにぽんぽん物言わはるんは初めてや。おっちゃんとせんせぇも、おれとまさやんみたいやな」

「そやな……わしとまともに喧嘩してくれるもんは、あの男だけやな」

やっぱりそうかというように、二郎は嬉しそうに歯を見せた。

彦太郎と違って、子供に好かれたためしのない豊蔵だが、旅に出ると多少は角がとれる。

二郎とは、どこか相通じるものもあるのだろう。口の端《は》を上げてみせた。

「何より、あいつの絵はおもろいさかいな……本気になれば、あの奥座敷の絵なんぞより、よっぽど見応えもあるんやが」

「おれは見とらんけど、せんせぇの絵なら、古座の成就寺さんにあるでぇ」

「なんやと、ほんまか？」

それまで間延びしていた口許を、にわかに引き締めた。妹のさよが、兄の後を続ける。

「うん、お父ちゃんが言うとった。お獅子とか犬とか赤い花とか、仰山あるんやて」

成就寺の襖は、すべて彦太郎が描いたときいて、小躍りしそうになった。古座なら串本から、そう遠くない。いまからでも、歩いていける道程だ。

「わしはしばらく、その成就寺の世話になるわ」

「せんせぇの知り人なら、和尚さんもきっと泊めてくれるやろ」

やがて兄妹の父親が庫裏から戻り、分かれ道まで送ってくれた。

「この海沿いの道を東に行けば古座や。暮れてしもうたが、旅慣れとるようやし、たいしてかからんやろ」

「おっちゃん、気いつけてな」と、さよが手をふった。

「そや、坊主、頼みがあるんやがな」

「なんや」

「ひとつ、使いをしてほしいんや」

豊蔵の頼みを、二郎は快く引き受けてくれた。

潮が満ちてきたのか、どおん、とひときわ高い波が、岸をたたいた。


本堂の縁には、まるで玉すだれのように子供たちがぶら下がっている。縁に面した座敷では、たすき掛けの彦太郎が端座して、傍らでは無量寺の若い僧がふたり、懸命に墨を磨っていた。

「和尚さま、寺子屋はお休みか？」

一緒に外からながめている愚海和尚に、ひとりがたずねた。

「そうやな。当分は休みや」

「つまらんなあ」

「せっかく先生がその気になったんや。邪魔をしてはならんぞ」

和尚がほくほく顔でいさめた。つまらんと言いながら、子供たちも期待に満ちた眼差しを注ぐ。

最初にとりかかったのは、仏間の手前にあたる中之間《なかのま》だった。向かって左の襖六枚が外されて、床に並べられる。描いた絵を襖に仕立てることもあるが、彦太郎は無地の襖に直に描くやり方をとった。

彦太郎がすっくと立ち上がる。和尚が、お、と目を見張った。

これから相手と斬り結ぶ、剣豪のような、張り詰めた気が満ちていた。

酒と女に明け暮れていた身持ちの悪い侍でもなく、寺子屋で見せていた親しげな先生とも違う。

そこにはただ、吉村胡雪という、ひとりの絵師の姿があった。


「えろう、熱心どすなあ」

豊蔵と同じ年頃の住職が、廊下から声をかけた。後ろには茶と菓子をささげもった小坊主を従えている。一服どうかと勧められ、ありがたく受けた。

この寺に着いてから、日がな一日、豊蔵は本堂で襖絵をながめている。

「ほう、京の干菓子やないか。こないなもん口にするのは、何年ぶりやろな」

つまみ上げた干菓子は、美しい菊の形を成していた。

「二年前まで京におりましたさかい、あちらの味が懐かしゅうてなあ。時折、送ってもろうてます」

豊蔵は音を立てて噛みくだいたが、住職は菊形の菓子を、惜しむように口の中で溶かしながら味わっている。

「ふん、さすがに上物《じょうもん》の砂糖は、ひと味違うわ」

「そうどっしゃろ。ここはのんびりしとって人もええんやが、長く都におったさかい、ふとした折に恋しゅうなりますわ」

縁があって、この古座の成就寺に入ったが、望郷の念が消えぬようだ。京から来た平安絵師ときくと、喜んで豊蔵を泊めてくれ、あれこれと都についてたずねた。

「わしもかれこれ一年半は、京を留守にしとるさかい、都に疎いんは和尚とおっつかっつやがな」

「ほう、そないに長いこと旅をしとるんどすか。それもまた、結構ですな」

住職は喜んで、旅の話にも熱心に耳をかたむけた。

大坂から播磨と備州《びしゅう》を経て、安芸の手前で四国へ渡った。そこからは四国の海沿いを東に向かい、金刀比羅宮《ことひらぐう》と淡路島を通り、和歌山へ降り立ったのである。

「瀬戸内を、ぐるりとまわってきましたんか。そら、たいそうな長旅どすな」

「旅慣れとるさかい、いつもなら半年もかからんでまわりきる道のりなんやが……出がけに寄った播磨で、思いのほか長居をしてな」

良い思い出を噛みしめるように、目じりを下げた。

なにせ愛想のない豊蔵だ。旅先で邪険にされることも少なくないのだが、今回寄った播州高砂《たかさご》の伊保崎《いほざき》村では、めずらしく気の合う者たちにめぐり合えた。ことに村の庄屋と寺の和尚は、豊蔵によくしてくれた。庄屋がしきりと勧めるものだから、つい一年以上もの長逗留となり、和尚は寺の襖絵を依頼した。ただこの襖というのが、とんでもない代物だった。

「なにせこのでかさや。ちまちました絵では似合わんからの。じゃが、おまえさんには、もってこいやろ」

縦はあたりまえの襖と変わらぬが、横の幅は倍もある。これが仏間の左右に四面ずつ、正面の仏壇の両脇にそれぞれ一面、都合十面もあり、つまりは襖二十枚に相当する。ここに好きに描いてよいと言われ、思わず武者震いが出た。深山箏白の一世一代の作にしようと、幾月も構図を練った。

このあいだにも伊保崎村はもちろん、周辺の村々から、絵を乞う者がたびたび訪れ、中のふたりはとりわけ熱心だった。ひとりは小商人で、もうひとりはとなり村の庄屋の息子であった。両名から、「ぜひ、弟子にしてほしい」と頭を下げられたときには、豊蔵も面食らった。

常日頃から、ふるまいは突飛で、悪態は容赦がない。たまに癇癪を起こしていきり立ち、誰彼かまわず怒鳴りつける。変わり者と評されるのはまだ良い方で、狂人と呼ぶ者も少なくない。豊蔵自身、己が他人の目にどう映るかは承知している。その上であえて直すことをせず、いっそうの牙《きば》をむく。

いわばひねくれ者の性《さが》である。

悪ぶっているというよりも、描く絵と同じ「異端」を演じている。

それが恒久の孤独を豊蔵に与え、絵は邪道を貫くことになる。

播州でいっとき、その勢いが失せたのは、伊保崎村の者たちにおもねりがなかったからだ。邪道も正道もなく、ただ深山箏白の絵を純粋に面白がってくれた。

京の都では、円山応挙という正道が、でんと控え、邪道なぞ入る隙もない。

もとは応挙の写実こそ邪道とされていたはずが、打ち続く応挙人気は、絵画の古い因習さえも駆逐した。決して力づくでなく、人と絵に、ただ誠を尽くす。東から上り、西に沈む天道のごとく、長年の変わらぬ姿勢が、応挙を京画壇の日輪へと押し上げた。

かくいうこの成就寺の住職も、贔屓のひとりであった。

「円山先生の雅《みやび》な絵は、京でたびたび目にしとりましてな、当寺の襖絵を先生が引き受けてくれはった折には、そらもう胸が躍りましたわ。まあ、来てくれはったんはお弟子さんどすけどな、円山先生の筆を、誰よりも巧みに写すいう評判もきいとりましたさかい」

当代一の絵師自ら、紀伊の田舎まで出向けるはずもないと住職も心得ていたし、吉村胡雪の腕前は、当の応挙の墨付でもある。

訪れた応挙の弟子は、びっくりするほど速い筆さばきで、本堂中の襖に絵を描いた。

「だが、雅な絵を所望しとった和尚は、当てが外れたんやあらへんか。あいつの絵は、どっこも師匠に似とらんさかいな」

意地悪くそう告げると、四十半ばの住職が苦笑した。

「ほんまを申すと最初はな、えろうしくじってしもうたと頭を抱えとうなりましたわ」

山水、花鳥、群狗、唐の詩人や武将。

正直、胡雪贔屓《びいき》の豊蔵から見ても、決して秀逸とは言いがたい。筆のはこびは粗く、ともすれば投げやりな感さえある。描きながら、どこか他所《よそ》を向いているような、何か別の屈託に捕われているような、しまりのなさが目についた。

それでも中には良いものもある。中之間の三方をぐるりと占める『唐獅子図《からじしず》』と、袋戸に描かれた『群雀図《ぐんじやくず》』だ。『唐獅子図』は、応挙譲りの涼やかな筆で滝を配しながら、戯れる数匹の唐獅子は、まさに戯画のごとく愛嬌があり、自在に襖をとび回る。

この地で子供と戯れながら、のびのびと過ごしている。肩ひじを張らぬ伸びやかな暮らしぶりもまた、襖絵からは透けていた。

和尚はゆっくりと茶を喫し、『唐獅子図』をながめ渡した。

「せやけど、不思議なもんどすなあ。毎日毎日見とっても、いっこうに飽きまへんのや。見れば見るほど愛着がわくいうか、何とも和やかな気持ちになるんどすわ。茶をはこんださっきの小坊主なぞ、日頃は落ち着きがあらへんのやが、この絵の前では機嫌よう長いこと座っとりますのや」

寺の者にとどまらず、ほとんどが漁師という檀家《だんか》の衆も、やはり本堂の絵に親しみを感じ、ことに子供たちにはひときわ受けが良いという。

「この唐獅子も評判どすが、子供らは雀と狗《いぬ》が贔屓どしてな」

「せやな、わしもあの群雀が、いっとうおもろい思うわ」

四面の襖に、長い針金のような枝が横に一本通されて、十二羽の雀がとまる。床の間脇の袋戸にはめられた、小襖に描いたものだから、ごく小さな絵だ。それでも計算のゆき届いた構図が、画面に流れを生んで、観る者に心地よさを与える。何よりも互いにおしゃべりでもしているような雀の姿が愛らしく、いまにもさえずりがきこえてきそうだ。

「あれは雀の向きや間の具合が、よう考えられて描かれとる。小さな襖にあれもこれもと詰めこまず、あえて雀と細い枝のみにとどめたんが、品よく仕上がったこつやな」

玄人《くろうと》らしく豊蔵が述べたとき、境内を駆けてくる足音がした。

「おっちゃん！　せんせぇが描きよったでえ」

「なんや、騒々しいのう……見かけん顔やが、どこの子ぉや」

住職のたしなめ口調を、豊蔵は身ぶりでさえぎった。

「串本の漁師の倅で、わしの客や。ご苦労やったな、二郎」

「せんせぇが、ごっつう絵を描かはったんや。おっちゃんに早う見せな思うて、ここまで走ってきたんや」

「そうか、ようやくはじめよったか」

豊蔵は思わずにんまりした。彦太郎の絵が仕上がったら知らせてくれと、二郎には頼んであった。だが、あれから二日しか経っていない。いくら速筆とはいえ、本堂の絵をすべて終えたはずはない。

「描いたのは、二枚だけや。虎と龍の絵でな」

「ほう、龍虎か」

「並みの龍や虎やあらへんで。和尚さまも父ちゃんらも、度肝を抜かれとる」

無量寺の絵が、すべて仕上がるのを待つつもりでいたが、こうまで言われては豊蔵もじっとしてはいられない。

住職に見送られ、二郎に手を引っ張られるようにして、海沿いの道を串本に向かった。


「こらまた、仰山な見物人の数やな」

無量寺に着いてみると、祭りかと思えるほどに人が集まっていた。本堂は人であふれており、入りきらない者たちが縁先から中を覗き込んでいる。

「おっちゃん、ぼうっとせんと。すまんが、通してくれんか」

二枚の絵は、仏間の手前にあたる中之間の、左右の襖に描かれたようだ。二郎が器用に人波をかき分けて、人込みのいちばん前に豊蔵を押し出してくれた。

愚海和尚のとなりにならび、その瞬間、ぞくぞくっと背筋に寒気が走った。蒲のように枯れたからだに、一気に血がめぐったような気がした。

一匹の大きな虎が、豊蔵に向かって迫っていた。

右下に簡素な岩と草が描かれている他は、六面の襖いっぱいに虎だけが描かれている。その迫力が、尋常ではない。頭を大きく、からだを小さく。遠近法で描かれた虎は、いまにも襖からとび出してきそうだ。

「まるで、手妻でも見とるようやったわ」

一部始終をながめていた愚海和尚が、感服したように深くため息した。

左右の襖絵を仕方げるまで、飲まず食わず休まずの体で、一気呵成《いっきかせい》に描いたという。勢い余った墨のしずくが辺りにとび散るのもかまわず、着物が邪魔になったのだろう、途中からはふんどし一丁になり、集まった者たちは何事かと仰天した。

「一切合財、吐き出してしもうたんじゃろ。力尽きてしもうてな」

いまは本堂の奥で大の字になり、いびきをかいているという。

南蛮渡りの虎の毛皮を写生した応挙は、見事に毛の質感を紙の上に写してみせたが、この胡雪の虎はまったく違う。からだ全体に薄墨を刷《は》き、周囲をわずかに毛羽立たせ、濃墨で縞を描いただけである。後ろでくるりと巻かれた尾も、前に大きく出した左足の爪も、毛皮同様、妙に戯画めいているにもかかわらず、立体に浮き出して見えるほど真に迫ってくる。胡雪だけがもつ、「動き」の技だった。

森閑とした空気を感じさせる師の応挙に対し、胡雪は動を鮮やかにとらえる。横にならんでさえずり合う雀、母犬の傍らでじゃれ合う仔犬《こいぬ》、後ろ肢《あし》で立ち上がり威嚇する唐獅子。成就寺で見たものたちも、まさに紙の中で生きていた。

一瞬の動きを見極め、紙にとらえることで、絵は疾走する。

だからこそ胡雪の絵には、動きと疾《はや》さが存在するのだ。

無量寺の虎もまた、獲物に忍び寄る、その一瞬をとらえている。応挙とは別の意味での、写実であった。

「どうや、おっちゃん、えらいもんやろ」と、二郎が我がことのように胸を張る。

ああ、と豊蔵は、胸の高ぶりを紛らすように、二郎の頭をわしわしと乱暴になでた。

「こないにけったいな虎は、初めてや」

豊蔵にしては最上の褒めことばだが、その言いようがおかしかったのだろう。周囲にいた子供たちが笑い出した。

「この虎、なんや可愛《かい》らしいなあ」

兄を見つけて寄ってきたのだろう。二郎の腰に、妹のさよが張りついていた。

「ほんまや、かわいい虎や」

別の子供が受けたのを汐《しお》に、子供たちは口々に、かわいいかわいいと騒ぎ出した。

「これ、おまえたちの先生に叱られるぞ。虎が可愛《かわい》くては形なしじゃ」

和尚はそういさめたが、

「この絵は、虎やのうて猫やろ」

豊蔵のひと言に、わっ、と子供らの歓声があがった。

「そうや、お寺さんに住んどる、トラそっくりや！」

無量寺を塒《ねぐら》にしている、虎縞の猫の姿そのものだと、皆が言い立てる。困ったように和尚は眉尻を下げたが、集まった大人たちも、なるほどとてんでにうなずき合う。

猫だ猫だと囃《はや》しながら、決して馬鹿にしているわけではない。誰もが目を輝かせて、夢中で見入っている。

「これが、わしとあいつの、違うところか」

豊蔵が、聞こえぬように呟いた。吉村胡雪にあり、深山箏白がもち得ぬもの。

人をとらえて離さない、愛嬌である。

どんなに真面目に描いても、こぼれ出る愛らしさが、胡雪の絵にはある。それこそが人をとらえ人に慕われ、愛される。絵師としての、何よりの美点だった。

古い常識にとらわれた者の目には、戯絵《ざれえ》に近く重みがないと映るだろうが、素人の目を惹きつけ、楽しませることにこそ芸道の真髄がある。芸道と大衆芸のあいだに、線を引こうとするのは愚の骨頂だと、豊蔵は常々考えていた。

木沢惣之助とともに大道芸を見せ、長く旅絵師を続けてきた。間近で触れた、人々の素直な驚きや感動は、この身にしみついている。

ただ己の絵は、大衆が好むものではない。承知の上で、我が道を突っ走ってきた。

「先生の、言いなさった通りになったのう」

傍らで、愚海和尚が呟いた。

「先生とは、円山応挙のことか？」

「さよう」

「応挙は、どないに言うとったんや？」

「こちらが望む絵を、弟子は描かぬかもしれぬ。それでも許してほしいと言われてな……こうなると、見通しておったということかの」

寺が注文したのは応挙の絵だ。だが、それとはまったく違う絵を、弟子は手掛けるかもしれない。己とは違えど、後々まで寺の宝となるような見事な絵に相違ないからと、応挙は頭を下げた。愚海和尚も、それを承知で彦太郎を串本に伴ってきたのである。

「寺の襖に、よりふさわしいのは円山先生の絵だが……吉村胡雪の絵もわしは好きでな」

描かれた龍虎には、文句のつけようがないと、和尚は満足そうにうなずいた。

「さよか」

素っ気なく、和尚に返した。深山箏白に活を入れられて、胡雪は筆をとった。その自負が、砂のように崩れていく。豊蔵がいようといまいと、何の関わりもない。いずれ胡雪は自らの絵を描くだろう、応挙はそう見越していた。まるで仏の手の中で踊らされているような、忌々しさに舌打ちした。

幸い、物思いにひたる暇もなく、着物の袖が強く引かれた。

「おっちゃん、これで仕舞いやあらへんぞ。もう一枚も見にいかな」

「そやったな」

背後には、虎と対を成す龍がある。また二郎の先導で人垣を分けて、龍の襖の前まで行った。豊蔵の細い目が、大きく見開かれた。

「……こないに、似とるとは」

頭の中に大写しになったものは、自らが手がけた、伊保崎村の寺の大襖だった。

豊蔵は伊保崎村で、『雲龍図』を仕上げた。

仏間の右から左へと駆け抜ける、ひときわ巨大な一匹の龍である。漆黒の空に、逆巻く波のような荒々しい雲海。その雲の波間を、のたうつように龍が疾駆する。雲を蹴散らす尾も、ひときわ大きく描かれた四本の鋭い爪も、凄まじいまでの迫力に満ちていた。

「ここで経を唱えたら、仏さんの魂が、びっくりして墓からとび出してきそうじゃな」

寺の和尚がそんな冗談を口にしたほどに、仏間にあるべき鎮《しず》けさとは、あからさまにかけ離れた変幻自在な姿だった。

そのくせこの龍図には、深山箏白の持ち味たる奇々怪々とは、ひと味違うものがある。

「なんとも情けない面構えだが、そこがええわい」

その顔をながめ、和尚は満足げにうなずいた。波間をただよう龍は、上目遣いで怨《うら》めしげに空を見やる。まるで天の神に、叱られてでもいるようだ。何とも味のある表情だと、和尚は大いに気に入ってくれた。

雲を起こし雨を呼ぶ、神獣だ。古今東西の絵師たちにより、数多《あまた》の龍が生み出されたが、いずれも神として荘厳に、猛々《たけだけ》しく描かれてきた。

はっきりと意図したわけではないのだが、ありきたりに陥るのは豊蔵にとっては負けと同じだ。他の絵師とは違うものを狙《ねら》ったところ、自ずと情けない龍の顔が出来上がった。

それでも深山箏白が、精魂こめて描きあげたものだ。得心のいく仕上がりだった。

対して胡雪のほうは、虎に力を注ぎ過ぎたのであろう。高揚を抑えきれずとりかかったのか、虎と同じ勢いと凄味《すごみ》はあるものの、途中で失速し、無理に仕上げたような粗さが目立つ。

決して自分可愛さでなしに、龍だけで甲乙をつけるなら軍配はこちらにあがる。

一方で、豊蔵が拘泥しているのは、目の前の龍の表情だ。

かっと口を開き、怒っているようにも、あるいは高笑いしているようにも映るが、やはり豊蔵の『雲龍図』同様、どこか人くさく、擬人画の趣がある。

「なんでこうまで奴の絵が気になるんか、ついぞわからんままやったが……」

ただ、惹かれるものがある。どこか面白い絵だと感じながら、己の絵と似ているとはいっぺんたりとも思ったことがない。気味悪くおどろおどろしいと眉をひそめられる箏白に対し、胡雪の絵は機知と愛嬌に富んでいる。まったくの別物だと、いままで信じていた。

「どないした、おっちゃん？」

冴えない豊蔵のようすに、気がついたのだろう。二郎が心配そうにこちらを見上げる。

「いや……どうにも、やりきれんなあと思うてな」

人に擬《に》せるということは、人に拘《こだわ》っている証しだろう。片や変人、狂人と罵《ののし》られ、片や尊大で身持ちが悪いと評判だ。人に受け入れられないくせに、人を恋う。

どうにも救われない、その一点が、箏白と胡雪はよく似ているのだった。

「何がやりきれんのか、さっぱりわからんわ」と、二郎は首をひねっている。

物思いを払うように、豊蔵はにわかに腰を伸ばし、さばさばと言った。

「見るもんは見たし、気がすんだわ。わしはもう行くわ」

「成就寺に、帰るんか？」

今宵はひと晩泊めてもらい、明日の日の出前にはここを立つと告げた。

「また旅に出るんか？　せんせぇに会わんでええんか？」

「かまへん。またどうせ、顔を見れば喧嘩になるさかいな」

大事な遊び相手でも失《な》くしたように、目に見えて二郎がしょんぼりする。

「二郎には、世話になったの。何ぞ礼をせねばな」

人いきれでむせかえる本堂を出ると、豊蔵は懐から矢立をとり出した。


小さな手が、彦太郎の鼻をつまんだ。

ふごっ、といびきが途切れ、びっくりした拍子に目が覚めた。

「せんせぇ、まだ寝とったんか。いい加減、起きたらどうや」

「もうお天道さんが、あんなに高いんよ」

真上から、二郎とさよの兄妹が覗き込んでいる。ふたりに腕を引っ張られ、大あくびをしながらからだを起こした。

「せんせぇ、これ見てんか」

二郎が待ちかねたように、彦太郎の前に、季節外れの団扇《うちわ》をかかげた。

「これは……！」

霞《かすみ》がかかったようにぼんやりしていた頭とからだが、たちまちしゃんとした。

「あのおっちゃんが、礼やというて描いてくれたんや」

「やはり、あの男の筆か……」

団扇の紙に、龍の顔が大きく描かれていた。傍らでさよが、くくっと笑った。

「この龍、おかしな顔しとる。まるで叱られとるみたいや」

豊蔵は、伊保崎村の『雲龍図』と、まったく同じ龍の顔を描いた。そうとはむろん、彦太郎は知らない。即席で描いたらしい簡素なものだが、線には迷いがない。昨日、己が描いた龍は、これとくらべると力がないとわかる。

「ふん、相変わらず嫌味な奴だ……あいつは古座に帰ったのか？」

「おっちゃんな、今朝早く、また旅に出てしもうた」

「何だと！　本当か？」

「おれも引き止めたんやけど、見たいもんは見たから気がすんだと言うとった」

それは豊蔵の、褒めことばに他ならない。少なくとも無量寺の龍虎は、豊蔵が口癖にしているつまらん絵ではないということだ。

安堵はわいたものの、張り合いは急速にしぼむ。

「愛想がないのも、相変わらずだな」

二郎もつき合うようにしゅんとなったが、幼いさよだけは、にこにこと彦太郎を仰ぐ。

「せんせぇ、今日はどんな絵描くの？」

「うん？　絵か……そうだなあ……」

無精髭がまばらに伸びた顎をなでた。頭にあった趣向をあれこれと探っているうちに、目の前の兄妹を見て、ふとひらめいた。

「よし、今日は絵は休みだ。また、寺子屋をはじめる！」

「せんせぇ、ええの？」さよが目を輝かせ、

「和尚さんに、また叱られるで」二郎は案じ顔になる。

「本堂の絵のために、寺子屋を開くのだ。叱られなぞするものか」

自信をもって告げ、ふたりに他の子供たちを呼びにやらせた。

「なんじゃ、もう飽いたんか」

愚海和尚はたいそうがっかりしていたが、二、三日のうちに三枚目にとりかかると、彦太郎は約束した。和尚はまったくあてにしなかったから、彦太郎が公言どおり、三日目に絵を描きはじめたときには、「なんぞ、悪いものでも口にしたか」と、かえって気味悪がる始末だった。

彦太郎は毎日、寺子屋を続けながら、終わると絵に没頭した。数日経って形を成してきたところに、和尚もようやくその意図に気がついた。

「なるほど、この絵のために、また寺子屋をはじめたか」

本堂の向かって右手前にあたる下間二之間には、八面の襖がある。そこに浮かび上がった

のは、生き生きとした子供たちの姿だった。

『唐子琴棋書画図《からこきんきしよがず》』。

唐の子供が勉学に勤しむようすを描いた、昔ながらの画題だが、彦太郎らしい趣向が凝らされている。衣装や調度は唐のものだが、一時もじっとしていないような、てんでに好き勝手に動きまわる姿は、寺子屋の風景に他ならない。

熱心に墨を磨り、筆を使う子もいれば、立ち上がっておどける子や、となりの子供の顔にふざけて墨を塗る者もいる。にぎやかな声がきこえてきそうな、いかにも楽しい絵になった。

唐子の絵が出来てからも、寺子屋だけはほとんど休まず続け、彦太郎はゆっくりと無量寺の絵を仕上げていった。すべての仕事を終えたのは、年が明けた、正月半ばのころだった。

本堂にはもう二枚、『芦に鶴』と、『薔薇に鶏と猫』を描いた。どちらも鳥や獣の姿が愛らしく、草木や岩は巧みな線と構図をもつ。本堂ばかりでなく、書院や庫裏の襖や戸板、さらには何本もの軸と、暇さえあればどこにでも描いた。

「こりゃ無量寺やのうて、胡雪寺とした方が、しっくりくるかもしれんの」

愚海和尚がそんな冗談をいうほどに、寺は胡雪の絵で埋め尽くされた。

南紀州は雪が降ることはなく、京のような底冷えもしない。

しかし別れの日は、ひどく寒々しく思えた。

「せんせぇ、おれらのこと忘れんといてや」

「あたりまえだ、忘れるものか」

びっくりするほどたくさんの者たちが、見送りにきてくれた。寺子屋に通っていた子供たちはもちろん、大人も漁師から百姓まで、まさに串本中の者たちが、彦太郎との別れを惜しんだ。大らかなこの土地では、虚勢の強さや品行の悪ささえ、見て見ぬふりをするのでなしに、それも彦太郎の一部だと受け入れて、親しい仲間としてつき合ってくれた。

誰より大粒の涙をこぼしているのは二郎と、その喧嘩仲間のまさやんである。日頃の仲の悪さを忘れたように、肩を組んでそろっておいおいと泣いている。

気をゆるめると、自分も泣いてしまいそうだ。頰に力をこめて、どうにか武士らしいもったいぶった表情を保ちながら、皆に背を向けた。

愚海和尚と無量寺の僧ふたり、古座から駆けつけた成就寺の住職が、白良浜まで同行した。この後、白良浜の富田《とんだ》にある草堂寺《そうどうじ》や、田辺の高山寺《こうざんじ》にも、襖絵を描くことになっており、京に戻るのは二月になるだろう。

串本の地を抜けたあたりで、愚海和尚は彦太郎に言った。

「もう、気を抜いてもええぞ。その鍾馗《しようき》みたいなしかつめ顔では、白良浜のもんがびっくりするわい」

僧たちは、背中を向けてくれている。たちまち堪えていた涙が、ほろほろとこぼれた。

脳裡に次々と串本の皆の顔が浮かび、最後に現れたのは不機嫌な絵師の顔だった。

「あの男は、いまごろ伊勢か……いや、もう京に戻ってるかもしれぬな」

深山箏白の面長の顔が、じろりとこちらをにらみ、少し笑いがこみあげた。

泣き笑いの彦太郎を、南紀の青々とした海は、黙って見送ってくれた。

第七章・伊勢

同じころ、豊蔵《とよぞう》は伊勢の松坂にいた。

徳利を傍らに、日がな一日、庫裏でごろ寝をしているのは、少し前の彦太郎《ひこたろう》とまるで同じである。それでもつきあいの長い住職は、いまさら気にも留めない。

「おまえも頑固な男よの。その怠け癖は、若いころからちいとも変わらぬわ」

「頑固なら、和尚のほうが上や。そろそろくたばったころかと顔を出せば、毎度ぴんぴんしとる」

喜寿を越えた典玄《てんげん》和尚は、豊蔵の悪態にも、ふわふわと歯のない口で笑うだけだ。

松坂の朝田寺は、木沢惣之助《きざわそうのすけ》と砂絵師をしていたころからの定宿であった。

「ま、気が向いたら、一枚くらい描いていけ」

「前に描いたもんが気に入らんと、文句をたれたのは和尚やろうが」

「わしやのうて小坊主どもからじゃ。おまえさんの描いた獣が恐ろしゅうて、夜、厠《かわや》に行けぬと泣きつかれての」

小坊主たちから苦情がきたのは、数年前、杉戸に描いた『貘図《ばくず》』である。

貘は人の悪夢を食うとされる、唐に伝わる架空の獣だった。からだは熊、鼻は象、犀《さい》の目に牛の尾、虎の脚という、何とも奇怪な姿をしている。

「わしは話のとおりに描いただけや。文句なら貘に言うてくれ」

「あれほど気味の悪いもんは、おまえさんしか描けんじゃろ」

この和尚にはいつものことだが、褒めているのかけなしているのかよくわからない。

「鼻のぐねぐねした曲がり具合といい、からだ中に浮かんだ石牡丹《いしぼたん》の模様といい」

「貘の毛は黒白の斑《まだら》というから、それらしく描いただけや」

石牡丹というのは、磯巾着《いそぎんちゃく》のことだ。磯巾着に似た模様は、貘のからだ中を覆い、その短い触手がうねうねと動いているように見えて、不気味なことこの上ない。

「だが小坊主どもが何より怖がるのは、貘の目での。まるで狂うた獣のまなこのようで、あの杉戸の前だけは、しっかりと目を閉じて経を唱えながら過ぎるそうじゃ」

実を言えば、あの絵でいちばん難儀したのは貘の目だった。犀の目ときいても、豊蔵にはぴんとこない。漢方では古くから犀の角が、熱冷ましとして使われているが、そのくらいの知識しかない。思案の末に、かっと見開かれた血走ったような目を描いたのだが、狂っていると言われれば、そうかもしれないと妙に得心した。

「毎度、経をきかされるなら、いっそ有難い話やないか。あの貘も成仏できるやろ」

にやりと返すと、典玄和尚も歯のない口でふおふおと笑った。

その日の午後、豊蔵を訪ねる客があった。


「客やと？　誰や」

呼びにきた小坊主が、壮年の武家だとこたえた。

「絵の注文かいな？」

用はわからぬが、深山箏白《みやまそうはく》を名指ししているという。大儀そうに、豊蔵はからだを起こした。待っていたのは、色の浅黒い大柄な男だった。

「箏白はおまえか」

開口いちばん相手がたずね、豊蔵の薄い眉がぴくりとした。

「拙者は久居《ひさい》侯の家老を務める、山脇庄左衛門《やまわきしょうざえもん》さまの使いである。主がおまえの絵をご所望だ。屋敷に案内する故、早う仕度をいたせ」

武士とは総じて威張っているものだが、この家老の使いはとりわけ横柄だ。

権威をふりかざす者が、何より嫌いなたちだ。中でもこの手の輩が、いちばん始末に負えない。家老の臣下なら、自身はたいした身分ではないくせに、殿さまの権勢を笠にきて町人相手に威張りちらす。

まさに虎の威を借る狐だと、豊蔵は薄い唇を、大きくへの字に曲げた。

「何をぼさっと突っ立っておる。さっさと仕度を……」

「そないなもんは、おらんわ」

さえぎられた武士が、訝しげな目を向けた。

「おまえは、箏白ではないのか。箏白はおらぬのか」

「箏白と呼び捨てにされるような絵描きは、ここにはおらんと言うとるんや、このボケが！」

いきなりの暴言に、武士が大きく息をすい、浅黒い顔がたちまち紅潮した。

「無礼を口にすれば容赦はせぬぞ」

「無礼はどっちや、ド阿呆が！　人にものを頼みにきて、なんやその偉そうなふるまいは。顔を洗って出直してこんかい」

怒りのあまり、大きなからだがぶるぶると震え出す。それでも豊蔵の舌は止まらない。

「それとも何か、久居の殿さま家は、上から下まで口のきき方もよう知らんのか」

「おのれ、よりにもよって殿をも愚弄するとは……そこへ直れ！　この場で斬って捨ててくれる」

「寺で殺生するつもりか。ま、わしは構わんが、やるなら和尚の許しをとってこんかい」

横柄な者にはありがちだが、見かけより気の小さい男のようだ。勢いで刀の柄に手をかけたものの、抜く勇気もなく、進退きわまってかたまっている。

「騒々しいのう。わしがどうしたというのかの」

奥から出てきた典玄和尚がのんびりと割ってはいり、侍があからさまにほっとして柄から手を放した。

ふたりから嚙み合わない説明をきき、ふむふむと和尚がうなずいた。

「これにも色々と仕度があってのう。今日は無理だが、明日にはお屋敷に伺わせますわい。ご家老さまには、さようにお伝えしてくだされ」

「勝手に話を進めるな！　わしは行かんぞ！」

豊蔵は梃子《てこ》でも動きそうにない。侍は大丈夫かと言いたげな顔を向けたが、和尚は案じるにはおよばないと、そのまま帰した。

「絵を所望されたのは、おそらくご家老ではなく久居の殿さまじゃ。おまえの絵を、たいそう気に入っておられたと、きいておるからな」

久居藩は、伊勢国津《つ》藩の支藩にあたる。石高は五万三千石とまずまずだが、築城の許しは得られず、陣屋と城下町だけが設けられた。この久居の殿さまの菩提寺《ぼだいじ》へ、典玄は箏白が描いた『鷹図《たかず》』を進呈した。

気が向けばたまには、まっとうなものも描く。『鷹図』はそのたぐいだ。彩色も鮮やかな、美しい絵に仕上がったが、自らケチをつけるように、落款には奢った銘をつけ加えた。印の横に、明の皇帝の子孫だと、長々とのたもうたのである。

もともと箏白は、ほとんど描くたびごとに、落款をめまぐるしく変える。室町期の絵師の一派に連なる者だとか、平安の御世《みよ》から続く平氏の末裔だとか、墨で入れる銘は、ふざけた大言壮語ばかりであり、印すら同じものを探す方が難しいほどだ。池大雅の親しい友に、著名な篆刻家がいた。豊蔵はいく度か手ほどきを受け、印の彫り方を会得して、もっぱら己で拵えていた。

落款はともかく、菩提寺へ参った殿さまは、『鷹図』をいたくお気に召した。寺を通して、箏白の所在をたずねてきたという。

「それが去年の春でな。どうせ京に知らせても、旅に出ていては捕まらぬし、そのうち顔を見せるだろうから、気長に待ってくれと伝えたんじゃ」

思ったより早く来てくれて、ちょうどよかったと和尚は顔をほころばせた。しかし豊蔵は、洟も引っかけない。

「よけいなことをしくさりおって。家来があないに高飛車では、主も高が知れとるわ。家老だろうが殿さまだろうが、わしは行かんわい」

つむじを曲げ、ふて寝を決め込んだ。

「そうか、残念じゃのう……久居の殿さまは、あの男によう似とるのだがな」

「あの男て、誰や？」

「おまえと一緒にいた、木沢惣之助よ」

背を向けて横になっていた豊蔵が、肩越しにふり返り、疑わしげに和尚を見遣《みや》る。

「惣さんに似とるて……ほんまか？」

「一年ほど前に、跡目を継がれたばかりじゃからな。わしも一度しか会うとらんのだが、目許といい口許といい、これが実によう似ておってな」

この和尚のもっともらしい台詞は、あてにならない。承知してはいたが、木沢惣之助の髭に囲まれた柔和な面差しを思い浮かべると、やはりじっとしてはおれなくなった。

「絵を描いたところで、おいそれと殿さまに会えるはずもなかろうが、ま、暇やさかい、和尚の顔を立てたるわ」

そうかそうかと典玄は目を細め、翌朝、豊蔵をともなって家老の屋敷に赴いた。

屋敷の大広間には、目が眩《くら》みそうな金屏風が、豊蔵を待っていた。


「つたく、あのクソ坊主ときたら……まあたいい加減なこと抜かしおって」

畳に寝ころがって、盃をかたむけながらぶつくさこぼす。

傍らの膳には豪勢な馳走が並んでいるが、さすがにひと月も続くと飽いてくる。

膳の向こうには、ぴかぴかの金屏風が、でんと鎮座していた。墨のひと塗りはおろか下絵さえ描かれておらず、まっさらな金箔をさらしたままだ。

やたらと目にまぶしい屏風と向き合いながら、豊蔵はだらだらとぼやき続けた。頭の中には、髭面のやさしい顔が浮かんでいる。

「惣さんはあのころ、三十四、五にはなっとったはずや。似とる道理がなかろうが」

四十半ばにして、さっぱり芽の出ない豊蔵だ。久居藩の殿さまの所望とあらば、絶好の足掛かりになろうものを、いったんへそを曲げたら、梃子でも動かぬ性分だ。そんな豊蔵の唯一の弱みが、木沢惣之助であることを、住職の典玄和尚はよく知っていた。

――残念じゃのう……久居の殿さまは、あの男によう似とるのだがな。

木沢惣之助は、ひとりぼっちの豊蔵を拾ってくれた恩人であり、絵を教えてくれた師匠でもあり、初めて心を許した他人でもあった。

典玄和尚はその名を出して、まんまと豊蔵を引っ張り出したのである。

「なあにが目許口許が似とる、だ。相手はほんの子供やないか」

久居藩の家老屋敷に着くと、豊蔵を家老に託し、典玄和尚はさっさと帰っていった。殿さまについてきかされたのは、その後だ。

「なんやて、久居の殿さんは、齢《よわい》十七やと！」

「さよう。お若いながらしっかりしたお方でな、家中や領民のため質素倹約に努めておられる。ご自身の道楽も控えておられるのだが、唯一、絵だけはお好きでな。お主の『鷹図』を、さまは、参勤交代で江戸にいる。久居に戻るのは三月も先だときいて、一気にやる気が失せた。

「あんのタコ坊主が、ふざけおって！」

勇猛ながら麗しいとたいそう気に入られ……」

家老の話なぞそっちのけで、地団駄踏んで悔しがったが後の祭りである。おまけに当の殿さまは、参勤交代で江戸にいる。久居に戻るのは三月も先だときいて、一気にやる気が失せた。

それでも家老屋敷に留まったのは、この金屏風があったからだ。贅沢な輝きにとらわれたわけではない。箔に描くのは初めてなのだ。

日ごろ相手にするのは紙ばかりで、絹を張った絹本《けんぽん》さえ、滅多にお目にかからない。光を反射する材の上で、どんな絵が映えるのか、どう筆を走らせればよいか、考えるだけで心が躍った。

じっくりと構想を練ってみたいと申し出ると、家老は喜んで応じ、毎日せっせと豊蔵の前に豪華な膳を用意させた。使者とのいざこざをきき知って、よけいな面倒を避けたのか、あるいは典玄和尚の助言もあったのかもしれない。待遇はすこぶる良く、総額十五両もの大量の絵具に、特注の大刷毛《おおはけ》なぞも、豊蔵の言うまま屋敷にはこびこませた。

豊蔵はそれを尻目に、ひと月のあいだ、ただ食っちゃ寝しているばかりだった。

家老の堪忍袋の緒は、十日も前にすでに切れている。廊下に八つ当たりするような、きき慣れた足音が近づいてきて、豊蔵の背中でぴたりと止まった。

「箏白殿！　いったいいつになったら、筆の具合とやらが整うのか！」

ちらりと肩越しにふり返る。小柄なからだを踏んばって、ただでさえ赤みを帯びた丸顔はさらにつやつやと鮮やかさを増している。まるで育ち損ないの赤かぶらのようで、つい口許がにやついた。

「笑いごとではござらん！　すでにひと月が経とうというのに、屛風は金無垢のままではないか。今日という今日は、何が何でも仕事にかかってもらいますぞ」

「年寄が無駄に声を張ると、血の道が裂けるそうやで」

「よけいな世話じゃ！　無駄飯食らいはお主の方であろうが」

還暦を過ぎたばかりの家老が、さらに両の頰を紅潮させる。

「そらそうや」

尻をぼりぼりとかきながら、どっこらしょと大儀そうに起きあがった。これ見よがしに、家老に向かって大あくびする。

「その酒や膳とて、ただではないのだぞ。うちつづく凶作で、当家の台所も苦しくなる一方なのだ。高い顔料や上等な墨の払いも、未だに算段がつかぬのだからな」

「やれやれ、武家の体面とやらは、どこへ行ったんや」

半ばあきれ気味にぼやいたが、家老の勢いはとどまることがない。

「それでも江戸におられる殿は、ことのほか心待ちにしておられる。いまから国許に戻るのが楽しみだとのお文もいただいた。ここ何年かは不作続きで、殿は家督を継いでからご心労の絶えることがない。少しはお慰めになろうかと、お主を呼んだというのに……」

「わしの知ったこっちゃあらへんわ」

あさっての方にわざと顔を背けたが、豊蔵も諸国をめぐる旅の絵師だ。飢饉《ききん》の様相は、肌で感じていた。

世に言う天明の飢饉は、天明三年、浅間山《あさまやま》の大噴火が元凶とされているが、冷害は噴火より一年早くはじまっていた。ことに東北は惨憺《さんたん》たる有様で、何万人もの餓死者を出した。西国はまだましではあったが、実りの悪さはやはりかつてないほどだ。国中が凶作にあえいでいたが、実はこの国ばかりでなく、世界中で同じことが起きていた。鎖国の最中では知りようもないが、まさに灰が積もっていくように、年々暗くなる暮らしや世情は、豊蔵もつぶさに見てきた。

そんな折であったから、播州伊保崎村の人々の歓待は、よけいに身にしみた。同時に、そんな時期だからこそ、人は腹の足しにならぬ絵画に慰めを見出《みいだ》そうとする。吉祥の柄や神獣たる龍を求め、その絵に祈りを籠《こ》めるのだ。

玄人《くろうと》の道楽のためではなく、素人《しろうと》の救いになってこそ価値がある。

芸道とは、そういうものだ。そうあらねばならないものだと、豊蔵は腹の底から思い知った。

その直後に金屏風の依頼とは、思えば皮肉なことだが、豊蔵は決して殿さまや家老に嫌がらせをしていたわけではない。金というこの世でもっとも派手な色と、箔のもつ材質。このふたつに合うものは何かと、ずっと考えていた。実を言えば、すでに画題は決まっていたが、添え物となる背景をどうするか、未だに考えあぐねていた。

しかし目の前の赤かぶらは、いまにもはじけそうだ。そろそろ潮時かと、豊蔵は腰を上げた。

「仕方あらへん、はじめよか」

あっさりと告げられて、家老の方が面食らう。ぽかんとして所在なげに突っ立っている家老の前に、ひと抱えもある大鉢を据えた。

「屋敷中のもんかき集めて、墨を磨らせえ。この鉢に、たっぷりとな」

「墨、だと？　下絵は仕上がっておるのか」

「下絵なぞ、いらんわい。ほれ、さっさとせんと日が暮れてまうわ」

ようやくその気になった絵師の、機嫌を損ねては一大事だとでも思ったのだろう。急かされた家老が、あたふたと家人を呼びにいく。若党から下男まで、五人がかりで墨を磨らせ、そのあいだ豊蔵は台所にいた。女中に手伝わせながら、慎重にドーサを煮詰める。

水に膠と明礬《みようばん》を混ぜたもので、絵具のにじみをふせぎ、また画面に絵具を定着させる働きがある。蘭語で明礬をドウスといい、名はそこから転じた。水墨画のように、ドーサを使わずにぼかしを楽しむこともあるが、長く使う襖や屏風には欠かせない。

　膠と明礬の量は、画家それぞれに好みがあり、また季節によっても加減しなければならない。使う膠の種類や、焼《やき》と生《なま》、どちらの明礬を使うかも、画面の材質や好みによってやはり変わってくる。

　紙や絹なら、水一升に膠十匁《もんめ》、明礬五匁くらいが基本とされるが、金地となると割合は大きく変わる。膠と明礬、どちらも十分の一ほどに減らさなくてはならない。量が少ない分加減も難しく、豊蔵は秤《はかり》できっちりと量り、ドーサの具合を確かめながら注意深く煮詰めていった。

「ま、こんなもんやろ」

　刷毛で金屏風に、ドーサをていねいに塗り終えたころ、ようやく満足のいく量の墨が磨りあがった。大鉢の三分ほどを満たした墨を、豊蔵は水でうすめ、顔料を放り込んだ。

　朱、黄、紫、群青、緑青、さらには金銀まで無造作に混ぜていく。だが、どんな色も黒にはかなわない。混ぜる先からたちまち墨の渦に呑み込まれ、黒い溜まりと化すだけだ。

　家老は首をかしげたが、面倒を避けたのだろう、よけいな問いははさまなかった。

「さ、はじめよか」

　ドーサはすでに乾いている。豊蔵は大刷毛を、墨の大鉢に浸した。あつらえさせた大刷毛は、柄の長さだけで胸まで届きそうな代物だ。烏賊墨のような顔料が、鉢の中でどぷりと踊る。汚さぬように畳には布が敷き詰められていたが、傍らに突っ立っている家老に、豊蔵は言った。

「そないなところにおったら、墨をかぶるで」

「飛沫《しぶき》がとぶくらい構わぬわ。はようはじめんか」

「さよか」

金屏風にしっかと目を据える家老に、豊蔵はにやりと笑った。

長柄を両腕で抱えながら、刷毛が吸いこんだ余分な墨を落とす。頃合を見計らい、日頃は頼りない痩軀《そうく》をふんばって、気合とともに大刷毛をもちあげた。

「そりゃあああ！」

まさに、一瞬のことだった。

屏風の左下を押さえた刷毛は、ゆるく弧を描きながら、右上へと抜ける。刷毛の重さではずみがついて、勢いは止まらない。独楽のように刷毛の先は弧を描きつづけ、豊蔵のななめ後ろから見物していた家老の顔を、べったりと刷いた。

「うわっ、ぷっ！」

刷毛に顔をなめられて、まともに墨を食らった家老が、もんどりうって尻をつく。

「無礼者！　武士の顔に墨を塗るとは、何たることか」

「せやから、危ない言うたやろ。ご家老さんが、人の忠告をきかんさかい」

その目は面白そうに光っているが、台詞はもっともだ。一本とられたと、家老はむっつりと立ち上がり、若党のさし出した手拭いで顔をぬぐった。

「これは、何だ？」と、金屏風に目をやる。

「わからんか？」

「さっぱり」

大刷毛の幅と同じ太い線が、空へのぼっていくように弧を描いているだけだ。

「これは後々、何になるのだ？　これからどう仕上げていくのか？」

「仕上げるも何も、これで仕舞いや」

「何だと！」

「他にいろいろ描きこもうかとも思たんやが、はようはようと急かすさかい、やめにしたわ。せやけどこうして見ると、よけいなもんを散らすより、この方がすっきりしてええわ。ご家老さんのおかげで、良い絵になったわ」

豊蔵は機嫌よく、右下の隅に落款を入れた。

「……これが、絵だと？」

赤カブ顔が、火で焼いた鉄のように見事に朱に染まった。拭いきれぬ墨と相まって、赤と黒で彩られた面相は、歌舞伎の荒事《あらごと》で怒りをあらわす筋隈《すじぐま》のようだ。

「書ですらもっと、手がかかっておるわ。たいそうな費《つい》えを使わせて、挙句の果てが線一本らうわ」

「さよか……しゃあないな、気に入らんいうなら代銀はいらんわ。わしはこれで去《い》なしても
「あたりまえだ！　武家をたばかるにもほどがある！」

「気に入らんか？」

だと！」

荷物をまとめ、豊蔵はあたりまえのように帰り仕度をはじめる。

「大名家の面目を、こうまで潰したのだ。どのような罰を受けようと、文句は言えぬぞ。首を洗って待っておれ」

相変わらずの赤黒の形相《ぎょうそう》で、家老は存分に脅しをかけたが、豊蔵は平然としている。

「ま、好きにするとええわ。そや、ひとつ忘れとった」

ふりわけ荷物を肩にかつぎ、座敷を出しなにふり返った。

「その絵の題は、『黒虹《こっこう》』や」

「こっこう、だと？　何のことだ」

「白虹《はっこう》の逆やから、黒虹や」

自分が思いついた造語だと、豊蔵は告げた。

「『白虹日を貫く』。お武家なら、知っとるやろ？」

「『史記』の一節か」

家老の言葉に、豊蔵はうなずいた。白虹は兵を、日は君主を意味する。白い虹が太陽を貫けば国が乱れるという、いわば凶兆である。

「白虹の逆なら、吉兆――国が安んじるいうことや。縁起がええやろ」

本気なのか、からかわれているのか、薄ら笑いが邪魔でわからない。狐に化かされでもしたように、家老はただ口をあけた。

「世話になったな。ほな、さいなら」

呆《ほう》けたような家老を尻目に、豊蔵はさっさと座敷を出ていった。

しばしぼんやりしていた家老の背中に、若党の声がとんだ。

「ご家老、あれを！」

若党の指は、金屛風をさしていた。ふり向いた家老の目が、大きく広がった。

「なんと……！」

霞がゆっくりと剝がれるように、乾いた墨のあいだから、五色の虹が浮かび上がった。

豊蔵は、水や顔料を無造作に放り込んだわけではなかった。墨の濃さと絵具の量を加減して、絶妙な『黒虹』に仕上げた。黒にひそむ朱や青を、光が乱反射するかのように、金銀の粒がいろどる。金という派手な地色に浮かぶ黒い虹は、何とも渋い美しさをたたえていた。

「黒い虹は、吉兆……あれは真実《まこと》のことやもしれん。艱難《かんなん》にあえぐ久居の家中と領民を、励ますものになるかもしれぬ」

天明の飢饉が終わりを告げたのは、この翌年のことだった。

「また、惣さんに助けられてしもうたな」

屋敷を出た豊蔵は、暮れなずむ空を仰いだ。

白虹の故事を豊蔵に教えてくれたのは、木沢惣之助だった。『史記』ではなく、『源氏物語』の一章を、惣之助は語ってくれた。

「帝《みかど》の思い人たる朧月夜《おぼろづきよ》と、光源氏は通じてしもうてな」

「つまりは、寝取ったいうことか?」

身もふたもない言いように、惣之助は苦笑いを返した。

「まあ、そういうことだ。その不義密通を、朧月夜の父親たる右大臣に見咎められてしまうのだ」

帝をあざむく裏切り行為だと、「白虹日を貫く」の一節をもって、父親は激しく源氏をなじる。

「源氏はこの一件から、右大臣に目の敵《かたき》にされ、京に居辛くなってしもうてな。須磨《すま》に逃れ、やがてこの明石《あかし》に至るのだ」

砂絵師としての旅の最中、明石に寄った折に話してくれた。源氏物語は、数多くの絵巻に描かれている。絵師を志すなら、覚えておけばいずれ役に立つと、旅の合間に惣之助は、源氏物語の各巻をていねいに語りきかせてくれた。

黒虹を思いついたのも、いわば惣之助のおかげであった。

「久居の殿さんは、ほんまに惣さんに似とるんやろか……」

東の空にまたたくいちばん星をながめて、豊蔵は呟いた。

第八章・大火

黒い虹は吉祥をもたらす。

半ばこじつけであっても、その謂れは渋い金屏風と相まって、やがて国に戻った若い藩主に大いに喜ばれた。同じ年の夏、朝田寺の典玄《てんげん》和尚が書き送ってきたが、和尚の手紙より早く、豊蔵《とよぞう》はある男から知らされた。

「やあ、ほんまに豊蔵さんやおへんか。懐かしゅうおすなあ」

上京の長屋を訪ねてきた小太りの商人は、いまにも抱きつかんばかりに相好を崩す。

一方の豊蔵には覚えがない。眉間をしかめ、怪訝をあらわにした。

「誰やったかいな？」

「伊万屋《いまや》の徳松《とくまつ》どすがな。ほれ、丹波屋《たんばや》さんとつきあいのあった」

少し考えて豊蔵は、ぽん、と手を打った。

「青瓢箪《あおびょうたん》の、徳松か。ずいぶんと肥えてもうたから、わからんかった」

「口の悪いんも相変わらずやな。そら三十年も経てば、肉《しし》かて乗るがな」

丸い顔が、苦笑いする。丹波屋は、豊蔵の生家の屋号である。伊万屋とは商売上の繋がりがあり、親しく行き来していた。とはいえ豊蔵は、日がな一日蔵にこもって、祖父の集めた絵を描き写していたような子供だ。変わり者だとの噂が立って、ろくに友達もできなかったが、それでもよく丹波屋を訪れていた徳松とは馴染みがあった。

昔の徳松は、ひょろひょろとした病弱そうな子供であったが、ものを斜めに見るような生意気なところがあって、ひねくれ者の豊蔵とは妙に重なる部分があった。蔵で祖父の絵をながめても、「これはつまらん、こっちゃの方がおもろい」とはっきりと口にして、その批評はおおむね、豊蔵とよく似ていた。

「あのころ仰山目にした絵が、根っこにあるのかもしれまへんな。いまでは書画道楽に、首まで浸かっとりましてな」

いまは店を継ぎ、三右衛門《さんえもん》と名乗っている。三右衛門にはいわば、好事《こうず》の才があったのだろう。己はまったくの不調法だが、商売の傍ら、せっせと書画を集めているという。

「京はもちろん、江戸からも伝手を頼ってとり寄せたんやが、やはり江戸はあきまへんな」

「ほう、いかんか」

「さっぱりええもんに当たりまへんわ。書ならたまに掘り出しもんもあるんやが、画《え》は話になりまへんわ。江戸随一との評判の絵師ですら、なんともおそまつな出来でしてな」

絵を志すなら、京を離れるな――。木沢惣之助《きざわそうのすけ》の言葉は正しかったと、豊蔵はあらためて得心のいく思いがした。

「さりとて平安人物志に載らはるような方々の作ばかりでは、数寄者《すきしゃ》として名折れどすさかいな。せやさかいこうして、深山箏白《みやまそうはく》先生を訪ねてきたちゅうわけですわ」

「あいにく先生と呼ばれるほど、都には贔屓がおらんはずやが」

「久居《ひさい》のお大名家で、ご家老にひと泡、吹かせはったそうどすな」

丸い風貌を、いやらしいほどにんまりさせた。

京には大名の京屋敷がいくつもある。町人の町たる大坂と違って、武士の数も江戸に次いで多いのだが、都人からすれば武家はどうにも野暮ったい。それでいてやたらと威張りくさるものだから、内心は快く思っていない者たちが、京にはことさら多かった。

風流を好む三右衛門なら、なおさらだろう。箏白が家老をやり込めた顚末《てんまつ》に、大いに溜飲を下げたようだ。

「伊勢の話やいうのに、えろう早耳やな」

「うちに出入りしとる、伊勢御師《おんし》からききましたんや」

なるほどと、豊蔵が納得した。

伊勢神宮の氏子は、いわば全国にいる。寺の檀家と同様に、それぞれ受けもちの氏子をもち、また参詣の折には案内や宿の世話をする者たちが伊勢御師である。身分を問わずあらゆる家に出入りでき、御師同士の繋がりも深いから、耳の早さには定評がある。

家老の顔に墨を塗るという不遜をはたらきながら、たったひと筆で見事な金屏風を仕上げたと、御師仲間のあいだでは噂になっているという。どこの絵師かと探す者がいて、やがて松坂の朝田寺に行きついた。

典玄和尚は豊蔵の出自を知る、数少ない者のひとりだ。木沢惣之助と旅をするには、往来手形が必要だった。和尚が身許引受人となり、その折に豊蔵は生家や生い立ちを語った。

「上京におる深山箏白という絵師で、名は豊蔵。そうきいて、ぴんと来たんどすわ。こんまいころから絵ばかり描いとった、あの豊蔵さんかもしれんてな」

懐かしさと欲の両方で、じっとしてはおれず、こうして訪ねてきたと丸顔をほころばせた。

「ひとつ、この伊万屋三右衛門の注文を、受けてくれはらしまへんか。画料はもちろん、道具も顔料もうんと奢ってもらってかましまへん」

「昔馴染みやちゅうて、そない大盤振舞いして、後で泣きを見ても知らんで」

嬉しさを顔に出せぬのは性分だが、これまでの不遇が、豊蔵に疑心を抱かせた。

三右衛門の丸い笑顔の中の目が、底光りした。

「わての数寄を、舐めてもらいとうありまへんな。深山箏白の筆は、この目でちゃあんと確かめさせてもらいましたよって」

「よう、見つけたな。都にはろくな贔屓がおらんというのに」

たしかにと、三右衛門はうなずいた。

「伝手を頼って、軸を二本ばかし手に入れたんやが、そないなもんでは深山箏白は計れまへん。どうしても襖や屛風が見とうて、伊勢まで足を伸ばしましたわ」

「ほんまか」

これには豊蔵もびっくりした。伊勢には豊蔵の絵が、もっとも多く残っている。寺や田舎の物持ちばかりだが、三右衛門は伊勢御師に案内させて見てまわったという。

「西来寺《せいらいじ》の『竹林七賢図《ちくりんしちけんず》』はいまひとつやが」

「あれは若いころに描いたもんや」

すかさず注釈をはさんだが、内心でひやりとした。

木沢惣之助と別れ、預けられた近江日野の絵師も亡くなって、いっとき身を寄せた京の絵師のところは一年ももたずに逃げ出した。足は自ずと懐かしい伊勢へと向かい、旅の絵師として糊口を凌ぐことを考えはじめたころだ。いまよりずっと拙い筆で、できることなら人の目に触れぬよう破り捨ててしまいたい代物だった。

「『竹林七賢図』なら、もっと出来のええもんがあるわ」

「永島《ながしま》さんとこの屛風でっしゃろ？」

間髪入れず三右衛門はこたえ、豊蔵がぎょっとした。永島家は伊勢の旧家である。わざわざそんなところにまで足をはこんだ、三右衛門の執念には恐れ入る。

「あの七賢図は傑作や。七賢がただの酔っ払いに見えて、あれでは賢人も形なしや。おまけにわざわざ仲間割れを描くという念の入れようや。いや、笑わしてもらいましたわ」

『竹林七賢図』はごくありふれた画題だが、箏白が描くと、賢人はただのおっさんに成り下がる。七賢のうちふたりは、やがて仲間の元を去るのだが、わざわざその場面を描くことで、
　賢人と讃《たた》えられる者たちでさえも、俗な感情からは逃れられはしないと、箏白らしい皮肉を込めた。

　頭の中で拵えた立派な賢人像とは、あまりにかけ離れている。たいがいはそれだけで疎ん
じられるのだが、三右衛門の数寄は伊達ではないようだ。

「朝田寺は何といっても『唐獅子図《からじしず》』やな。ひしゃげたような唐獅子の姿に、何とも味があ
りますわ」

「おまえ、松坂へも行ったんか」

「あたりまえどすわ。典玄和尚にもお会いしました」

　三右衛門はすまして告げ、今度こそ呆れて豊蔵は口をあけた。

「せやけどわしの気に入りは、『貘図《ばくず》』やな。あの気味の悪いことといったら！　小坊主さ
んらが夜に厠に行けへんのもうなずけますわ」

　笑い声すら丸い。ころころと楽しそうにひとしきり声をあげ、それから身を乗り出した。

「わてがほんまに深山箏白を買ったのは、継松寺《けいしょうじ》さんに行った折や」

　同じ松坂にある寺の名を、三右衛門は出した。

「『雪山童子図《せっせんどうじず》』、あのばかでかい絵を目にしたときや」

先刻と同様、三右衛門の目は、底でゆらりと光っている。

釈迦の前世である童子が、帝釈天《たいしゃくてん》が化けた鬼に我が身を食らわせる。その奇譚《きたん》の中から、鬼と童子が出会う場面を描いた。

「渦を巻いとるような鬼の角、まるで下賤な遊女さながらの妙になまめかしい童子。いずれもおもしろうおましたが、わてが何より惹かれたんは、あの色ですわ」

顔料すら滅多に購《あがな》えぬ豊蔵だが、あのときはちょうど、さる物持ちが気前よく画料をはずんでくれた。その金をすべて絵具に注《つ》ぎ込んだ。

「あないにど派手な色は、まずお目にかかれまへん。さすがは丹波屋の坊《ぼん》やと、得心がいきましたわ」

三右衛門の目の光が、はずむように強さを増した。

「あのきつい色には、都のもんかて度肝を抜かれますわ。どないです、豊蔵さん、わてと一緒に、京雀らにひと泡吹かせてみまへんか」

高熱を出す前の悪寒に似ている。らしくない震えが、蒲の穂のような痩躯をかけめぐった。

＊

その絵の噂をきいたのは、初秋にかかるころだった。

「伊万屋というと、あの西陣の伊万屋ですか？」

「その伊万屋だよ、彦太郎《ひこたろう》。書画道楽ぶりはかねてより知られていたが、このたびの屏風絵で、数寄者として大いに名を上げたようだ」

教えてくれたのは、兄弟子の源琦《げんき》だった。伊万屋三右衛門は、応挙《おうきょ》はもちろん、源琦をはじめ門下の絵もひととおり求めていた。ことに吉村胡雪《よしむらこせつ》の絵を気に入ったようで、彦太郎にとっても贔屓といえる客である。

「あの伊万屋が、深山箏白に屏風絵を……」

「気になるなら、見てくるといい。見物客が引きもきらずに訪れるそうだが、誰にでも快く見せてくださるそうだよ」

むしろ見せびらかしているのだろうと、鼻白む思いはしたが、急にそわそわと腰が落ち着かなくなった。察したように、源琦が苦笑をこぼす。

「私はもう行くよ。おまえがいないと、どうにも手が足りなくてね。何かと忙しくなってしまった」

そんなことはあるまいと、彦太郎にもわかっていた。忙しい応挙に代わり、たしかに源琦は細々《こまごま》とした一切を引き受けている。当然、下にいる弟子たちも、あれこれと雑用をこなしていたが、彦太郎だけは、武士がすべきことではないと絵を描く以外何もしなかった。それでもやさしい兄弟子は、不平なぞもらしたことがない。

ただ彦太郎に、師のもとに帰る口実を、与えてくれただけだった。

「戻っておいで、彦太郎。先生は最初から、おまえを追い出すつもりなどなかったのだよ。おまえがああも意地を張るから、仕方なく……」

「私が戻れば、先生の顔が立ちません」

源琦のとりなしを、彦太郎はきっぱりとはねつけた。兄弟子が、思わずため息をつく。

彦太郎が二度目の破門を言い渡されたのは、南紀州から帰って、ひと月ほど後のことだった。発端は、串本の無量寺や、古座の成就寺、白良浜に近い富田《とんだ》の草堂寺に、応挙の筆とはまったく異なる吉村胡雪の絵を描いたためだ。

「先生の弟子は、いまや百や二百ではきかぬ。その弟子たちを、まとめあげねばなりません。私がいれば、障りになります」

むずかる子供をなだめるような目で、源琦は言った。

「滅多に思い出話などなさらないお方だが、この前の大雨の晩、ふと先生が口になさった。あのときも、こんな宵であったなと……彦太郎、おまえが雨をついて、淀から四条まで走ってきた日のことだよ」

覚えているかと問われ、彦太郎もうなずいた。祖父が死に、二年のあいだに溜まっていた鬱憤を、引きずるようにして夜道を駆けた。

「ずぶぬれで玄関に駆け込んできたおまえときたら、まるで捨て犬のようだった。それでいて、ちっとも弱ってなぞおらず、ことのほかよう吠える」

「幸之助《こうのすけ》殿、それはあまりに」

仮にも武士が、犬にたとえられては立つ瀬がない。すまんすまんと、源琦が笑う。

「ただな、あのとき強く思ったのだよ。おまえはきっと、いつか先生の右腕になってくれるとな」

「右腕は、幸之助殿ではござらんか」

「私を凌ぐ、強い右腕だよ、彦太郎。私では力こぶさえできぬひ弱な腕だが、おまえならきっと、先生の力強い腕となる。いくらふりまわしても無茶をしても、壊れぬほどの頑丈な腕だ」

己の見当どおりだったと、源琦は微笑した。

「口には出さぬものの、弟子の誰もがわかっている。吉村胡雪は、円山《まるやま》門下になくてはならぬとな。誰よりも身にしみているのは、おそらく先生ご自身だろうが……それよりも彦太郎、先生は、ただ寂しいのだよ。おまえがいなくなってから、急にため息が増えた」

飾らぬやさしい言葉は、いつも頑なな彦太郎の心にじんわりとしみ入る。

わざわざ家を訪ねてくれたのは、深山箏白の絵の噂を伝えるためではなく、そろそろ頃合かと、迎えにくる心づもりであったのだろう。それでも奥ゆかしい兄弟子は、無理強いすることはなかった。

「ひとまず伊万屋に行っておいで。先生とは反目があるようだから、私が出向くことはできないが、いまのおまえならはばかりがない」

自分の代わりに見てこいと、源琦は勧めた。

四条の方角へと帰っていく兄弟子を、姉小路通《あねこうじどお》りまで見送った。

その姿が消えると、待ちかねたように彦太郎は急いで向きを変え、北を目指した。

京の街並みは南北に長いが、西陣だけは東西に長い。

そのためもあってか、西陣には他とは異なる独特の雰囲気がある。位置は上京の北にあるのだが、西陣は応仁の乱の後、独自の発展をとげた町で、上、下京《しもぎょう》とは区別された。その中心にいたのは、名が示すとおり織物にたずさわる職人であった。

京の職人は、分業を旨としている。同じ織物でも、糸屋や織屋など細かに分かれ、西陣ではそれぞれが職人街を形作っていた。

伊万屋はひときわ大きな織屋であり、問屋もかねている。当代の三右衛門は商いの才に秀でていたらしく、身代をいっそう太らせた。儲けはすべて趣味の書画にあてているとのもっぱらの噂だが、京にしては広い間口の店は、人の出入りがはげしく繁盛ぶりがうかがえた。

「これはこれは、吉村先生。ようお越し下さいました」

店の者に名を告げると、すぐに奥から主人の三右衛門が出てきた。諸手《もろて》をあげて、彦太郎を歓迎する。

「先生には、ぜひとも見ていただきたいと思うとりました。ささ、どうぞ奥へお通りください」

深山箏白の絵を拝みたいなどと、ひと言も口にせぬうちから、三右衛門は意を得たように自ら奥座敷へと案内した。

主人がからりと襖をあけた。

極彩色が、射るように目の中にとび込んできた。

「『群仙図屛風《ぐんせんずびょうぶ》』です。何とも破天荒な画風でっしゃろ？」

背後に立つ主人の声は、すでに彦太郎の耳には届いていない。

最初に箏白の絵を目にしたとき、墨の洪水に呑まれたような気がした。対していまは、色の洪水である。紅《あか》、黄、青、どの色も日本画ではまず使われることのない、毒々しいまでに濃く鮮やかな色合いだった。白でさえ、何とも濃密に映るほどだ。

よく見れば、六曲一双、六つの面をもつ左右の屛風のうち、彩色が施されているのはごくわずかだ。人物の着物や鳥の羽根、周囲の草木などわずかな部分に限られる。他はすべて墨一色で描かれているというのに、けばけばしい色味が、まるで顔料の池に放り込まれたような感覚を、見る者に与える。

群仙図は、道教や仏教の教えを伝える道釈絵《どうしやくえ》として、よく描かれる。しかしこの絵には、老子の教えも釈迦の説法も存在しない。仙人は相変わらず、化け物じみた姿で俗な営みをさらし、仙女はなまめかしい表情で誘い、群がる童子もまた、腹に一物抱えているようで無邪気とは言いがたい。

仙人に童子、鶴や亀とあるからには、子供の成長を願う祝いの絵画と思えるが、おそらく子供がまのあたりにすれば、たちまちひきつけを起こすに違いない。

十人の仙人、七人の子供、龍に虎、鳳凰《ほうおう》、蝦蟇《がま》、穿山甲《せんざんこう》。これほど大量のものを詰め込みながら、破綻がない。見事に調和がとれている。葉の一枚、羽毛の一本にいたるまで、緻密に計算された構図の為《な》せる業である。

「あの男が、これほどとは……」

侮れない腕だと、わかっていたつもりだった。だが不遇に甘んじていた旅の絵師は、気がつけば自分のはるか先を行っていた。その事実に、彦太郎は打ちのめされた。

細部に目を凝らせば、技の確かさはいっそう如実に見えてくる。

字の書体に、楷書と草書があるように、絵にも剛柔の筆はこびがある。

人や獣を強くくっきりとした線で、背景の草木や雲は淡い墨で描かれている。だからこそ仙人や鳥獣が、画面から浮き上がって見えるのだ。さらに人物をとりまく衣紋線《えもんせん》には、しわのひとつひとつまで、ごていねいに金泥を施している。とぐろを巻いてうねるような金の線は、色の彩度をさらに増し、風をはらむかのような独特の動きを生む。

屏風いっぱいに強い風が流れるような、開放感が満ち、おどろおどろしい仙人がたむろするにもかかわらず、突き抜けるような明るさがみなぎっているのは、そのためだろう。

色彩にあてられ、その風に翻弄されて、彦太郎はただ茫然と突っ立っていた。

「なんや、けったいな絵やなあ」

この屋の主とは違う、呑気な声が背中で響いた。

「じっと見とると、この辺が寒うなってくるわ」

ふり向くと、彦太郎と同じ年頃の女が、片手で腕をさすっていた。

「お末《すえ》さん、ようお越しやす」

「わざわざお声をかけていただいて、えろうすんまへんな、伊万屋さん。せっかくやさかい、お招きにあずかりましたんやが」

中背の貧相なからだつきで、世辞にも美人とは言いがたい。着ているものもぱっとせず、屋敷奉公の下女といったところだろう。彦太郎の肩越しに、まじまじと屏風を見詰め、怪訝な顔を伊万屋の主に向けた。

「こないに気味の悪い絵で、ほんまにええんどすか？　顔料だけで目の玉がとび出るほどの価《あたい》やとききましたえ。伊万屋さんに大損させたんやあらしまへんか？」

「何言うてますのや。見当のはるか上をいく、あんじょうな出来どす。大損どころか、わてにとっては大儲けですわ」

手放しの褒めように、お末という女は、心底びっくりしたように小さな目をぱちくりさせる。

「書画いうもんは、ほんまにわからんもんどすなあ」

「深山先生の身内やいうのに、そっちゃの欲は、お末さんはからきしやな」

主は苦笑したが、身内ときいて彦太郎は驚いた。

「深山箏白の、身内だと？　もしやあの男、嫁をとったのか？」

三右衛門とお末が、ひとたび顔を見合わせ、ほぼ同時に吹きだした。さもおかしそうに、腹の底から笑い出す。

「あの兄さんの嫁やなんて、頼まれてもご免ですわ」

「兄さん、だと？」

「お末さんは、深山先生の妹でおます」

「妹……」

嫁よりはうなずけるが、妹ですら収まりは決してよくない。何故だかあたりまえのように、天涯孤独だと思っていた。人を寄せつけぬ豊蔵の雰囲気が、そう思わせていたのだろう。

「あらためまして、丹波屋豊蔵の妹で、末と申します」と、頭を下げた。

「丹波屋、とは？」

「うちと兄さんの生まれ育った家どす。伊万屋さんと同じこの西陣で、染物屋を営んでおりました」

「染物屋……」

思わず屏風をふり返った。鮮やかな色の奔流が、彦太郎をふたたび呑み込んだ。


「丹波屋は、西陣でも指折りの紺屋どしてな。この伊万屋さんからほど近い場所に、店を構えておりましたんえ」

豊蔵の妹、お末は、彦太郎の前でそう語り出した。

「丹波屋さんと伊万屋は、商いの上でのつきあいが深《ふこ》うございましてな」

傍らから、伊万屋三右衛門が言い添えた。紺屋は名のとおり、藍染めをもっぱらとする店もあるが、さまざまな色を出す染物屋もやはり紺屋と呼ばれていた。丹波屋もまた、腕の良い職人を多く抱え、あらゆる色をあつかう、かなり大きな店であったようだ。

「箏白先生の絵を見れば、一目瞭然ですわ。紺屋には、絵心や、色を見極める才が要ります。かの長谷川等伯《はせがわとうはく》も、紺屋の養子やったそうですな」

絵師の出自はさまざまだが、紺屋の出の者はそれなりに多く、三右衛門の言いようは的を射ていた。

「たしかに紺屋の倅ときけば、この絵にも得心がいく」

彦太郎はまた、『群仙図屏風』に目をやった。これほど強烈な、しかも紅、青、黄と相反する色を配しながら、画面を少しも損ねていない。深山箏白の色彩感覚の豊かさを、何よりも雄弁に物語っていた。

「せやけど豊蔵兄さんは、家業なぞさっぱりで、手伝《てつど》うてる姿なぞ思い出せまへんけどな。一日中蔵に籠もって、絵をながめたり写したりしとりましてな」

「不肖の倅というわけか」

自分と同じかと、彦太郎が苦笑する。

「親も別に叱ることもなく、放ったらかしどしたが」

絵に親しむのは、紺屋にとって悪いことではない。その意図もあったのかもしれないが、何よりも豊蔵の上に、しっかり者の長兄がいたからだ。

長兄は、お末が物心ついたころにはすでに、丹波屋の江戸店《だな》にいた。三人はそれぞれ十近くも歳が離れていたというから、おそらくあいだにできた子が育たなかったのだろう。

「その上の兄さんが、江戸で亡くなりましてな……うちが三つ、豊蔵兄さんが十二のときです」

ただでさえ痩せぎすのお末のからだが、いっそう嵩《かさ》を失ったようにしぼんで見えた。

幼いお末は記憶にないが、両親の落胆ぶりは想像に難くない。一家の不幸は、それだけでは済まなかった。その翌年の冬、お末は母に起こされて目を覚ました。

「覚えははっきりしまへんけど、きなくさいにおいだけは鼻に残っとります」

明け方まではまだ間のある刻限、丹波屋から火が出たのである。奉公人の火の不始末とも、首になった職人が腹いせに火つけをしたとも、後になって噂はいくつかとびかったが、はっきりしたことはわからなかった。

どちらにせよ万一、大火にでもなれば、火元としては責めの負いようがない。

両親は何とか消し止めようとしたのだろう。豊蔵とお末を先に逃がし、自分たちは火元を確かめに行った。

「『豊蔵、お末を頼むで！』と……それが母の声をきいた、最後になりました」

結局、両親は、煙にまかれてふたりとも亡くなった。幸い風のない日で、火は丹波屋の両隣を焼いて消し止められたが、すでに豊蔵とお末は一切を失っていた。

「すべて焼けてしもうて、唯一残ったんは豊蔵さんがよう籠もっておった蔵だけどした。中にあった絵や道具は皆売り払われて、焼けた両隣やご近所さんへの詫び料になったときいとりますわ」

残念そうに、三右衛門も首をうなだれた。江戸店も処分して、ようやく火元の責めを果したが、兄妹はほとんど一文なしの有様だった。

「それは、気の毒に……」

　度重なる不運に、彦太郎もそれしか言葉が出ない。それでも自分はまだましだったと、お末はかすかに笑った。

「うちは子供のおらん伯母夫婦に引きとられましてな、もともとうちを養女にしたいと思てはったそうで、おかげさんでよう可愛がってもらいました」

「兄の方は、どうしたのだ？」

「兄さんは十三になっとりましたさかい、大坂の米屋に奉公に出されたんどす」

「あの男が、奉公だと？　信じられぬな」

つい本音がもれたが、そのとおりだとお末は笑った。

「勝手きままな性分で、人と交わるのも苦手どす。一年もせんうちに米屋を逃げ出しはって、それきり行方知れずになりましてな」

長いあいだ、お末にも親類にも、皆目所在がつかめなかったと嘆息した。

「せやのに十二、三年ほど前に、ひょっこり帰ってきましてな。あれにはうちもたまげましたわ。なんせ二十年ぶりどしたさかい」

ちょうど彦太郎が、豊蔵と初めて出会ったころだ。それまでは伊勢を中心に旅絵師をしていたというから、京に住まいを定めて間もない時期であったのだろう。平安絵師と名乗っていたのも、生まれが西陣なら嘘ではない。

「伯母からうちの嫁入り先をきいて、熊本屋敷を訪ねてくれはりましてな」

「熊本屋敷とは、肥後《ひご》熊本細川《ほそかわ》家の京屋敷のことか？」

「へえ、さようです。うちの亭主が、細川ご家中のお留守居役に仕えとりましてな」

武家ではなく、下男や中間に近い奉公人だとお末は告げた。

「兄さんの顔すらおぼろげで、いきなり兄だと名乗られても、信じられん気持ちが先に立ちました。こないによう似とるなら、間違いあらへんと亭主が申しましてな」

たしかに貧相な見目がよく似た兄妹だが、口を開けば、まったく印象が違う。

気取りのない素直な気性は、いわば兄とは正反対で、お末の前では彦太郎の傲慢無礼も活躍しようがない。

「身内の縁がうすい男だと思うていたが、妹や幼馴染みがおったとは、少しうらやましいくらいだ」

柄にもなく、そんな本音がこぼれ出た。彦太郎の家族は、淀で息災にしているはずだが、いまではまったく行き来がない。縁がうすいのはおれの方かと、胸の内で自嘲した。

「そうでっしゃろ。せやのに肝心の箏白先生は、わてには冷とうおましてな」

伊万屋三右衛門が冗談めかし、大げさに口を尖らせる。

「同じ上京にいながら、訪ねてもきいしまへんでな。こっちゃから押しかけて、実に三十年ぶりどしたわ。お末さんの二十年なぞ、まだましや」

「愛想がのうて、えろうすんまへんな。たぶん火元の負い目があって、西陣には足を向けられへんかったんやと思います」

「ああ見えて豊蔵さんは、気の細いところがありますさかいな」

「うちかて同じどす。やっぱり西陣には気兼ねしとりましたが、伊万屋の旦那さんが声をかけてくれはったおかげで、こうして久方ぶりに西陣を拝めました。ほんまにありがたいことやと思うとります」

本当に嬉しかったのだろう。お末の顔が、幸せそうにほころんだ。

「昔のことなぞ気にせんと、これからもちょくちょく訪ねてきなはれ。深山箏白先生のたったひとりの身内や。むしろ胸を張って西陣を闊歩しはって、ちょうどええくらいや」

「こないに気味の悪い絵で、ほんまにかましまへんのどすか？　仙人は獣か化け物かわかりまへんし、天女は気がふれとるみたいや。大店《おおだな》に飾っていただくのも、なんや気が引けて申し訳なく思いますわ」

「いや、それは違うぞ、お末殿」

三右衛門がこたえるより早く、彦太郎は声を張った。

「筆の細かさ確かさは、もとより承知していたが、何よりも色づかいが抜きん出ている。このようにあざとい色を配しながら、屏風の品格を落としていない」

「さすがは吉村先生、この絵のほんまの価《あたい》を、ようわかっておいでや」

三右衛門は揉み手をせんばかりに追従《ついしょう》したが、お末はやはりぴんとこないようだ。

「そういうもんでっしゃろか？」と、首をかしげる。

「おれも深山筝白の絵はいくつも目にしたが、この絵はひときわ優れておる。どこに出しても恥ずかしくない、あの男の傑作だ」

思わず拳を握りしめて力説したが、返事は予期せぬ方角からかかった。

「ほう、そないにわしを贔屓にしとってくれたんか」

まるで重罪を見咎められでもしたように、彦太郎は総毛立った。

「おや、兄さん」と、お末が顔を上げる。

相も変わらず貧乏徳利をぶら下げて、豊蔵が立っていた。

よりによって、もっともきかれたくないことを、もっともきかれたくない相手にきかれてしまった。

まさに一生の不覚――。

恥ずかしさと怒りに、からだ中が熱くなった。


いまにもわなわなと震え出しそうな表情で、彦太郎は固まっている。

常の豊蔵なら、散々からかいの種にするところだが、やめることにした。徳利を横に置き、妹のとなりに腰を据える。

彦太郎の褒め言葉が、自分でも意外なほどに嬉しかったからだ。

悪評ならむしろ望むところだと、痛くもかゆくもない反面、褒められることには慣れていない。たいがいは世辞にしかきこえず、早々に自らさえぎってしまう。

けれど彦太郎の言葉には、嘘がなかった。評は的を射ていた上に、心がこもっていた。

吉村胡雪が、深山箏白を認めてくれた。

うっかり気を抜くと、涙ぐんでしまいそうなほど、豊蔵の胸に強く応えた。

「邪魔をしたな、三右衛門。おれはこれにて」

そそくさと腰を浮かせた彦太郎を、つい呼び止めてしまったのも、たぶんそのためだ。

「待ちいや。そう慌てんと、どうせ帰るところもあらへんのやろ?」

「何の話だ」

「まあた応挙から、破門を食らったそうやないか」

三右衛門が、よけいなことをと顔をしかめる。豊蔵の耳に噂を入れたのはこの男である。

「なんや串本の無量寺で描いた絵が、不興を買ったそうやな。もっともらしい顔をして、了見の狭い男や」

「師匠はそのような小物ではない！　破門になったのは、別のわけがあるからだ」

憤然として、腹立たしげにまた腰を落とした。

「わけとは、なんや？」

「……無量寺の絵のことで、兄弟子と諍《いさか》いになってな」

寺からは応挙の絵を所望されたのにもかかわらず、彦太郎は吉村胡雪の絵を描いた。門弟たちからは一様に非難がましい目を向けられたが、中のひとりがことにしつこかった。もともと気性も画風もそりが合わない。酒の席でいつまでもねちねちと責められて、堪忍袋の緒が切れた。

「互いに酔っていた故、殴り合いとなり……兄弟子の右手を傷つけてしまったのだ」

画家にとって、筆を握る右手は命より大事だ。それを傷めるとは何事かと、応挙は滅多に出さぬ大声でふたりを叱りつけた。喧嘩両成敗と相成って、ともに破門を下されたが、兄弟子は早々に詫びを入れ、応挙のもとに戻っていた。

仔細をきいた豊蔵は、なるほどとうなずいた。

「相変わらず、短気なやっちゃ。絵師が口より先に手が出るようでは、しょもないわ」

「言われんでも、わかっておるわ」

「ま、ちょうどええやないか。いつまでも応挙のもとにおっても、それこそしょうもあらへん。いっそ師匠を替えてみてはどや？」

じろりと豊蔵をひとにらみして、視線を変えた。

「いや、おれはやはり、師匠のもとに戻る」

その目は『群仙図』に向けられて、表情はひどく神妙だった。この絵が、鬱屈していた彦太郎の淀みを、吹きとばしたのは明らかだ。

しかし本気になったあげくにとった道は、やはり応挙のもとに帰ることだった。

つまらなくはあったが、他人の生き方を曲げるほど、豊蔵も人とは関われぬ性分だ。

「さよか。ま、好きにしたらええわ」

「次に会うときまでに、おまえが目を剝くような大作を仕上げてみせるからな。首を洗って待っていろ」

「果し合いかいな」

玄関まで見送るという三右衛門を断って、彦太郎は憤然と座敷を出ていった。その後ろ姿を見送って、お末がにっこり笑う。

「兄さんにも、あないに立派な絵師仲間がおったんどすなあ。何やらほっとしましたわ」

「別に仲間やあらへんわ」

「それでも兄さんの絵を、まっすぐに褒めてくれはりました。気持ちのええお方やわ」

お末はいっそうにこにこし、満足したかのように己も暇を告げた。

「久方ぶりに、西陣で三人顔をそろえたんや。いま膳をはこばせるさかい、お末さんもゆっくりしていきなはれ」

三右衛門は引き止めたが、病の姑《しゅうとめ》を抱えているために、あまり長居はできないという。

「お姑さんが寝たきりとは、お末さんも大変やな」

「亭主は働き者やし、子供も無事に育っとります。人並みの幸せには、人並みの苦労もつきものどす」と、お末は快活に笑った。

人並みというものが、何より嫌いなはずだった。なのにたったひとりの妹は、人並みを享受して、まっとうに暮らしている。意外にも、豊蔵は心の底から安堵していた。しっかりと根を張っている姿は頼もしく、滅多に行き来はしなくとも、気持ちの拠所になっている。皮肉なものだと自嘲しながら、懐に手を入れて包みを出した。

「土産や、もっていき」

「まあ、俵屋《たわらや》の饅頭《まんじゆう》やおへんか。うちの好物や。おおきに、兄さん」

熊本屋敷まで送るよう、三右衛門は手代に言いつけて、お末を帰した。

やがて女中が膳をはこんできて、部屋の行灯に火を入れた。

朱がかった光のもとでは、『群仙図』はいっそうなまめかしさを増す。

「実はな、豊蔵さん。どうしてもこの絵が欲しいと、言うてきたお方がおりましてな」

いつのまにか三右衛門は、伊万屋の主人ではなく、業の深い数寄者の目になっていた。

「たとえ何百両積まれたかて、この絵は手放さんつもりでおったんやがな」

三右衛門が惹かれているのは、金ではなく別の何かのようだ。

「相手は誰や？」

「讃岐《さぬき》丸亀《まるがめ》の、京極《きようごく》家どすわ」

「武家は、嫌いやなかったんか？」

「伊万屋《うち》とはもともと商いのつきあいもおますのやが、京極家のお身内に、ひときわ風流な方がおりましてな。わざわざ訪ねてきはって、ひと目で群仙図を気に入ってくれはりましたんや」

大名の身内となれば、江戸か国許に留め置かれるものだが、近い血筋ではないために、その人物は京伏見に庵を結び、長く暮らしているという。茶道、華道、能に短歌と、何でもこなすが、絵にはひときわ造詣が深い。すでに結構な年寄で、自ら表に出ることはないが、その意見は京画壇に大いに敬重されていた。

「かの『平安人物志』にも、深く関わっておると言われとります。そら、次が出るのは、まだまだ先の話でおますがな」

「五年前に、出たばかりや。あと五年は先になるやろ」

平安人物志は、だいたい十年前後のあいだをおいて、世に出されてきた。吉村胡雪の名が初めて載ったのは五年前、第三版にあたる。

「それでも恩を売っておいて、決して損はあらしまへん」

三右衛門の声に、にわかに力がこもる。本当は、豊蔵にもわかっていた。いくら孤高を気取ってみても、売れぬことには画材すらままならない。人気をとるか、己の意志を貫くか。道を極めんとする者は、その板挟みを避けられない。

「この絵はわしの手を離れた。いまはおまえのもんや、好きにせえ」

放り出すように告げて、手酌で盃を満たした。虫の声だけが、かまびすしく響いてくる。

「ほな、そうさしてもらいます。次の番付が、いまから楽しみどすなあ」

「どうせまた、幅をきかすのは応挙と一門や。くそも面白うあらへんわい」

「そらそうどすが、せやからこそ新しい名が人目を引くんや。大家の弟子でもなく、ろくな後ろ盾もおへんその絵師に、いっとう初めに目をつけたのはこのわてや。考えるだけで、数寄者の血がたぎってかないまへんわ」

小太りのからだがふるりと震え、たぎるものを抑えこむように酒を喉に流し込んだ。

「それこそくだらん。とらぬ狸《たぬき》の皮算用や」

「楽しい夢は、何よりの薬やで、豊蔵さん。それに円山先生かて、いつかは番付から消えますさかいな」

いささかぎょっとして、豊蔵はまじまじと丸い顔を見詰めた。

「そないにびっくりせんでも。十年、二十年先の話や」

ああ、と豊蔵も気がついた。持参した貧乏徳利はからになっている。三右衛門は、女中に酒の代わりを頼んだ。

「とはいえ円山先生も、今年で五十五歳。そろそろ跡継ぎを考えんならん頃合やろな」

「応挙には、倅がおるやろ。そいつが跡を継ぐのやないか？」

「そら、表向きはそうどっしゃろが、応瑞《おうずい》さんはまだ二十二と若《わこ》うおますし、何より絵を見た限りでは、十哲《じってつ》には遠くおよびまへんわ」

素質としてはあまりに凡庸だと、三右衛門はひらひらと片手をふった。

応門十哲とは、応挙の弟子の中でもっとも優れていると目される十人で、むろん源琦や胡雪も名を連ねている。ただその十哲ですら、師匠に匹敵する器量の者はいない。画力だけでは、数百もの弟子を束ねようがないからだ。

「いずれも帯に短したすきに長し、ひとりで一門をまとめる力はあらへんのどす」

応挙は技と心、両方を兼ね備えた稀有な画家だと、三右衛門は評価した。その代わりを務めさせるなら、ひとつだけ方法があるという。

「まず筆の上手なら、吉村先生が頭ひとつ抜きん出とります」

「すぐに拳をふるう男に、まとめ役なぞ無茶な話やろ」

「そっちゃの方は、源琦先生がおりますがな。幸いおふたりは、仲がええときいとります。ふたりで手を携えなはったら、あの大所帯を率いていけますやろ」

絵師なぞというものは、おしなべて癖が強い。そのような者たちが数多連なる円山派は、ひときわ重い荷物に等しい。これをひとりで引ける者は、応挙より他にはいないが、ちょうど大八車の両輪のように、源琦が心、胡雪が技を受けもつことで、重い荷車もどうにか前に進むだろう。三右衛門は、そのように講釈した。

「あの男が、応挙の後を継ぐのか」

妙にざわざわと胸が鳴る。一門云々の話ではなく、吉村胡雪の絵の行く末が気になった。

「他人事《ひとごと》やあらへんわ。いずれ深山一門も、仰山の弟子を抱えるやもしれまへんしな」

豊蔵の胸中には気づかず、三右衛門が調子を変えた。

「わしは播州におるふたりだけで、手一杯や」

後は他愛のない、軽口の応酬が続いた。

その年の冬、『群仙図』は伏見の草庵に運ばれた。

この三右衛門の計らいが、天の配剤のように思えたのは後になってからだ。おかげでこの絵は、最大の難を免れることになる。

年が明け、正月も終わりのこの日、昼間から長屋で居眠りをしていた豊蔵は、はっと目を見開いた。忘れようにも忘れられない。こびりついたあのにおいが、鼻を刺した。

遠い昔、五感にすり込まれた恐怖が、からだ中に警鐘を鳴らす。はねるように起き上がり、外にとび出した。

「火事や！」

半鐘が、狂ったように打ち鳴らされる。

天明八年正月晦日《みそか》、京の都を大火が襲った。


京坂は江戸にくらべれば、火事は決して多くない。

二百六十年余の徳川の時代、江戸は大火だけでも四十九を数えるが、京は九、大坂は六に留まる。

しかしこの天明の大火だけは、京の街をこれ以上ないほどに焼きつくし、痛めつけた。

火は晦日未明、鴨川にかかる団栗橋《どんぐりばし》東詰めの町屋から上がった。俗に団栗焼けと称されるのはそれ故で、火は折からの風にまたたく間に鴨川を渡り、四条へ燃え広がった。

まるで火龍が空を跋扈するかのように、火は貧富も身分も関わりなく暴れまわり、御所も二条城も京都所司代屋敷も焼き払われた。

ようやく鎮火に至ったのは、実に丸二日を経た二月二日未明だった。

しかしそのころには、北は上京から南は下京まで、実に京の街の五分の四が廃墟と化していた。被害は応仁の乱を上回り、京では後にも先にも例のない、史上最大と呼ばれる大火であった。

「これがあの、美しかった京の都か……」

ぺろりと丸坊主になり、見晴らしばかりがよくなった四条に、彦太郎は茫然と立ち尽くしていた。建物はほとんどが焼失し、ところどころに燃え残った寺の築地《ついじ》や門跡が、寒風にさらされている。

「ふたたびあるまい京焼けの、花の都が野になった」

どこからか、そんなわらべ歌が流れてくる。次いで子供の笑い声が響き、塞《ふさ》がっていた胸が、少しだけかるくなる。百だの二千だの数はまちまちだが、火の勢いの割には人死にはそう多くないときいている。それでも不安が拭いきれず、急ぎ足で焼け跡を辿った。

「あった！」

玄関だった辺りに、ぽつんと札が立っている。見馴《みな》れた手蹟《しゅせき》が、たちまち涙でぼやけた。

「よかった……師匠はご無事であったか」

崩れるように膝をつき、ただ神仏に感謝した。

火事の折、彦太郎は応挙の使いで四国にいた。知らせをきいて、すぐに京へと舞い戻ったが、もしも師に何かあったら――。嫌な想像にくり返し襲われて、ここへ辿り着くまで怖くてならなかった。

――五条鴨川向かいの、喜雲院《きうんいん》に起居している。ご用の方はそちらを訪ねるように。

応挙らしいていねいな字で、札にはそう書かれていた。字から察するに、筆をもつにも支障はなく、大きな怪我もなさそうだ。

たそう」

「先生や皆が無事なら、この先どうとでもなる。おれもおよばずながら、精一杯お手伝いい

希望があふれ、五条への足取りは軽やかだった。

しかしその高揚も、喜雲院に到着すると、もろくも崩れた。

「おお、彦太郎、戻ったか。心配をかけてすまなかったな」

応挙も源琦も無傷で、かるい火傷《やけど》を負った者はいたが、弟子たちも息災だった。しばし互いの無事を喜び合ったが、師の向こうに知った顔を見つけ、ぎくりとした。

「ご無沙汰しております、吉村先生。私を、覚えておられますか？」

「月渓《げっけい》殿……いや、いまは呉春《ごしゅん》殿でしたな」

数えてみると十二年ぶりになる。だがその顔は、彦太郎の頭に鮮明に焼きついていた。

十二年の年輪は刻まれてはいたが、姿の良さも手伝って、歳よりも若く見える。

「そういえば彦太郎も、文蔵《ぶんぞう》殿とおつき合いがあったのだったな」

「つき合いというほどでは……たった一度、嶋原で会うたきりです」

さようです、と呉春はにこやかに応じる。涼しげな笑顔も、昔と変わらない。

本名は、松村《まつむら》文蔵。裕福な金座役人の地位を捨てて絵師になると、彦太郎の前で語ったときと同じ笑顔だった。

「呉春殿は、師の見舞いに来られたのか？」

「いいえ、私も家を焼け出されて、この庵に身を寄せたのです」

「文蔵殿とお会いしたのは、たまたまでな」

いわば避難場所として頼った寺が、偶然にも同じだったときかされた。

「円山先生をお見受けしたときには、本当に嬉しゅうございました。きっと与謝《よさ》先生が、お引き合わせくださったのでしょう」

呉春の師であった与謝蕪村《ぶそん》は、五年前に亡くなっていた。

「与謝先生を失ったのは、かえすがえすも惜しまれるが、先生ご自身はお幸せな最期であったろう。愛弟子《まなでし》につききりの世話を受け、死に水をとってもらえたのだからな」

呉春とその兄弟子の献身は、美談として噂になり、応挙もいたく感銘を受けていた。

その話が蒸し返されても、当の呉春には慢心の欠片も見えない。

「師から受けた恩を思えば、わずかばかりのお返しに過ぎません。妻と父を相次いで亡くし、まだ間もないころでしたから……師匠にまで逝かれたときには、さすがに応えましたが」

澄みわたった空のような表情が、そのときばかりは翳《かげ》った。

「雛路《ひなじ》殿のことは、残念でしたな」と、彦太郎も声を落とした。

見目の良い一対の雛人形のような、幸せそうに並んだふたりの姿が浮かぶ。当時、嶋原随一の芸子であった雛路を身請けして、呉春は妻とした。けれど愛妻との暮らしは、長くは続かなかった。妻ひとりで実家へ向かわせた折に、船の事故に巻き込まれたのだ。

たび重なる不幸に、一時は京を離れて静養していた時期もあるときく。それでもこの男は、絵に対する情熱を失ってはいなかった。一方の応挙も、蕪村亡き後、この絵師を気にかけていた。さる身分の高い僧に紹介し、呉春がその側絵師《そばえし》となったことは、彦太郎も知っていた。

だがこのふたりは、彦太郎の知らぬ間に、さらに距離を縮めていた。

「実は、先年の暮れに手掛けた大乗寺《だいじょうじ》の襖絵を、文蔵殿にも手伝《てつど》うていただいてな」

「え！」

「見事な群山図を描いてくださった。まるで座敷にいながら、冷涼な山の頂きにいるかのような心地になる。文蔵殿の清々《すがすが》しいご気性を、見る思いがした」

応挙は上機嫌に話してくれたが、彦太郎にとっては、息が止まるほどの衝撃だった。

滅多に京を離れることのない応挙だが、播州大乗寺にはめずらしく、倅と弟子を従えて自ら出掛けた。彦太郎がその中に入らなかったのは、四国での仕事を任されたこともあるが、大乗寺を手掛けた弟子の中には、無量寺の一件を引きずっていた者たちもいる。よけいな悶着を避けて、応挙は彦太郎を同行させなかった。

彦太郎は先年師走《しわす》のはじめに京を立ち、四国へ向かった。呉春が大乗寺の一行に加えられたのは、その後のようだ。

自分が四国に追いやられていたあいだ、この男は師の傍らで絵筆を握っていた。嫉妬と焦りがとぐろを巻いて喉元までせり上がった。どうにか堪えられたのは、応挙があくまで、呉春を蕪村の弟子としてあつかったからだ。つまりは応挙門下ではなく、客人に過ぎない。

その弱い楔《くさび》が、辛うじて彦太郎を支えていたが、長くは続かなかった。

「火を逃れ、ようやく辿り着いたこの喜雲院で、また円山先生にお会いできた。やはり亡き師匠が下すった、良きご縁と思えました。あらためて円山先生にお願いして、ご一門の末席に加わることを許していただきました」

すっと背筋が冷え、足許の床が氷になった——。そんな心地がした。

十二年前、嶋原からの帰り道、予期して恐れていたことが本当になった。

円山応挙の片腕、門下一の腕前との評判。己が長年築き上げてきた一切が、この呉春という男の前では、音を立てて崩れだし瓦礫《がれき》と化す。

彦太郎の心中には気づかず、応挙は笑顔で呉春にこたえた。

「末席に加えるなどとは、とんでもない。与謝先生が認めていらしただけあって、文蔵殿の才は本物です。莫逆《ばくげき》の友として、共に学び、励んでいただきたい」

莫逆の友とは荘子の言葉で、心に逆らうこと莫《な》し、極めて親しい間柄を意味する。つまりは呉春を弟子ではなく、友として遇するということだ。

「私なぞが、先生と肩を並べられるはずもありません。初心に返り、一から写生を学ばせていただきとうございます」

呉春の覚悟とひたむきさに、応挙が満足そうにうなずく。

「吉村先生、今日からは弟弟子として、どうぞよしなにお願いします」

邪気のない笑顔が、何より痛かった。このまま一目散に、逃げ出したい衝動にかられた。

その声が一拍遅かったら、本当にそうしていたかもしれない。

幸いなことに、兄弟子の源琦が、彦太郎の名を呼んだ。

「彦太郎、お客さまがいらして、おまえに会いたいそうだ」

源琦の間のよさは、かねがね承知していたが、このときほどありがたかったことはない。

彦太郎は師に一礼し、急いでその場を離れた。

ただ、喜雲院の境内に立っていたのは、見覚えのない侍だった。


「よかった、ご無事だったのですね！　京が焼けたときいてから、ずっと案じておりました」

彦太郎を認め、懐かしそうに駆け寄ってくる。どこかで見たような気もするが、思い出せない。首をかしげると、焦《じ》れたように相手が叫んだ。

「兄上、お忘れですか。弟の久次郎《ひさじろう》です！」

ああ、と思わず声に出していた。彦太郎が応挙の内弟子になったのは、十五のときだ。ふたつ違いの久次郎とは、以来ろくに顔を合わせていない。一、二度、祖父の法要のために帰ったことがあるが、それも七回忌が最後だった。

「しばらく見ぬ間に、ずいぶんと老けたな、久次郎」

「それはお互いさまです。なにせ十六年ぶりですから」

「そんなになるか」

「たまには淀にお帰りください。二度も法事をうっちゃられては、あの世からおじいさまに怒鳴られますぞ」

墓の下で地団駄を踏んでいる祖父の姿が見えるようで、彦太郎はつい笑ってしまった。久次郎も、頬をゆるめる。

「達者でおられて何よりです。きっと父上や母上も喜びましょう」

「父上や母上が？」

「はい。吉村胡雪の高名は、淀にも届いております。母上はたいしたものだと褒めておられますし、父上は、ああいう方ですから面《おもて》には出しませんが、やはり自慢になさっておいでです」

彦太郎には、背中しか向けなかったような両親だ。眉唾にもきこえたし、現金なものだと呆れもしたが、やはり嬉しかった。

弟は昔から、気性はいたって素直だ。音沙汰もなく家にも寄りつかない兄に対し、会いに行くなり便りを出すなりしてはどうかと両親に勧めたが、これは父の和右衛門《わえもん》が止めた。

「応門十哲のひとりとなれば、城でたとえるならご家老やご用人に匹敵しよう。それだけ忙しゅうしているのであろう。身内が邪魔をしてはいけない」

久次郎が、父の物言いをそのままなぞる。

「身内が、邪魔をしてはいけない……」

「はい、そのように」

その言葉が、思いがけず胸にしみた。

「おれは廃嫡された身だ。それを未だに身内と……息子と思うておるのか」

「あたりまえでございましょう。兄上は私に家督をお譲りくださいましたが、吉村の血筋であることは、何年経とうと動かしようがありませぬ」

たしかにと、久次郎に向かって苦笑がこぼれた。

「京は隅から隅まで丸焼けになったとききましたから、きっと兄上は住むところに難儀して、淀に戻られるものとお待ちしておりましたのに」

十日経っても本人はおろか、安否を告げる知らせもない。久次郎は堪えきれず四条まで駆けつけ、応挙の立てた札を頼りに喜雲院に辿り着いた。

「兄上、ひとまず淀にお戻りいただけませぬか。達者な顔を見せれば、父上も母上も安堵いたしましょう」

長く厭うていた場所なのに、ためらうことなく彦太郎は承知した。たとえ一日でも、喜雲院に留まるのは苦痛だった。応挙に許しを請うて、弟と一緒に淀へと向かった。

母親はいささか大げさに彦太郎を歓待し、立派になってと涙をこぼしたが、父は拍子抜けするほどに、昔と同様、顔色ひとつ変えなかった。それでも失意の念はわかなかった。父も母も、老いていたからだ。

十五で家を離れ、ちょうど二十年が経つ。歳月の長さに、いまさらながら思い至った。頭の中に描いていた、ひときわ大きな父の姿は、現実にはどこにも存在しなかった。目の前にいるのは、品よく歳を重ねた老人だった。

「しばらくこちらに、厄介になります」

「円山先生のお傍を離れて、大丈夫なのか？」

「はい……私の他にも、弟子はたくさんおりますから」

浮かんだ呉春の横顔を、打ち消すように頭からふり落とした。

「それなら、ゆっくりしていくといい。……おまえの噂は、殿にも届いていてな」

「淀の、お殿さまにございますか？」

和右衛門は、いまは淀藩稲葉家で水夫目付《かこめつけ》を務めている。頭を小さくうなずかせた。

「折を見て、御前で絵を披露してほしいとのご所望もあってな」

「それは謹んで、お引き受けいたします」

大火の難が落ち着いたころに、応挙を通して依頼があろうと、和右衛門は告げた。

「殿もさぞかし、お喜びになろう」

笑うことなぞまずしない父だが、そのときだけ、かすかに表情がほころんで見えた。

殿さまの言葉を借りて、褒めたつもりであろうか――。白髪が勝った鬢《びん》をながめ、ふとそんな思いがよぎった。

淀では意外なほどに毎日が忙しく、彦太郎は半年以上も腰を据えることになった。

「京で評判の吉村胡雪先生に、襖絵を描いていただけるとは」

「ひとつこの扇に、一筆お願いいたします」

「せんせぇ、次は蛸描いてぇな」

串本や白良浜と同様、近在から大勢の者が吉村の屋敷に詰めかけた。

応挙は避難場所であった喜雲院を出て、生まれ故郷の丹波に帰っている。新しい家の普請が終われば戻るだろうが、それまではどのみち京にいても仕事はない。

屏風や襖絵を頼まれ、扇に一筆描いてやり、子供たちとたわむれる。

表向きは気ままに過ごしていたが、南紀にいたときの迷いとはまた違う、突き上げるような焦燥に、たびたび襲われた。くすぶっていた焦りに火がついたのは、秋風が冷たさを増してきたころだった。

「兄上、また源琦さまから、便りが届きましたぞ」

嬉しそうにたずさえてきたのは、弟の久次郎だ。

源琦は応挙とともに丹波におり、小まめにようすを伝えてくれる。彦太郎を案じる内容もいつもどおりであったが、先日、師の使いで久方ぶりに京へ上ったと記されていた。もとの都に復するのは、まだまだ先になるだろうが、それでも普請の槌音はそこかしこで響き、人の顔にもようやく明るさが戻ってきたと、嬉しそうに書いてあった。

彦太郎の目が吸い寄せられたのは、その後だ。

あの大火では、財の多くを失った者も少なくないが、それでも新たな普請に向けて絵を所望したいと乞う物持ちもいる。今回、京へ行った折には、応挙はもちろん、その弟子たちへの注文も数多く受けたが、都では、ある絵師の名がしきりにささやかれていた。

——彦太郎、おまえもよう知っておる、深山箏白殿です。

書面にその字面《じづら》を認めたとたん、心の臓が歪《いびつ》な音を立てた。まるで惰眠を貪っていたところを叩き起こされて、慌てふためいてでもいるように、心音は焦りを伴ってしだいに早くなる。

——京極家に連なる伏見の御隠居さまが、箏白殿を高く買っておられるそうです。『もしもいま、平安人物志を出すのなら、間違いなく名を連ねるであろう』と、はばかりなく申されたとのこと。京の文人のあいだでは、あの方の考えは大変敬われておりますから、我先にと絵を所望する者が、引きも切らず上京を訪れているとききました。もっとも、口の悪い者たちからは「焼け太り」などと称されて、当の箏白殿は、さして嬉しそうな顔もしていないとのことでしたが――。

兄弟子の文には先があったが、目を通すこともせず、彦太郎は呟いた。

「あの男が、とうとう出てきたか……」

彦太郎はただ、その名が載った架空の平安人物志に、じっと目を凝らしていた。

第九章・大坂

「いやあ、こないに早うお引き受けいただけるとは、思いもしまへんでしたわ」

有田屋《ありたや》俵兵衛《ひょうべえ》は、ひどく大げさに彦太郎《ひこたろう》を歓迎した。大坂でも指折りの木綿問屋の主人だが、白髪頭をへこへこと彦太郎に下げる。都人のように気取ったところは微塵もないが、京が長い彦太郎には、へつらいが過ぎて野暮ったく見える。

「なにせ京で人気の絵師の先生やさかい、一年、二年は待たされてもあたりまえやと思とりましたんや。淀へお願いにあがった甲斐が、あったっちゅうもんですわ」

淀にいた彦太郎のもとへ、俵兵衛が自ら襖絵の依頼に来たのは、先月のことだった。源琦《げんき》からあの文を受けとって間もないころだ。深山箏白《みやまそうはく》の台頭に、彦太郎は大いに焦った。しかしいまは京へ戻ることもかなわず、師の応挙《おうきょ》にも会えない。そんなときにころがり込んだ大仕事は、うってつけの憂さ晴らしに思えた。

「この離れに、絵を所望したいということだな」

木の香が清々しく立ち込める新築の離れを、彦太郎は見渡した。十畳ひと間に六畳ふた間。

母屋とのあいだには、これまたできたての渡り廊下が通されている。襖絵を描くには小ぢんまりとした造作だが、離れとしては十分な広さだ。

「女房が京育ちでおましてな。懐かしゅうてならんと、よう嘆きよりますんや。都の雅を毎日目にしたら、少しは気も紛れようかと、庭をつぶして離れを建てましたんや」

「なるほど、京の雅をな」

内心で、やれやれとため息した。柱も欄間も贅が尽くされているが、正直、趣味が良いとは決して言えない。襖の引手や違い棚のへりなどに、やたらと金を使っているからだ。

主人にはそれが自慢らしく、得意そうに鼻をうごめかした。

「都合、三十面ほどになりますさかい、幾月でも腰を落ち着けて、じっくりと描いておくんなはれ。筆・墨・顔料はもちろん、金銀なんぞもいくら使うてもろてもかましまへん。ひとつ豪勢なもんを、お願いいたします」

これ以上金を重ねれば、卑しくなるばかりだが、相手がこの調子では反論する気にもなれない。船場の大商人だけあって、支払われる画料は申し分なく、画題にもうるさい注文はない。割の良い仕事であったが、さりとて長く居座る気にもなれない。

「いや、他からの注文もある故、そう長居はできぬのだが……」

言いかけたとき、廊下から声がかかり、襖が静かにあいた。

「お茶をおもちしました」

「おお、お須磨《すま》か。入りなさい」

若い女が、顔を覗かせた。むいた玉子のような輪郭に、小づくりな目鼻が品よくならび、雛人形を思わせる。彦太郎はどちらかといえば、くっきりとした顔立ちが好みだが、切れ長のひと重の目と、楚々とした風情は悪くない。

「お須磨、おまえも挨拶せんかい。こちらが吉村胡雪先生や」

「主人の娘御か？」

「いえ、女房でおます」

「女房、だと？」

思わずぽっかりと、口があいた。俵兵衛は六十がらみの男だが、お須磨はせいぜい二十七、八といったところだろう。

「さようです。後添いやさかい、一緒になってまだ三年ですけどな」

口調は抑えているが、若い京女を女房にしたことが、自慢でならないようすだ。俵兵衛の面に、あからさまな得意が浮かぶ。わざわざ女房のために離れを新築させたのにも、大いに合点がいった。

「須磨と申します。先生のご高名は伺《うこ》うております。お目にかかれて嬉しゅう存じます」

お須磨がていねいに辞儀をして、顔を上げた。

一瞬、目が合って、おや、と思った。

どこから見ても、貞淑そうで品のいい女房だ。その見目とはそぐわない、別のものが瞬いていた。すぐに気配は消えて、見間違いかと首をひねった。

「毎日でもここへ来て、先生のお相手をさせてもらいたいところですが、あいにくといまは商いが忙しゅうおましてな。江戸へ荷を送らんとならんのですわ」

彦太郎の心中にはまるで気づかず、俵兵衛は言い訳ぎみに商いについて説きはじめた。

寒い地方は綿の栽培に向かない。もっぱら西国で作られて、各地から大坂の引受問屋に集められる。有田屋はその綿を江戸や東国へ送る、江戸積木綿問屋であった。綿は晩夏に収穫される。九月初旬のいまごろは、一年でもっとも繁忙な時期だという。

「せやさかい、わてはあまり顔を出せまへんけど、先生のお世話には、女中と下男、それにこのお須磨をつけますさかい、どうぞ遠慮のう、何でもお言いつけくなはれ」

「そうか。世話をかけるが、よしなに頼む」

「こちらこそ、どうぞよろしゅうお願いします」

ふたたび挨拶の拍子に、目が合った。見間違いではなかった。意思をもって、男女の視線が絡み合う。ぞくぞくするほど、なまめかしい感触だった。

「離れとはいえ、これだけの造作だ。ひとつ腰を据えて、大作にかからせてもらわねばな」

さっきまでの腹積もりとは裏腹な台詞が、するすると口から流れでた。

「あの日、先生と目が合うたときから、こうなるような気がしとりましたんえ」

彦太郎の腕の中で、お須磨が甘えるようにささやく。

「ああ、おれも同じことを思った」

「ほんまどすか？」

うなずくと、嬉しい、としがみつく。有田屋の女房と、このような間柄になるのに、十日もかからなかった。初めのうちこそ彦太郎の誘いをかわしていたが、客に勿体《もったい》をつける遊郭の太夫と同じだ。お須磨にも十分に気があると、何よりもその目が雄弁に語っていた。

見かけとは裏腹な奔放な色香を、この女は抱えもっていた。

「一日も欠かさぬほど、おまえの肌にふれているというのに、俵兵衛は本当に何も気づいておらんのか？」

罪の意識なぞ毛ほどもないが、さすがに見つかれば厄介なことになる。心配は要らないと、お須磨はこたえた。

「あの人は未だに、うちをゆかしい京女やと思うとります」

「おまえの本性を、知らぬということか」

「そない怖い言い方、せんといておくれやす。亭主はただ、うちの姿形しか見ようとしないんどす」

「中にはこのように、猛々しい獣が潜んでいるというのにな」

「もう、嫌な先生」

彦太郎をにらみ、ぶつ真似をする。

「あの人は、商いが何よりも大事やさかい。いま時分はことに、うちのことなぞ放ったらかしどす。ちっともかもうてくれしまへん」

俵兵衛の妻への執心は、誰の目にも明らかだ。お須磨は遠回しに告げたが、浮気に走らせた大本《おおもと》は、妻の本性を見抜けなかった鈍感さと、そして歳の開きに相違ない。

お須磨は京の町屋の生まれで、十九のときに太物《ふともの》の小売店に嫁いだ。しかしわずか六年で亭主が病で身罷り、行き場のなくなったお須磨に、有田屋俵兵衛が後添いに来ぬかともちかけた。嫁ぎ先は有田屋から綿布を仕入れていた。何度か京にも足をはこんだ俵兵衛は、かねてよりお須磨に目をつけていたのだろう。

どのみち先には後添いの口しかなかろうし、有田屋は最初の婚家とはくらべものにならぬほどの大店だ。いわば金に釣られて大坂まで来たが、ひとつだけ当てが外れた。来年、還暦を迎える俵兵衛は、女盛りの妻を満足させることができなかった。

さすがにあからさまには口にしないが、彦太郎に組み敷かれて狂喜するさまから一目瞭然だ。一度そうなってしまってからは、お須磨はその本性をさらけ出し、女中や下男をさりげなく遠ざけて、昼日中から睦《むつ》み合った。

「したが、そろそろ商いも、一段落するころではないか？　師走のはじめには少しは落ち着くと、俵兵衛がそう言って……」

「先生はもう、飽いたんどすか？　亭主を心配するふりで、うちを遠ざけようとしとるんどすか？」

「馬鹿を言うな。女子《おなご》にこれほど執着したことなぞ、初めてだ」

決して方便ではなく、彦太郎もめずらしいほどにこの女に入れ込んでいた。からだの相性が良かったこともあるが、離れとはいえ同じ家の内で、亭主の目を盗んで逢瀬を重ねる。先を考えず刹那におぼれる危うい感覚に、彦太郎はとりこまれていた。

「したが、いつまでもこうしてはおられぬしな。おれもそろそろ、京へ帰らねば」

男の胸に額をあずけていたお須磨が、はっと顔を上げた。すがるような瞳に向かい、彦太郎は告げた。

「師匠から、便りが来てな。身を寄せていた丹波から、京へ戻られたそうだ。仕事も溜まっているからと……」

「嫌どす！」

さえぎるようにお須磨が叫んだ。

「いま先生と離れたら、うちは生きていけしまへん」

「お須磨……」

「先生がどうしてもうちを置いていかはるなら……いっそ先生を殺して、うちも死にます!」

おとなしやかに見えるこの女のどこに、これほど激しい熱が存在しているのか。まるで噴火口からあふれ出る、鮮やかな岩漿《がんしょう》を目にするようだ。その美しさに、彦太郎はしばし見とれていた。

この離れに滞在して、そろそろ三月《みつき》が経とうとしている。絵はほとんどできあがっており、お須磨と別れがたいがために、仕上げを引き延ばしていた。絶えずお須磨が傍にいたからだろう、奇をてらった意匠ではなしに、自ずと女が好むようなやさしい画風になった。

六畳のふた間には、めでたい鶴亀や、ゆったりと水辺にただよう家禽図《かきんず》、むくむくと愛らしい仔犬図《こいぬず》などを描き、十畳間には紅白梅図《こうはくばいず》を描いた。獰猛《どうもう》にすら見えるうねるような幹と、しなりながら長く伸びた枝、それを彩る可憐な梅の花は、吉村胡雪が感じたお須磨の姿そのものだった。

確かめるように、彦太郎はお須磨をきつく抱いた。腕の中の温かな重みこそ、長いあいだ自分が何より求めていたものかもしれない。ふと、そんな思いにかられた。

「お須磨、心中するくらいなら、おれと一緒に生きろ」

「一緒に、生きる?」

「そうだ。おれと一緒に京へ帰ろう。おれとお須磨は、夫婦《めおと》になるんだ」

涙でうるんだ瞳が、大きく見開かれた。

返事の代わりに、お須磨がしがみついた。


「なんやて、また破門やと？」

思わず間抜けな声が出た。伊万屋三右衛門《いまやさんえもん》の前で、豊蔵《とよぞう》が目をぱちくりさせる。

天明の大火による災厄を、払わんとしたのだろう。年があけると年号は、天明から寛政《かんせい》に変わった。改号からふた月ほどが過ぎた四月はじめ、晩春から初夏にかかる季節だった。

「二度あることは三度あるいうが、さすがに三度目ともなると、こっちゃが飽いてくるわ。今度は何をやらかしたんか？」

「何でも、大坂の商家の女房と、駆け落ちしたそうですわ」

「また、しょもないことを」

呆れるあまり、ついたため息にすら嫌気がさす。

木綿問屋の離れの襖絵を頼まれて、三月のあいだに妻女とねんごろになったと、三右衛門が仔細を語る。

「手に手をとって、京へ逃げてきたそうなんやが、すぐに亭主が追いかけてきましてな」

「ま、そうなるやろな」

「せやけど肝心の女房は、戻らぬと強情を張りまして、埒《らち》があきまへん。困ったあげく師匠の円山《まるやま》先生に、ねじ込んだちゅうわけですわ。さすがの円山先生も、今度ばかりは度肝を抜かれましてな」

この手の悶着を、応挙は何より苦手としている。ましてや、よこしまな色恋の果ての駆け落ちとなれば、とても手に負えない代物だろう。いつもとりすましている応挙が、内心ではどんなに慌てたことかと、おかしさ半分、同情半分で、豊蔵は苦笑した。

「何でも亭主にとっても歳の離れた恋女房で、向こうもおいそれとあきらめてくれしまへん。去年の師走から、そらもうしつこいくらいに何遍も訪ねてきはってな。相手が木綿問屋の大《おお》商人《あきんど》となれば、金で収めるわけにもいきまへんでな」

「で、破門か」

「円山先生も、それより他にやりようがあらしまへんどっしゃろ」

「あいつが破門されても、女房が戻らんかぎり、亭主は収まりがつかんやろ」

「それが桜のころになって、ようやくふんぎりがつきましたんや。女に、ややができましてな」

なるほどと、豊蔵がうなずいた。産婆の見立てでは、亭主のもとを去ってからできた子に間違いなく、それをきいた有田屋俵兵衛は、つぶれた鬼灯《ほおずき》のようにたちまち意気消沈し、すごすごと大坂へ帰っていった。

「結局、泣き寝入りかいな。相手の亭主も、哀れなもんやな」

「吉村《よしむら》先生は、三条《さんじょう》に近いところで所帯をもったそうですわ。子が生まれたらあの先生も、少しは落ち着かはるかもしれまへんな」

「そういえば、あれで案外、子供好きやったな」

と、南紀にいたころを思い出した。串本の無量寺で豊蔵が出会った兄妹のようすからも、土地の子供たちから慕われていたようすが察せられた。

「まあ、いまの吉村先生なら、破門くらいではびくともしまへんやろ。ちょうど京のあちこちで、普請が進んどりますさかい、襖や屏風の注文がいくらでも来ますよってな。うらやましい話ですわ」

三右衛門は、にわかにしょんぼりと肩を落とした。

「しっかりせえや。大黒柱のおまえがそのざまでは、伊万屋はほんまに潰れてまうぞ」

「冗談でも、やめておくんなはれ」

「そない情けない顔をするな。ほれ、見舞いや」

と、豊蔵は、大きな風呂敷包みを三右衛門の前に放り出した。中には丸めた和紙が、十本ほど入っていた。

「吉村胡雪《こせつ》ほどやのうても、それなりの値で売れるやろ。まったく伏見の京極《きょうごく》さまさまや」

紙を広げながら、三右衛門はひとつひとつをじっくりと検分する。

「どれもええ出来や。床に飾ったら、さぞかしおもろい景色になりますわ」

「言うておくが、おまえの懐に納めてはあかんぞ」

「こないにええもんを、他人に渡さなあかんとは、情けのうてからだ中の力が抜けますわ」

さも残念そうに、三右衛門は未練がましく絵をながめた。

先年の大火の痛手を、もっとも大きく蒙《こうむ》ったのは、この西陣だった。

染めの友禅とは違い、西陣織は名のとおり、織だけで布の上に柄を形作る。ことに一枚の帯のために、百以上もの色糸を使う綴織《つづれおり》は、まるで手縫いの刺繡を施したような仕上がりで、しかもかるい。錦《にしき》と呼ばれ、美しさと使いやすさを兼ねそなえた、いわば織の至宝であったが、手が込んでいる分それなりに値は張る。

昨今は地方から安価な織物が出まわるようになり、特に江戸ではもてはやされている。小さな穴のあいた船のように、少しずつ、しかし確実に沈みはじめていた西陣は、大火によって全焼し、完膚《かんぷ》なきまでにたたきのめされた。天明の大火後、西陣だけではなく京の都そのものが、ゆっくりとした衰退の道をたどることになる。

伊万屋もまた、かつてない危機に見舞われていた。単なる物売りであれば、建物さえ普請すれば、すぐに商いをはじめられる。しかし、織屋ではそうはいかない。京の職人は細かな分業で成り立っており、糸を縒《よ》り、それを染め、紋意匠図《もんいしょうず》を描きと、織に至る前にいくつもの工程を経るのだが、どれも一からはじめなければならず、それまで織にはかかれない。

灰と化した織機もまた特別あつらえのもので、火事から一年以上が過ぎたいまでも十分な数がそろわず、出せる品は以前の半分にも満たない。

三右衛門は金繰りに奔走したが、地下蔵にあって難をまぬがれた、自慢の書画骨董のたぐいは残らず売り払うこととなった。それでも青息吐息のようすを見かねて、豊蔵は火事見舞いと称して、時折こうして己の絵をたずさえてきた。

絵師として名が広まったのは、三右衛門のおかげだ。その借りもあったが、火事で一切を失う酷《ひど》さは、誰よりも身にしみてわかっている。三右衛門も有難く好意を受けたが、年を経れば名品となり得るものを、むざむざ人手に渡すのは悔しくてならぬようだ。絵をながめては、しつこいほどにため息をくり返す。

「おまえもたいがい、あきらめの悪い男やの」

「わてから数寄をとったら、何も残りまへんわ」

火事以来、三右衛門はめっきり老けた。面白いもの、珍奇なものを探して輝いていた目は、数寄を失ってどんよりしている。うまい慰めも思いつかず、豊蔵はそのまま伊万屋を出た。

独りきりで頼りない身の上の絵師だと、己でも自身を侮っていた。それでも筆と紙さえあれば、たとえ離れ小島や異国であろうと生きていける。失うもののない自由さを、豊蔵はいまさらながらに嚙みしめていた。

「そういえば、あいつは所帯もちになったんやったな」

思い出し、豊蔵は呟いた。彦太郎の新居は、三条の一本北に走る姉小路通りから大文字《だいもんじ》丁《ちょう》に入った辺りだと、三右衛門は教えてくれた。

行ってみようかと、ふとそんな気がわいた。

南へ向かう道の両側は、真新しい町屋と掘立て小屋が寄木細工のように混在していた。

「何でですの？　何で描いてくれはらしまへんの？」

お須磨の声は、毎日のように同じ文句をくり返す。

「仕事の頼みは仰山来てはるのに、何で筆をとらしまへんのんか。このままでは一家そろって干乾《ひぼ》しになってしまいます」

「うるさい！　気が乗らぬと、言うておろうが！」

「京へ来てから、ずうっと同し言い訳して。いい加減、きき飽きましたわ。何もかんも捨ててついてきたのに、いったいうちの何が気に入らんのですか」

さめざめと、涙をこぼす。

これも毎日、同じ顛末だ。苛々《いらいら》とした不快な怒りが、腹の内でとぐろを巻く。

元亭主の有田屋俵兵衛がお須磨をあきらめて、ようやく静かな暮らしが営めるはずだった。なのにどういうわけか、絵を描く気がさっぱり起きない。前に二度、応挙から破門を食らったときも、たしかに気落ちはしたし、絵も散漫になりがちだった。それでも今回のように、筆を手にとることさえ億劫《おっくう》になることは、決してなかった。

やはり女房なんぞを娶《めと》ったことが災いしたかと、ちらりとお須磨を横目で見遣った。

四月《よつき》を経たという妻のお腹《なか》は、少しずつふくらみを増していて、それを見るたびに何故か焦りに似た落ち着かなさが、尻を焼くようにじりじりとくすぶってきた。たまりかね、彦太郎は立ち上がった。

「あんた、どこ行かはりますのんや！」

「どこでもよかろう。亭主のやることに、いちいち口を出すな！」

「また、祇園どすか」

お須磨の目が、嫌な光を帯びた。いままで泣いていたのが嘘のように、赤味を増した切長の目じりが尖り出す。

「うちには着物一枚、簪《かんざし》一本すら買うてくれまへんのに、あんさんは三日にあげず祇園通いや。よほどええ人ができたんどすか？」

妻の目に、明らかな嫉妬が浮いた。子ができたと知ってから、お須磨には触れなくなった。身籠って三月、四月は、いちばん子が流れやすい。大事にするよう産婆に言われたこともあるが、それまでのお須磨への執着が、目に見えて失せたことも否めない。

他人の妻という枷《かせ》が外れると、後にはあまりにありきたりな日常が残った。妻と、やがて生まれてくる子供との平穏なひとときーー。そこにどっぷりと浸かってしまえば、別の何かを永久に失ってしまいそうな、妙な不安におそわれた。

お須磨はじっと、彦太郎を見ている。しんねりとした蛇のような視線が絡みつき、払うように大股で座敷を出た。妻のはばかりない罵声が背中を追ってきたが、ふり向かず玄関の格子戸をあけた。

思ってもみなかった姿が、目の前に立っていた。

「お、まえ、何故ここに……」

「近くを通ったさかい、訪ねてみたんやが」

と、奥の方をちらりと見遣る。お須磨の声が、容赦なく響いてくる。

「まったくおまえときたら、間の悪いにもほどがある!」

ぴっしゃんと戸をしめると、豊蔵の背中を押すようにして彦太郎は家を後にした。


「おまえ、描いてないんか」

夫婦喧嘩は、外まで筒抜けだった。声をかけるきっかけさえなく、玄関の前に突っ立つ羽目になったが、おかげで諍いの種は察することができた。

「おまえには関わりなかろう」

「ま、そらそうやが」

常のとおり、あっさりと引き下がり、ふと思いついた。

「昼間っから、色街へ行ってもしょがあらへんやろ。伏見稲荷《ふしみいなり》へ行ってみんか」

「伏見稲荷だと？　お狐さまに参れとでもいうのか」

「もっと、おもろいもんがあるんや」

ともに旅でならした健脚だから、伏見くらいなら造作もない。彦太郎も興味はわいたようで、よかろう、と豊蔵の後についた。

「今日は、土産は要らぬのか？」

町の趣はだいぶ変わっていたが、こうしてふたりで京を歩いたことがある。池大雅《いけのたいが》と玉瀾《ぎょくらん》を訪ねたときだ。

懐かしさに、豊蔵も目を細めた。数えてみると、あれからすでに十四年が過ぎていた。あのときは途中で二升樽を調達した。彦太郎は覚えていたのだろう。

「せやな、たしか酒は呑まへんと思うたが、ようわからんわい」

「わからんとは何だ」

「ま、手ぶらも何やし、甘いものでも買うていこか」

「それならちょうどこの先に、草餅のうまい店があるぞ」

彦太郎の勧めに従って、豊蔵は草餅を二十個ほど買った。よほど家人が多いのかとたずねられ、「いや、ひとり者だ」とだけこたえた。

豊蔵が先に立ち、彦太郎は少し後をついてくる。流れを追うようにして、しばし黙って高《たか》瀬川《せがわ》沿いの道を行った。

「ずいぶんと、名を上げたようだな」

ふいに背中から、硬い声がした。

「よかったではないか。これでおまえも、ようやく平安絵師の仲間入りだ」

もっともらしい台詞が、明らかに浮いている。豊蔵は思わず、ぶっ、と吹き出した。

「何がおかしい!」

「いや、すまんかった。おまえの無理が、何やらおかしゅうて」

「人のことほぎを無にしおって。おまえの前では、二度と口にせぬわ」

「それでええわ」

本音を発すると、眉をひそめられる。そのくり返しのあげく、根性曲がりのごんたくれができあがった。この世は建前でできていて、京にいればなおさらだ。誰も腹の内を、ぶちまけたりはしない。

彦太郎も、同じなのだろう。聖人を体現しているような応挙のもとで、同門の弟子たちの理解を得られずもがいている。

人とうまくつき合うには、加減のいい距離が要る。礼儀や作法も、そのためのものだ。しかし豊蔵にとっては、それらの見せかけには、価値も意味もない。

本音をぶつけても、へこたれない。考えてみれば彦太郎は、貴重な存在だった。

しかしそれ故に、痛い思いもする。先刻の夫婦喧嘩が、耳によみがえった。

七条《しちじょう》に出ると道を折れ、鴨川にかかる橋を渡った。雲は少し多いが、日をさえぎるほどではない。このところは雨も少なく、鴨川は春の日差しを浴びながら穏やかに流れていた。

「なんや、子が生まれるそうやな。産み月はいつや？」

「……十月だ」怪訝そうな声が返った。

「あと半年か」と、豊蔵はひとり言《ご》ちた。

彦太郎が、絵を描けなくなった。その理由に、ひとつ心当たりがあった。

「知っとるか？　絵も女子《おなご》と同じや。放っとかれると、焼きもちを焼く」

「焼きもち、だと？」

「そや。おまけに悋気《りんき》ときたら、女子なぞよりよほど恐ろしゅうてな。ちょっとよそ見をしただけで、たちまち機嫌を損ねる」

絵師が絵と向き合うのは、筆を手にするときだけではない。絶えず頭から離れず、飯を食っていても、風呂でもはばかりでも、女を抱いているときでさえ、ふと筆の走りが垣間見え、墨のにおいをかぐ。絵師とは、そういうものだ。

所帯をもつと、絵とふたりきりで向き合う暇は明らかに減る。朝から晩まで絵だけに没頭できたのが、女房に声をかけられるたび思考が寸断される。子供ができればなおさらだ。熟考できず苛立ちながら紙の前に座っても、筆も墨もこたえてはくれない。

絵も女房も、うまくやっていくには互いに譲り合い、按配するしかないのだが、それには何年、何十年と時がかかる。

「わしも女房とは、よう喧嘩ばかりしとったわ」

一瞬の沈黙の後、大きな声が返った。

「おまえ、妻子をもったことがあるのか！」

「ずっと昔やし、ほんの二年ほどの短いあいだやが」

足を速めて豊蔵の横にならび、いつ、どこでと、矢継ぎ早に問いかける。

「二十歳を三つ四つ、過ぎとったころや。あのころはまだ、伊勢におってな。ろくな稼ぎがのうて、筵をかじりとうなるほどの貧乏暮らしやったが」

それでも互いに若かったから、たいして不自由にも思わなかった。

「まさかおまえが人並みに所帯をもっていたなぞと、どんな嘘八百より信じられぬわ」

彦太郎が真顔で告げて、太いため息をつく。

「その女房は、どうしたのだ？」

「死によった」

拾った小石を川に放るように、こたえた。

「産後の肥立ちが悪うてな。子を産んでからは臥せっとったんやが、生まれた赤子がひと月ほどしか生きられんで、後を追うように逝てもうた」

断末魔のような声を張り上げながら、丸一日苦しみ抜いて、ようやく女の子を産み落としたときには、まるで十年分の生気を失ったように、女房はやつれきっていた。そのまま回復することなく、娘と一緒に弱っていった。

「人いうもんは、ほんまに呆気ないもんや」

ただ子を産むというだけで、命をもぎとられる。人の儚さが、ただ悲しく恐ろしかった。あんな思いは、二度と御免だ。以来、所帯をもとうと考えたことはなかった。

「身重の折は、女子は気が立つそうや。辛抱して、大事にせんと」

半年後に、妻を失うかもしれないと気づいたのだろう。彦太郎は、何も返さなかった。

七条の橋を渡ると、やがて伏見街道に出る。太閤秀吉が作ったという、京と伏見を繫ぐ古い道だ。東福寺を過ぎ、伏見稲荷が見えてくると、豊蔵が本当の行先を告げた。

「稲荷のもう少し先に、石峰寺《せきほうじ》がある。そこや」

「石峰寺……」

どこかできいたような気もしたが、思い出せない。先の大火もここまでは届かず、境内は年を経た大木に守られ、森閑とした風情を漂わせていた。

「この寺とは、昵懇にしているのか？」

「いや、初めてや」

ぞんざいに返し、ちょうど本堂から出てきた小坊主を呼び止めた。もしや妻子の墓でもあるのかと思ったが、違うようだ。小坊主に何事かたずね、戻ってきた。

「こっちや」

本堂をぐるりとまわり、裏手に出た。小ぢんまりとした庵があり、ここからは見えないが、盛んに鶏の声がする。豊蔵が、くく、と笑った。

「あの先生、こないなところにまで鶏をもち込んだんか」

鶏ときいて、思い出した。

応挙と肩をならべる絵の大家が、火事以来身を寄せているのが石峰寺だった。

「伊藤若冲《いとうじゃくちゅう》先生か」

そや、と豊蔵がうなずく。

伊藤若冲は、応挙よりひとまわり以上年長で、今年七十四歳になる。

番付では、常に応挙の次点に甘んじていたが、人気ではひけをとらない。いまの京で、応挙と並び称されるのはこの絵師だけだった。

「おまえ、伊藤若冲先生とつき合いがあるのか」

「あるといえばあるし、ないといえばないなあ」

「何だ、それは」

「こっちゃは親しゅうつきあいたいんやが、向こうにその気があらへんいうことや」

「それではお主が勝手に、押しかけたということか」

彦太郎が、たちまち青ざめる。

「あの先生に、会うたことがあるんか？」

「師匠と一緒に、一度だけだが」

七年前の話だと、苦い顔でこたえた。あのころはまだ、若冲は京の錦小路に住んでいた。

伊藤若冲は、錦小路で代々続く青物問屋の生まれであった。長男であったから、やがて四代目として家業を継いだが、四十歳で家督を弟に譲り、画業に専念した。

彦太郎も、若冲の絵には大いに心惹かれていた。会う日を心待ちにしていたが、何とも愛想のないもてなしを受けた。

「大火を逃れてから、ここにおるときいてな。いっぺん訪ねてみたかったんや」

「伊藤先生には、ご迷惑ではないのか？」

「おそらく迷惑やろな。錦小路には、わしもいく度か足をはこんだが、かえって嫌われてしもてな。なに、相手は変わり者の偏屈じじいだ。気にすることはあらへん」

「気にするわ！」

変人というなら、若冲はこの深山箏白といい勝負だ。ただ、豊蔵が傍若無人で名高いのに対し、若冲はいわば世捨て人だった。

錦小路は、京の台所である。青物、魚、乾物と、あらゆる食の店が軒を連ねる、京でも指折りの繁華な町だ。そんな喧騒に長年身をおきながら、まるで仙人のような暮らしぶりを貫いた。人嫌いで、絵師仲間ともほとんどつき合いがない。かねがね噂にはきいていたが、たった一度の訪問で、正直、彦太郎は懲りた。

応挙はいつもどおり終始にこやかに接していたが、若冲はにこりともせず迷惑そうに顔をしかめ、時折、首をすくめるようにうなずくだけで、声さえほとんど発しなかった。

まさに木で鼻を括《くく》るような態度に、何とも居心地の悪い思いをした。

「伊藤先生、邪魔するで」

豊蔵は入口で声をかけ、主が顔を見せぬうちからさっさと上がり込む。彦太郎はにわかに慌てたが、豊蔵はまったく頓着しない。小さな庵だから、主の居場所はすぐにわかった。前庭に面した座敷に、案外からだの大きな頑固そうな年寄が座っていた。

「お、ここにおったんか。しばらくぶりやな、達者なようすで何よりや」

禿《は》げた頭に髭を生やし、額と眉間には、常に不機嫌そうなしわが刻まれている。七年前にくらべ、多少髭の白髪は増えたものの、衰えは感じられない。ただ、前に会ったときよりも、いっそう顔が険しかった。

「また絵を見せてもらお思うてな。錦小路にあった絵は、みな燃えてしまったそうやな。ほんまに惜しいことをしたな」

この男にはめずらしいほどの饒舌《じょうぜつ》さだが、若冲は何も返さない。迷惑だと、しわで大書したような顔で、黙ってこちらをうかがっている。

「たしか酒は呑まへんかったな。そやから草餅を買うてきたんや」

二十個も買ったのは、寺の者たちへの気遣いのようだ。しかし当の若冲は見向きもせず、すっくと立ち上がり、そのまま座敷を出ていった。さすがに彦太郎が、呆れて口をあけた。

錦小路では、曲がりなりにも座敷に向かい合い、うなずいてくれた。応挙には、若冲なりに敬意を払っていたのかと、遅まきながら察した。

「まったく相手にされておらんではないか」

「いちいち気にしとったら、禿げてまうわ。わしは絵さえ見せてもろたら文句はあらへん」

と、いままで若冲がいた場所に、腰を落とした。

「いつ見ても、この先生の絵はおもろいわ」

豊蔵の前には、描きかけの絵があった。彩色も済んで、ほとんど仕上がった鶏の絵だ。美しい極彩色の鶏冠《とさか》や羽を誇示するような、勇猛で力強い雄鶏の姿――。

若冲は、とりわけ鶏の絵で、評判の絵師だった。

第十章・若冲《じゃくちゅう》

「どこか、妙だな」

しばし絵をながめ、彦太郎《ひこたろう》は首をひねった。

いまにも動き出し、餌をついばみそうな。描かれた鶏は、応挙《おうきょ》の写生画に匹敵するほどの見事な出来だ。なのに、どこかおかしい。違和感の正体が何なのか、さんざん思案して、ようやくこたえに行き着いた。

「そうか、足だ。鶏の足が、大き過ぎるのだ」

たくましい腿《もも》と、地面にふんばる四本の指と爪。強調された足が、からだに比して大きく見える。まるで巨大な鶏を、下から見上げているような。怪獣めいた錯覚を、若冲《じゃくちゅう》の鶏は感じさせる。

それを口に出すと、豊蔵《とよぞう》はにやりとした。

「裏庭へ行けば、からくりがわかるがな」

初めての場所だが、迷うほど広くない。コッコッコ、クワックワッとしきりに声がして、道案内の役目も果たしてくれる。玄関と逆の方角に抜けて、裏庭に出た。

「このながめだけは、錦市場と変わらんわ。向こうにおったときは、もっと多くてな。庭に降りると、まるで鶏風呂に浸かっとるようやった」

「話にはきいていたが……」
二、三十羽はいるだろう。彦太郎が絶句したのは、裏庭いっぱいに放たれた鶏のためばかりではない。伊藤若冲は、その真ん中で地面に腹這いになっていた。手には筆と紙が握られ、見物人なぞ見向きもしない。目の前で尻を向ける鶏の蹴爪《けづめ》を、紙に写しとっていた。
「人は鶏をながめるとき、上から見下ろすやろ？　せやから頭が大きく、足が小さく見える。それが人にとってのまっとうな鶏の姿なんやが、この先生は違う」

「そうか……目の高さが低いから、あのような図になるのか」

「せや。人とはまるで異なったものの見方ができる。伊藤若冲の面白さは、そこにあるんや」

人と違う視点は、独特の滑稽味を生む。まるで軍鶏《しやも》のような雄々《おお》しい雄鶏も、母鳥の傍らで餌をついばむ可愛らしいヒヨコも、観る者をふっと微笑させる愛嬌がある。

「ところが当の先生は、いたって大真面目でな。笑わせるつもりなぞ、毛ほどもあらへん。その食い違いが、いっそうおかしみを増すんや」

なるほどと、彦太郎がうなずくと、豊蔵がいっそう悦に入る。

「おまけにな、あの先生は、おまえの師匠とまったく同じに、あくまで『写生』しとるつもりなんやで」

「そう、なのか……」

さもおかしそうに、くくっと笑われたが、彦太郎には返す言葉もない。

たしかにさっきの鶏図にしても、羽の質感から足の猛々しさに至るまで、見事に目の前の鶏を再現している。にもかかわらず、師の応挙の絵とは、明らかにかけ離れている。その大本がどこにあるのかと、しきりに首をひねる彦太郎に豊蔵は説いた。

「おまえの師匠はな、他人《ひと》の目に映るとおりに物を見る。せやさかい、世間から、人の分別いうもんから、どないしても逃れられんのや。対してここの先生は、己の目に映るとおりに物を見る。それだけや」

目を細め、唇にはかすかな笑みさえ浮かんでいた。純粋な憧れと羨望が、湯殿の煙のようにゆったりと立ちのぼる。いつもの尖った皮肉も、容赦のない攻めも、なりを潜め、彦太郎はとまどいを覚えた。

「そういえば、おまえが先生と呼ぶ絵師は、初めてだな」

「いま生きとる絵師の中で、わしよりおもろいもんを描けるのは、この先生だけやさかいな」

それが嬉しくてならないと、顔に描いてある。彦太郎はますます面食らった。

若沖の背中に雄鶏がとび乗って、倣《なら》うように雌鶏が、腰と足にとまる。本当に鶏風呂でおぼれているような格好で、若沖は右手をひたすら動かしている。

「いったんはじめたら、日がな一日、ああして鶏をながめとる。絵を見せてもらうんは、いまのうちや」

豊蔵はいそいそと戻りかけたが、あいにくと邪魔が入った。

「源《げん》さん、いてはりますか。錦の柿屋でおます」

「ご無沙汰しとります、小松屋です」

玄関から、呼ばわる声がした。面倒そうに眉間をしかめながらも、驚いたことに若冲は顔を上げた。紙と筆を縁におき、豊蔵と彦太郎の脇を素通りして玄関へ向かう。ふたりのことなど、見えていないかのようだ。

「源さんとは、伊藤先生のことか？」

「いっとき、枡屋源左衛門《ますやげんざえもん》を継いどったからな、その名残《なごり》やろ。客はおそらく、錦市場の青物問屋《どいや》仲間や」

若冲の生家は青物問屋の枡屋で、主人に代々引き継がれる名が源左衛門だ。いまは若冲の弟が、その名を名乗っていた。

覗いてみると、豊蔵の見当どおり、それらしき挨拶が交わされて、ふたりの客人は玄関脇の小部屋に通された。どちらも若冲と同年配で、七十は過ぎていよう。

「この歳になると、足をはこぶのも難儀どしてな。なかなか来られんかったんやが、達者なようすで何よりですわ」

「これは土産の、七条芹《せり》と水菜です。召し上がっておくれやす。錦市場もようやく、商いがもとどおり立ち行くようになりましてな。とはいえ昔の面影はのうなって、寂しい限りですわ」

錦市場のあれこれを客が語り、商人らしくふたりの関心事は商売のことばかりだ。決して愛想がよいとは言えないまでも、若冲も辛抱強く相槌を返している。もれきこえる会話に、豊蔵が喉の奥で笑った。

「あんなんをずっと相手にしとったら、そら隠遁《いんとん》したくもなるやろな。あれでもひところは、錦市場の顔役をしとったんやで」

枡屋は錦市場の内でもひときわ大きな青物屋で、主人には青物仲間を束ねる役目が任される。若冲は十七年のあいだ果たしてきたが、俗事を嫌うあまり、二年ほど丹波の山奥に籠もってしまったことがある。

「おかげで、三千人もの青物商人が難儀してな。えらい騒ぎになったそうや」

「裏を返せば、商人たちの鎹《かすがい》役をしておったということか……にわかには、信じられんな」

彦太郎が、違う意味で感心する。

「誰もが同じやが、生まれは変えられんからな。あの先生なりに精一杯、務めとったんやろ。あの応えぶりをきいとったら、ようわかるわ。もって生まれたんは、商人とはまったく相容れんもんやいうのにな」

相国寺《しょうこくじ》の禅僧、大典《だいてん》の言葉が、何よりも若冲という人物をよく物語っている。大典は若冲の絵と性質を愛し、生涯の友となった。

『幼いころから学問を好まず、字もうまくは書けず、およそ技芸百般の一つも身につけなかった。音曲や女性とのつきあい、酒の宴など、人が楽しむことにはまったく興味がない』

大典は、そう記している。質素で評判の応挙ですら、無欲にかけては若冲におよばない。

『金持ちになり、奢った暮らしをする人々のことは、毎日きいたり見たりしたが、そんなふうになりたいなどと一度も望むことはなかった』

裕福な商人の家に育った若冲のまわりには、そういう者たちがひしめいていたのだろう。生涯、独身をつらぬき、絵師仲間とすら交わらず、殻に引き籠るようにして隠者の暮らしをまっとうする。若冲の変人ぶりも、若いころの嚙み合わせの悪さが、反動として現れたのかもしれない。

「寂しくは、ないのだろうか……」

ふと、彦太郎の口からこぼれ出た。師の応挙は、妻子と大勢の弟子に囲まれている。それでも紙の前では、いつもひとりだ。描くという行為は、常に孤独をともなっている。彦太郎はあいにく、友や家族に恵まれなかった。女に慰めを見出すのは、それ故だ。

さっき豊蔵が褒めそやしていた、若冲だけがもつ特異な目は、同時にその孤独を浮かび上がらせた。人と同じものを見る応挙なら、他人と繋がり同調もできようが、誰にも理解し得ぬ目をもつ若冲の寂しさは、察してあまりある。

この深山箏白《みやまそうはく》もまた、同じ身の上ではなかろうか――。

胸によぎった彦太郎の感傷を、見抜かれでもしたようだ。

豊蔵は、けっ、と吐き捨てた。

「十代の餓鬼やあるまいし。そないな俗をいつまでも引きずっとるから、おまえはあかんのや。少しはあの先生を見習わんかい」

いつもなら反発が先に立つのに、このときは言い返す言葉が出なかった。

「口で言うても、わからんやろ。こっちゃ来んかい。目で見た方が早いわ」

「見るとは、何をだ？」

「伊藤若冲の絵に、決まっとるやろうが」

さっきの画室の方へ、すたすたと戻っていく。

「駄目を承知でここまで来たんやが、今日はついとるわい。客がおるうちは、じっくりと見せてもらえるからな」

「おい、まさか、断りもなく勝手に盗み見るつもりか」

彦太郎は止めたが、豊蔵はきく耳をもたない。

南に向いた六畳の画室の、まず西側の襖をあけ、違うとわかると今度は北の襖をあけた。

豊蔵が、大きく息をすい込んだ。

「見てみい、これが若冲や」

一歩足を踏み入れて、言われた意味がわかった。

そこには、まるで異次元のような別世界が広がっていた。


瓜、蓮根、玉蜀黍《とうもろこし》に、梨、栗、葡萄《ぶどう》。野菜と果物が延々とならび、半ばから虫や小動物に変わる。蟬、カマキリ、ムカデ、イモリ。それだけ何故か戯画で描かれた、剽軽《ひょうきん》な蛙が目を引き、巨大な蕪《かぶ》や南瓜《かぼちゃ》で、長い巻物のような絵は終わる。

「『菜蟲譜《さいちゅうふ》』やな。あの先生らしい絵や」と、豊蔵がうなずいた。

幅は一尺ほど、小柄な彦太郎の肘《ひじ》から指先くらいだが、長さは三丈以上。つまり三十尺以上にもおよぶ。それが正面の襖に隙間なく、上から下、右から左へと、几帳面に張りつけられていた。

「たかが果蔬《かそ》や虫をならべただけで、こうも異な世界を呼び寄せるとは……まったく若冲にしかできん芸当や」

ぶるっと豊蔵が、身震いした。

もと八百屋の主人だけあって、果物や蔬菜《そさい》には詳しい。そして目を向けるのは、草むらの小さな生き物たちだ。果蔬も虫も蛙も、鶏と並んで、若冲がもっとも得意とする画題であった。

画風は装飾的であり、色調も鮮やかだ。若いころには絢爛豪華な花鳥画と呼べる作品も少なくない。ただ、やはりそれにも、若冲らしい独自のものが存在し、他の画家とは一線を画す。装飾の方法が、独特なのだ。

枝に積もった雪は、粘りを帯びて木を覆うなめくじにも似て、こぼれ落ちる雪は、さながら胞子を撒き散らしているかのようだ。南天も桜も梅も、狂ったように咲き乱れ、丸い節をもった竹は、地からわき出た蛇のごとく、うねうねと天へ向かって伸びてゆく。虫食いか、あるいは露の玉か、蓮《はす》の葉にあいた丸い穴さえ、いまにもしゃべり出しそうな錯覚にとらわれる。

画面からいっぱいにほとばしるものは、強い生命力だった。

生きとし生けるもの全ての——命を、生を、愛おしむような。限りある命を、限りなく喜ぶような。自然のみならず、宇宙さえ感じさせる。あらゆる命の一体が、そこにはあった。

きれいなだけの花鳥画とは明らかに違う。美しさも華やかさもないものたちを通して、華やかな生を描ききる画家であった。

「わしは神も仏も信じとらんが、この先生と画題を繫げとるのは信心や。それだけは、うらやましゅう思うわ」

「相国寺の大典和尚と親しいとはきいているが、たしか先生ご自身も、禅の僧侶であったな」

相国寺には、三十枚にもおよぶ『動植綵絵《どうしよくさいえ》』と『釈迦三尊図《しやかさんそんず》』が寄進され、この石峰寺には、自らが意匠を凝らし、石工に彫らせた石仏群が存在する。信仰は、若冲を支える柱であった。

「深い信心の果てに、人やのうて、豊かな生命《いのち》と結びついた。この世に無数にひしめく、仰山の仲間や。寂しいはずが、なかろうが」

豊蔵は、菜蟲譜から目を外し、左の襖を顎でしゃくった。

そちらには、おそらく六曲一双の屛風になるのだろう。二枚の下絵が、上下に貼られている。右隻にあたる絵には、正面を向いた大きな象。左隻には鳳凰が羽を広げ、主役を囲むようにして、びっしりと動物が描かれている。牛や鹿、兎《うさぎ》といった身近な姿と、鸚鵡《おうむ》や豹《ひよう》など異国のもの、さらには狛犬《こまいぬ》や麒麟《きりん》といった想像上の生き物まで、眺めるだけでさまざまな鳴き声がきこえてきそうだ。にぎやかに集っているようでもあり、またあらゆる命が諍いをやめた、極楽浄土のようにも見えた。

下絵の途中らしく、背景にだけ青が塗られている。鴛鴦《おしどり》が浮かんでいるから、空ではなく水面なのだろう。

「たしかに……寂しくなぞ、なさそうだな」

すい込めば清々しい気が満ちてきそうな、鮮やかな青に見とれながら、そう呟いていた。

「見てみい。一面に升目が切ってあるわ」

下絵の傍に寄り、豊蔵が声をあげた。彦太郎も目を近づける。なるほど、方眼紙のごとく、ごく薄い線で細かな升目が認められる。よく見ると、丸いはずの牛の斑《まだら》も、孔雀の羽模様も、角ばった方眼を組み合わせて形作られていた。

「まるで、真四角の敷瓦《しきがわら》をならべたようだ」と、彦太郎が言った。

タイルという異国の言葉は知らないが、同様の瓦は、すでに飛鳥の時代に仏教とともに渡来している。正方の小さな瓦を、隙間なく敷き詰めたような造作に、豊蔵は目を輝かせた。

「まるで、西陣の織物のようや」

西陣織が、あれほど緻密な模様を織だけで表現できるのは、紋意匠図があるからだ。描いた図案を方眼紙の上に写しとり、さらに別の職人の手で、ひとつひとつの升目に配色がなされる。それが紋意匠図であり、西陣織のいわば肝となる工程だった。その図面どおりに色糸を替えながら織り上げ、たった一列で二十色もの緯糸《よこいと》を、切っては繋ぎをくり返すこともめずらしくないという。

西陣の染物問屋の生まれだけあって、豊蔵は詳しく説明してくれた。

「これもまた、紋意匠図と同じかもしれんな。下絵と色さえ示せば、弟子にも師匠そっくりの絵が描ける」

仙人じみた暮らしぶりの若冲にも、弟子はいる。むしろ画材の調達や、身のまわりの世話など、隠遁生活を送る上では欠かせぬ存在だ。庵の中には姿が見えず、人嫌いな師匠の邪魔にならぬよう、寺内の別の場所に寝泊まりしているのかもしれない。

「町まで買い出しに行っとるか、庫裏で飯の仕度でもしとるんやろ」

言いながら、豊蔵の関心は、別のところにあるようだ。何かに気づいたように、顎の無精髭を引っぱりながら、菜蟲譜をあらためてながめた。

細部まで手の込んだ若冲の絵は、いくら見ても見飽きることがない。彦太郎もまた、双方の絵を検分するように丹念に見入った。

知らぬ間に、客は帰ってしまったようだ。いつしか夢中になり、背後の気配に気づかなかった。

「ここで、何しとる」

びくっとしてふり向くと、さっきよりいっそう機嫌の悪い髭面が、そこにあった。彦太郎はあわてて詫びたが、さっさと出ていけと言わんばかりの仏頂面だ。豊蔵が、代わりに口を開いた。

「伊藤先生、あんたもしや、どっか加減が悪いんか?」

かに動いた。

天気の話でもするような、かるい口調だったが、若冲の穂先のような眉が、片方だけかす
「この菜蟲譜、ようできとるが、あんたにしては筆も色も弱い。鳥獣図を弟子に描かせよ思たのも、具合が悪いためやあらへんか？」

彦太郎が、はっと老絵師を見遣った。壮健そうに見えても、すでに七十四歳。いつこの世を去っても、おかしくはない。しかし若冲は、死神を退けんとでもするように、豊蔵をじっと睨《にら》みつけた。

「あんたには、長生きしてもらわんとな。無理せんと、養生した方がええで」

「いらぬ世話じゃ。とっとと去《い》ね」

ふたりを追い出しにかかったが、彦太郎は、この老齢の画家に声をかけずにはおれなかった。

「あちらの鳥獣図も、さぞかし見事なものになりましょう。でき上がりを、楽しみにしております」

励ましの意図だけは、伝わったのかもしれない。ふん、と鼻を鳴らして若冲は応じた。

「『樹下鳥獣図《じゆかちようじゆうず》』だ」

後に完成したこの絵は、若冲の代表作のひとつとなった。出来の見事さ故か、あるいは方眼を用いた手法なら、真似が可能と思われたのか、稚拙な模倣図も描かれた。

「どうかおからだを厭うて、いつまでも達者でいてくだされ」

庵を出ると、彦太郎は心をこめて老絵師に告げた。豊蔵も、名残惜しそうにふり返る。

ふたりの思いは、通じたのかもしれない。

この年、伊藤若冲は大病を患うが、見事に快癒《かいゆ》する。それから十年生きて、八十五歳の長寿を全うした。

最後まで不機嫌そうな顔をしながらも、老齢の絵師は、ふたりを見送るように、しばし庵の前に佇んでいた。


四条大橋が見えてくると、彦太郎が足を止めた。

「さすがに喉が渇いたな。どうだ、一杯やっていかぬか」

この男に酒に誘われたのは、初めてかもしれない。どうせ女房のもとに帰るのが億劫なのだろうと察しはついたが、言っておきたいこともある。豊蔵は黙って従った。

ふたりは鴨川沿いを東に折れて、祇園へ足を向けた。彦太郎は勝手知ったるようすで、一軒の料理茶屋に入った。この店では顔らしく、仲居は愛想よく応対しながら、あたりまえのように二階奥の上等な座敷に案内する。

「ここは肴《さかな》も旨いが、女子のことで口うるさく言わぬのがいい。睦もうと泊まろうと、客の勝手しだいだ。嶋原ではそのあたりが、何かとうるさいからな」

客の求めに応じて料理茶屋から声がかかり、置屋から芸妓や遊女が遣わされる。そこまでは同じだが、格式の高い嶋原では、店内では一切、色を売ることを禁じていた。一流の料理茶屋はことに、芸を売り、酌をするところまでで留め、その後の男女の営みは、同じ嶋原でも別の店に移らねばならない。

嶋原の衰退は、場所の悪さもあるが、何よりも格式を重んじる故のわずらわしさにあると、彦太郎は自説を打った。

「おれも無粋は言わぬからな。気に入った女子がいれば、朝までいても構わんぞ」

「そっちゃは、ご免こうむるわ。話が済んだらわしは帰る。後は好きにせえ」

「おまえ、女子が嫌いなのか？」

信じられないと言いたげに、彦太郎が驚いてみせる。

「女子やのうて、かしましいんが苦手なんや」

豊蔵も独り身だから、色街に行くことはある。ただ、歌えや踊れやのにぎにぎしい宴がどうにも苦手で、もっぱらそれのみを目的とする、安い遊女屋で済ませていた。

「絵師として名が売れてきたのだから、少しは遊びも覚えた方がよいぞ」

「よけいな節介じゃ。とにかく女子を呼ぶのは、わしが帰ってからにせい」

「というても、もう遅い。そろそろ来るころだ」

彦太郎の好みなら、仲居はとっくに承知している。何を言わずとも、すぐに置屋にお呼びがかかると、彦太郎はすまして告げた。その仲居が、傍らで酒肴《しゅこう》を整えながら、すまなそうに告げた。

「芸妓衆はすぐ来やはるそうどすが……松嶋《まつしま》太夫は遅うならはるとの言伝《ことづて》が」

「なんだと、またか」と、彦太郎はじろりと仲居をにらむ。「またこの前のように、すっぽかすつもりではなかろうな」

「いいえ、太夫もこの前のことは、えろう申し訳なく思うてはるようで、今宵は必ずとの証文代わりに、こちらを寄越してきやはりましてな」

仲居がさし出したのは、小ぶりの平べったい風呂敷包みだ。桐箱に入った朱塗りの鏡だった。柄のついた丸い鏡は、ふたを開けば合わせ鏡になるようだ。

「そないなまじないが、祇園で流行っとるんか？」

さして興味のなさそうな口ぶりで、豊蔵がたずねる。いいえ、と仲居がこたえた。

「吉村先生にお渡しすれば、おわかりになるからと、松嶋太夫は言うてはったそうどすが」

「ああ、あれか」と、彦太郎が思い出したように声をあげた。「別に艶な流行りではない。ただの仕事だ」

朋輩の太夫がひとり、めでたく身請けと相成った。鏡はその祝いの品であるという。

「蒔絵《まきえ》なぞを施すつもりでいたようだが、それならおれが、金泥で一筆描いてやると、だいぶ前に約束してあった」

何を描こうかと思案するように、彦太郎は真新しい鏡をしげしげとながめる。

「吉村《よしむら》先生直々のお筆おしたら、うんと格が上がりますさかいな」

何よりの祝いだと、仲居が世辞を口にしたとき、階下から華やかなあいさつがきこえてきた。どうやら芸者衆が、到着したようだ。

「鳴り物を入れるんは、わしが帰ってからにせえ」と、豊蔵が待ったをかける。

「まあ、おまえの仏頂面があっては、座が盛り上がらんからな」

彦太郎も承知して、しばし待たせておくようにと仲居に告げた。

「で、話というのは何だ？」

仲居が座敷を去ると、あらためて彦太郎が水を向けた。

「この先、おまえがどうするつもりかと思うてな。応挙から、三度破門を食ろうたんやろ？」

触れられたくない話題だったのか、彦太郎は煩わしそうなしわを額に刻んだ。

いまの吉村胡雪《こせつ》の師匠が務まる者は、円山応挙の他には、伊藤若冲だけだろう。だがあの調子では、おいそれと新しい弟子など増やしそうもない。残念だと言わんばかりに、つい大きなため息をこぼした。

「ひとり立ちするなら、文句はいわん。せやけど、おまえのことや。同じ過ちをくり返すっもりやあらへんかと、そないに思えてな」

「過ち、だと？」

「まあた応挙のもとに、戻ることや」

隠し事を親に見つかって、すねる子供のような、そんな表情が彦太郎の顔によぎった。やっぱりか、と今度は違うため息が出る。

「なんでそないに応挙がええんか、わしにはさっぱりわからんわ」

「おれの方こそ、わからぬわ。どうしてそこまで師匠を嫌う」

豊蔵は、彦太郎と視線を合わせた。切り込むような口調とは裏腹に、親をかばう子供のような、懸命な眼差しがそこにあった。


「最初のうちは、嫉《ねた》みだと……そう思うていた」

円山応挙の人気は絶大だ。同じ絵師でありながら、一方の豊蔵は、長く不遇に甘んじてきた。それ故の嫉妬だと、彦太郎はそうとっていた。

「だが、いまや深山箏白も、都では十分な評判をとっている。なのにおまえの師匠への考えは、何も変わらない……何か別のわけがあるのではないかと、思うようになった」

「大仰なわけなぞ、何もあらへん。最初っから言うてるやろ。応挙の絵は、絵とは呼べへん。

図に過ぎんとな」

彦太郎と、初めて顔を合わせたときだ。豊蔵は大衆に向かって、はっきりとそう告げた。あのときのことは、彦太郎の脳裡にも焼きついている。

「応挙は、人が描けん」

「……人、だと？」

この男は、何を言っているのだろう。たしかに応挙の人物画は少ない。それでも仙人や偉人を描くことはあるし、ときには美人画も描く。彦太郎がそう反論すると、豊蔵は鼻で笑った。

「あの美人画は、人やあらへん。人形や」

「人形……？」

「せや。外見がきれいなだけの、心のない空っぽの器に過ぎん。伊藤若冲とは、まるきり逆や」

若冲の絵には、美人画なぞ一枚もない。ただ仏の姿を借りて、人の姿は写している。華やかで機知にとんだ釈迦であったり、あるいは愛らしい地蔵であったりと、いずれも若冲らしい生き生きとした息吹が感じられる。それが応挙の人物にはないと、豊蔵は言う。

「先に応挙の描いた幽霊が、評判をとったことがあったやろ。あれがええ証しや」

脚のない幽霊を、初めて描いたのは円山応挙とされる。本当はそれより前の浄瑠璃本の挿絵にもあるのだが、「幽霊には脚がない」と定説になったのには、都でたいそう話題を呼んだ、応挙画の存在が大きかった。

「幽霊いうもんは、人の恨み辛みが凝り固まったもんや。せやのに応挙の幽霊は、小綺麗な顔ですましとる。おまえの描いた絵の方が、よほど真実《まこと》を写しとるわ」

「あれは、おれの手慰みで……」

彦太郎が、にわかに口ごもる。師匠を真似て幽霊図を描いたのは、いわば彦太郎らしい子供じみた悪戯だ。立ち姿や白い着物は、そっくり同じなのに、顔は似ても似つかない。口はゆがみ、腫れあがったまぶたの下の両目には、成仏できぬ怨念が存分に籠もっている。鶴屋《つるや》南北《なんぼく》の東海道四谷怪談の初演は、三十五年も先になるのだが、それを見た者なら、まるでお岩そのものだと評したに違いない。

あの醜悪な姿こそ、本来の幽霊の姿だと、豊蔵は語った。

「せやけど、わしが応挙を見限ったんは、もっと前や……あの『七難七福図《しちなんしちふくず》』を見たときや」

思わず、ぎくりとした。もう、二十年以上も前になる。彦太郎が弟子入りしたてのころで、応挙は三十代半ばであった。いつも冷静な応挙が、その絵を手掛けているあいだは、めずらしく苦しんでいた。あれほど迷いながら筆を走らせていたのは、後年になっても見たことがない。まるでその姿を傍でながめてでもいたように、豊蔵は意地の悪い笑みを広げた。

「あの絵ばかりは、応挙も不本意やったはずや。祐常門主《ゆうじょうもんしゅ》の注文やさかい、断れんかったんやろ。七福図はどうにかこなせても、七難図はひどい出来や」

円満院《えんまんいん》の門主、祐常は皇家の出で、応挙の才をいち早く見抜き、後ろ盾になった人物である。応挙が若くして人気絵師の地位を固めたのには、この祐常門主の功績が大きく、いわば恩人のような存在だった。

一方で、宮廷画家に似た地位には、安泰と引きかえに不自由もつきまとう。絶えず新しい表現を求めるのが、絵師の業である。格式を重んじる古典主義とは、根本に相容れぬものがある。

それに甘んじた応挙の姿勢を、豊蔵は激しく非難した。

「祐常は、なしてあないな絵を、応挙に描かせたと思う？」

「それは……経の教えを、広く人心に広めるためであろう」

無学な者たちには、説法をきかせるよりも、絵で示した方がわかりやすい。禍福はあざなえる縄のごとし。人の一生につきまとう幸福と災難を絵巻にしたのが『七難七福図』である。

しかし豊蔵は、違うと断じた。

「あれはな、祐常の単なる好みや」

「好み、だと？」

「あの坊主がほんまに見たかったんは、七福図やのうて七難図の方や。火事に逃げ惑う者、大水に流される者……このあたりまではまだましやが、股裂きの刑なぞ、見せることはあらへんやろ」

　ごくりと、生唾を呑み込んだ。その絵は、彦太郎も覚えている。二頭の牛の後ろ肢《あし》に、両の足首を縛られて、股を裂かれる男を描いたものだ。のけぞる男の股から血がほとばしり、凄惨極まりない姿であった。高貴な僧侶が内に隠しもっていた嗜虐《しぎゃく》趣味だと、豊蔵は笑った。

「たしかにあの絵は、師匠も気に入ってはおられなかったが……」

　常に心がけている美意識とはほど遠く、得意の写実も冴えがない。嫌々筆をとったのは明らかで、応挙が人物を好んで描かなくなったのも、七難七福図のためかもしれないとすら思えてくる。

「わしはな、祐常を責めるつもりはあらへん。人いうもんは、もともと酷《むご》いもんやからな。酷く欲深く、そのくせ弱くて脆《もろ》い。それが人のありのままの姿や。応挙はそれを見ようとはせん。そやから応挙の絵は、死んどるんや」

　こうまで暴言を吐かれながら、返す言葉がない。それが何よりも、悔しくてならない。

「せやけど、おまえは違うやろ」

　え、と彦太郎は、顔を上げた。豊蔵は、こちらを見ていない。横顔をうつむけて、ちびりちびりと酒を呑みながら、舌だけは止まらない。

「吉村胡雪の描くもんは、どれも人くさい」

龍も虎も狗も猫も、木の幹や枝すら、人の姿を想起させる。ちょうど背中合わせに立っているかのように、応挙と胡雪は、互いに違う景色を見ている。

この男に言われるまでもない。彦太郎自身が、とうに気づいていた。

「おまえは応挙のもとを、離れた方がええ。せやないと、いつか潰れるで。応挙はすでに型ができあがっとる。いまさら何を言ったところで、崩れることはあらへんが、おまえは未だにうろうろと迷うとる。些細なことで、筆が進まんようになるんもそのためやろ。応挙の傍にいる限り、その迷いから抜けられんぞ」

わかっていたことを、滔々《とうとう》と説教される。腹が立つというより、胸が煮えるようだ。知らずに傍らにあったものを、握りしめていた。

「おい、こっちを向け」

「何や、やぶから棒に」

「こっちを見ろと、言うておる」

怪訝な顔がふり返り、その目が大きく広がった。

ふてぶてしい馬面が、明らかに顔色を変える。本当に、幽霊にでも出会ったかのようだ。

彦太郎が手にしていたのは、松嶋太夫から預かった鏡だった。

「ほんまに、嫌な奴や」

料理屋を出て、豊蔵は独り言《ご》ちた。外はすでに暗くなっていた。

鏡の中の己と目が合ったとき、心底ぞっとした。頬骨と鷲鼻ばかりが際立ち、目はどろりとにごっている。行灯の灯影に浮かんだ顔は、幽鬼そのものに見えた。

日頃の暮らしには、鏡なぞ縁がない。己の面と、間近で向かいあったのは初めてだった。人の悪口をたれ流す者の顔は、こうも醜い。彦太郎は、そう言いたかったのだろうが、

「やり方がえげつない。ほんまに根性悪いわ」

また、くり返した。応挙への呪詛《じゅそ》すら唱える気が失せて、豊蔵は早々に腰を上げた。

入れ替わりに、芸者衆が呼ばれたのだろう。二階から、三味線の音と華やかな嬌声が響いてくる。その音に追い立てられるようにして、祇園を抜けた。

四条大橋のたもとまで来て、ふと豊蔵は呟いた。

「それにしても、妙なことを言うとったな」

座敷を出ようとしたとき、背中から声がした。

「ひとつ、ききたいことがある」

「何や」

「呉春《ごしゅん》という絵師を、知っているか？」

ちらりとふり返ると、神妙な顔がこたえを待っていた。

「知っとるが、それが何や」

「呉春の絵を、どう思う？」

「どうと言われてもな……」

軸や屏風を、幾度か目にしたことがある。けれど目を逸らしたとたん画題すら忘れてしまいそうな、豊蔵にとっては、とるに足らない筆だった。

そのとおりに告げると、そうか、とだけこたえた。ほっとしながらも、どこか残念そうな、屈託が強くただよっていた。

「あないな絵師の、何が気になるんやろな……応挙と同じ、つまらん絵や」

鴨川を渡る風が、豊蔵の独り言をゆるやかにさらう。そういえば、と豊蔵はようやく思い出した。師の与謝蕪村《よさぶそん》を失ってから、呉春は応挙のもとに出入りしていると、きいたことがある。

「あいつがこだわっとるのは、応挙だけやあらへんのか……どのみち相容れん画風やいうのに、難儀なこっちゃな」

頭上には、満天の星がある。身に合わぬ才を求めるのは、ちょうどあの星に手を伸ばすのに似ている。手を伸ばせば伸ばすほど、足許はおぼつかなくなる。

「難儀なこっちゃ」と、豊蔵はいま一度呟いた。

第十一章・禍福

まるでつきたての餅を、極上の絹で包んだようだ。

指でつついてはやわらかな弾力を確かめ、なでてはなめらかな感触を楽しむ。

彦太郎《ひこたろう》は飽きもせず、それをくり返している。顔を近づけると、少し湿った乳くさいにおいがした。黒い瞳が彦太郎の眼差しをとらえ、あー、とあどけない声をあげる。

「見ろ、お須磨《すま》。昨日より目つきがしっかりしてきたぞ。おれに何か話しかけておる」

となり座敷にいたお須磨が、こちらをふり返って微笑《ほほえ》んだ。

「いくら赤さんいうても、たった一日やったら、たいした違いはあらしまへんえ」

「そんなことはないぞ、お須磨。こうして毎日ながめておれば、昨日とは違うところが必ず見つかる。その証しに、たったひと月でこんなに可愛らしゅうなったではないか」

「はいはい、ようわかりました。せやけど、そないにながめてばかりいやはると、おあいに穴があいてしまいそうで、うちはそれだけが心配どす」

むきになって反論する夫に、妻が冗談めかす。

お須磨の手には、縫いかけの産着《うぶぎ》がある。夫婦ものの下働きを雇ったから、襁褓《むつき》の洗濯はもちろん炊事からも解放された。心おきなく赤子の世話にかかりきりで、その気持ちの余裕もあってか、乳の出も良い。

娘のおあいは、ひと月前の九月半ばに生まれた。産婆の看立《みた》てより半月早い。生まれたては色が黒く、しなびた小猿のようだったのが、ほんの二、三日で人の姿になった。彦太郎にはそれが不思議でならず、そしてこの頃からおあいに夢中になった。

赤ん坊というものは、新しい発見に満ち満ちていた。放っておくと、一日中でも娘の傍に張りついて、髪が増えただの足の指先に黒子《ほくろ》があっただのと、いちいち妻に報告する。

お須磨の方も、うるさがることもせず笑顔でこたえる。初めて子を身籠ったことで不安が先に立ち、また血の道も騒いだのかもしれない。ひところは夫へのそしりが絶えなかったが、腹の子が五月《いつつき》を過ぎるころには落ち着いてきた。いまでは悪い憑《つ》きものが落ちたかのように、夫婦仲はすっかり良くなった。

これもおあいのおかげだと、彦太郎は目を細めた。

「ずっとおまえとこうしておりたいが、そろそろ仕事にかからねばな」

この娘には、でき得る限りの幸と富を与えてやりたい。その一念から、にわかに仕事にも身が入るようになった。名残惜しそうに頰っぺたをつついて立ち上がり、仕事部屋に行こうとすると、おあいが急にぐずり出した。

「なんだなんだ、おあいもやはり、おれと一緒にいたいのか。おまえに泣かれては、父も立ち去りがたいではないか」

「おまえさま、たぶんおなかがすいたのですよ。そろそろ乳を与える頃合ですから」

お須磨がくすくすと笑いながら、おあいの前で胸をはだける。もとの倍にもたわわになった白い乳房は、みずみずしい切りたての冬瓜《とうがん》を思わせる。おあいがその先に吸いついて、んくんくと喉を鳴らした。お須磨は伏し目がちに、子の姿を愛おしげに見守る。

一幅の絵のような、ひとつの完成された世界があった。

それがいま目の前に、しっかりと己の手中にある。えも言われぬ幸福が、彦太郎を包みこんだ。

そういう気持ちは、言葉にせずとも伝わるものだ。夫婦はにこりと微笑み合った。

玄関の格子戸が、からりと音を立てた。

「あら、お客さま」

「よい、おれが行く」

家族の団欒《だんらん》を邪魔されて、少しばかり不機嫌に玄関を覗いたが、客の姿を認めて仰天した。

「お師匠さま……」

「子が生まれたときいてな。遅まきながら、ひと言祝いを述べに来た」

円山《まるやま》門下を破門されて、半年以上が経つ。応挙《おうきょ》は懐かしそうに、目を細めた。

連れていた下男が、祝いの品を運び込む。上等な酒や反物に加え、餅菓子が添えられているのは、応挙らしいこまやかな気配りだった。

「餅や小豆《あずき》は、乳の出がようなるそうだ。お須磨殿に、食べさせてやりなさい」

亭主を捨てて駆け落ちした女だ。本来なら清廉な応挙がもっとも忌むべき手合いだろうが、そのような嫌悪なぞおくびにも出さない。座敷に通ると、持参した軸を手ずから開いた。

「鶴亀なぞも考えたのだが、やはりこれがよかろうと思うてな」

「『郭子儀図《かくしぎず》』ですか」

郭子儀は、唐の玄宗皇帝に仕えた名武将で、子孫は繁栄を極めた。子の誕生を寿《ことほ》ぐにはうってつけの、おめでたい吉祥図である。軸には応挙らしい丁寧な筆遣いで、郭子儀と、その周りで群れ遊ぶ三人の唐子が描かれている。

それをあざ笑うような声が、耳の奥でこだました。

――応挙は、人が描けん。

意地の悪い響きは、深山箏白《みやまそうはく》の声だ。

――人やあらへん。人形や。外見がきれいなだけの、心のない空っぽの器に過ぎん。

思わず耳を、両手でふさぎたくなった。武将も子供らも、品のよい穏やかな面立ちだ。箏白の描く、狂気をはらんだような人物とは、似ても似つかない。吉祥画として歓迎されるのは、間違いなく応挙の絵だ。しかし、どちらがより人くさいかと問われれば、軍配は後者にあがる。

写生に徹した故の、ある意味、当然の帰結だったのかもしれない。

応挙の写生帳は、動植物に留まらない。人体もまた、その対象であり、人の手足を克明に写しとり、あるいは若い女と老婆の裸像の対比、さらには腹の中の胎児を思わせる、円の中に丸くなった子供の素描もある。

人物を描くには、まず骨格を定めろ。応挙は常日頃からそう説いていた。応挙の中の人物とは、骨の上に肉を載せ、毛を生やし着物を着せたものに他ならない。箏白はそれを、人物とは認めていないということだ。

内面あってこその人物——。ほとばしる喜悦、押さえきれぬ劣情、正も負も、欲も徳も、一切を呑み込んでいるからこその人間なのだ。どんな聖人君子も、ひと皮むけば、本性は獣に近く、底には狂気が横たわっている。箏白は、人の本質を描こうとしているのだった。

「彦太郎、どうした？」

師匠の声に、我に返った。まさに聖人を体現したような姿が、目の前にあった。

「いえ……郭子儀図にはあまり見られぬものが、描かれていましたので……」

ごまかしながら、絵の下方を指さした。子供たちの足許に、二匹の仔犬がじゃれついている。白と茶が一匹ずつ。少したれ目がちで、むくむくと太った愛らしい仔犬だった。

「ああ、それか」

丸い顔に、ゆるりと笑みが広がった。いかにも楽しげで、この師匠にはめずらしい。

「おまえが気に入っているようだから、加えてみた」

え、と彦太郎は、顔を上げた。

「この仔犬だけは、おまえの絵にもよく描かれる。客の注文で、私の筆に似せるときより他は、まず真似ることなどぞしない。なのに仔犬だけは、同じに描く。よほど好みに合《お》うたのだろうと思ってな」

「師匠……」

心のこもった気遣いに、陽だまりをこっくりと呑み込んだような、温かなものが胸に広がった。

「彦太郎、私のところに戻って来ぬか。子が生まれた祝いとすれば、まわりも得心しよう。三度もおまえを破門して、いまさら虫の良い話だが……」

「滅相もありません。いずれも私が至らぬために、かような始末に相成りました」

本当なら己の方から詫びを入れ、頼まねばならないと、彦太郎は平身低頭した。しかし三度破門された上に、今回はお須磨の元夫、有田屋《ありたや》俵兵衛《ひょうべえ》への手前もある。師も弟子もおいそれと歩み寄ることがはばかられ、それでも応挙は、吉村胡雪を見限るつもりはなかった。

じっと機を待ち、出産祝いにかこつけて、自ら彦太郎を迎えにきてくれたのだ。師の寛容さには、頭が下がる。しかしふたたび、呪詛のような男の声がよみがえった。

――同じ過ちをくり返すつもりやあらへんか。

その声にそそのかされるようにして、問いが口を突いた。

「ひとつ、伺いたきことがあるのですが」

「何だ？」

「お師匠さまはいつも、筆に迷いがありませぬ。ですが……客の所望によっては、意に染まぬ画題なぞもあるはずです。どのように己と、折合をつけてきたのですか？」

箏白が指摘した、『七難七福図《しちなんしちふくず》』だとは告げられず、遠回しにたずねた。それでも応挙は問いの意図を、おぼろげに察したのかもしれない。少し考えてから、こたえた。

「迷いがないわけではない。というより、いつもいつも迷うている。これまで数多描いてきたが、迷いなく仕上げたものなぞ一枚もない。しかしな、彦太郎、意に染まぬからといって、注文をお断りしようとか、ましてや絵師をやめたいなどと思ったことは、一度もない」

「一度も、でございますか？」

「そうだ」

彦太郎の視線をとらえて、ゆっくりとうなずいた。ゆるぎない信念が、その顔には刻まれていた。

「迷いとは、贅沢なものだ。私はそう肝に銘じている。えらぶ気ままがあるからこそ、迷う。裏を返せば、それは幸せなことだ」

「迷いが、贅沢であり、幸せ……」

「私は貧しい百姓の家に生まれた。だからこそ、そのように思えるのかもしれんな」

日頃の応挙の身ごなしには、泥くささなど微塵もない。身分の高い人物と、長年交流してきた故か、あるいは律儀で用心深い、生まれつきの性質からか。百姓の出だという出自には、重きをおいていなかった。おそらく彦太郎だけでなく、周りの者たちも同じであろう。その事実を、初めて応挙自らが、突きつけてきたように思われた。

「丹波の村にいたころは、日々の糧を得るのがやっとの有様で、ちょうど育ち盛りであったから、始終ひもじくて食うことばかり考えていた。いまでも丹波ときくと、それだけで腹がすいてくる」と、冗談めかして笑った。

彦太郎は侍の子で、若冲《じゃくちゅう》や箏白は裕福な商家の出だ。少なくとも子供時分は、貧しさとは無縁であった。絵師を志す者たちは、概ね似たようなものだろう。食うに事欠き暮らしに追われていては、絵をたしなむ気すらなかなか起きない。

応挙の父は代々の百姓だが、母親は武家の出である。本当なら庄屋くらいの家格はあるのだろうが、応挙の子供時分はひときわ貧しい家だったようだ。次男であったからやがて呉服屋に奉公に出され、十三の歳に初めて京へ上った。

「その呉服店の大旦那さんが、絵のお好きな方でな。奉公して三年が経ったころだったか、私には絵心があるからと、名のある絵師のもとに連れていってくれた」

ふた月に一度くらいの割合で、四年ほど通ったが、二十歳になる前に門下を離れた。大旦那が亡くなって、店も移ることになったからだ。それから先は、奉公の合間に独学で絵を描き続けた。

「仕事が終わると、もう眠くてたまらぬのに、どうしても筆が握りたくてな。皆が寝静まったころ、ひとりで寝床を這い出した。月さえあれば見えるからな、縁に腹這いになって、夢中で描いた。あのころは、描けさえすれば幸せだった。まさか絵で食べていけるようになるとは、思ってもみなかった」

玩具店で、応挙が眼鏡絵を手掛けるようになるのは、二十代半ばを過ぎたころだ。絵師になる志は、すでに形を成していたが、そのころですら絵だけで身を立てる自信などもてなかったと応挙は語った。

「好きな絵で、飯が食える。私にはそれで十分だ。絵のための迷いも悩みも、私にとっては喜ぶべき贅沢だ。貧しい身の上ゆえの卑しさであろうが……安穏として見えるのは、そのためであろうな」

いまさらながらに、応挙の毅《つよ》さを思い知った心地がした。若冲も箏白も、胡雪《こせつ》自身も、一生もち得ない強みを、この絵師は内に秘めていた。

武家は身分に、商人は金にこだわるが、芸術を極めんとする者は、その両方を忌避するきらいがある。箏白が良いたとえで、仏に帰依した若冲もまた然《しか》りだ。食えぬ切なさを知っているがために、応挙はその縛りから解放されているのだった。

「彦太郎、覚えているか？　昔、深山箏白殿に言われたことがある。私の絵は、絵ではなく、図に過ぎぬと」

師の口からその名をきき、動揺を押し隠しながら、彦太郎はうなずいた。

「私へのそしりだと承知していたが……本当《まこと》を申せば、私自身もさもありなんと思った」

「決して、そのようなことは……」

「私はな、彦太郎、絵の大家なぞではなく、常に一介の職人でありたいのだ」

狩野派をはじめとする旧来の画法を打ち破り、独自の絵画を拓《ひら》いた。その斬新さゆえに、人は気鋭の画家と称するが、応挙にはそのような気負いはない。その時々の客の注文に応じながら、精一杯の仕事をする。職人と同じ、誇りと誠実さこそが、この絵師を支えていた。

貴人や大商人の庇護《ひご》を受けることも、金のために絵を売ることも、職人としてはごくあたりまえだ。彦太郎や箏白とはまったく異質の自由を、獲得した画家であった。

「むろん、それを弟子たちにまで強いるつもりはない。ひとりびとりに違う思いがあろうし、才ある者ならなおさら、高みを目指そうとするだろう。彦太郎、おまえのようにな」

子のわがままずら愛おしむように、ひとたび微笑んだ。

「ただ、我が一門としては、やはり職人でありたいと願っている。大工と同様、頭領たる私のもとに、腕のいい職人が数多集う。だからこそ大きな仕事を成し遂げられる」

そこには揺るぎのない、自信があった。応挙の凄さは、たしかに己の筆だけに留まらない。どれほど腕のある大工であろうと、ひとりでは城は築けない。同様に、弟子が限られた若冲や箏白には、決して成し得ない作品を、応挙率いる円山一門は手掛けることができる。

大寺や屋敷の、障壁画だった。

名のとおり襖や壁はもちろん、掛け軸、屏風、衝立、ときには欄間も頼まれる。その数は膨大で、個々の絵師ではこなしきれぬし、あちこちに頼めば美しさとまとまりに欠ける。まず構想を立て、流れや調和を計りながら、門弟各人の力量を見極めて仕事をふりわける。

応挙はこの才に優れていた。あらゆる個性をもつ門弟をたばね、同じ方向へと導く力がある。とりわけここ数年は、障壁画が一門の仕事の中心となっていた。

「それがついに、実を結んでな。誉《ほまれ》のある大仕事をいただいた。おそらく私の生涯では、これ以上は望めまい」

「ご所望なされたのは、どなたです？」

「恐れ多くも、御所からだ」

「まことでございますか！」

「大火で失われた御所が、ようやく普請に至ったのは知っていよう。その襖や壁を任せたいとのお達しがあった。彦太郎、いや、吉村《よしむら》胡雪にも、ぜひとも加わってもらいたい」

からだを貫くような、武者震いが走った。

江戸幕府が築かれてより、京の御所造営はこれまでに六回を数える。いずれも幕府御用達たる狩野派の絵師が、江戸から大挙して訪れて障壁画を手掛けた。

七回目にしてその法則が覆ったのには、幕府の懐事情と、それにともなう権力の衰退もあったのかもしれない。あの天明の大火から、もうすぐ二年が経つ。焼け落ちた御所を、いつまでも放っておいては面子《メンツ》に関わり、さりとて江戸の絵師を京に送れば費用がかさむ。

一方の禁裏にとっても、それは願ってもないことだった。京の絵画は質量ともに、かつてないほどの豊穣を誇っていた。その強い自負から京の絵師を推し、筆頭にあがったのが円山応挙であった。一介の町絵師が、そのような名誉にあずかった例《ためし》など、過去にはまずない。いわば当代一の絵師と、御所が墨付を与えたに等しかった。

とはいえ御所の障壁画となれば、一派だけでは手にあまる大仕事である。

狩野派や、やまと絵で有名な土佐派《とさは》なども招かれていたが、やはりほとんどが京の絵師だという。同じ狩野派でも、京と江戸では画風も異なる。今回、江戸から上る狩野派はたったひとりで、他は京の狩野派が占めていた。

いずれにしても、応挙一代で築かれた円山派が、古くから連なる画派に肩を並べたというのは、この上ない晴れがましさだ。彦太郎は心からの祝辞を述べた。

「まことにおめでとうございます。見事成し遂げたあかつきには、一門の安泰は約束されましょう」

「そのためには彦太郎、おまえの助けが要る。吉村胡雪なくして、この大事は成せぬ」

「私ひとりごときが抜けたところで、一門が揺らぐことなぞありませぬ」

決して謙遜ばかりではなかった。太い枝一本が落ちたところでびくともしない。円山派は、それほどの大樹に育っていた。しかし応挙は、静かに首を横にふった。御所の障壁画という大事は、彦太郎と反目する弟子たちの目を開かせるはずだ。胡雪を一門に戻すための、絶好のとっかかりになる。応挙はその腹でここに来た。

「二年前、香住《かすみ》の大乗寺に行ったとき、身にしみてわかった。私は隊の半ばで采配をふるい、源琦《げんき》はしんがりを務める。だが、隊を率いる先陣がおらねば、歩みが定まらない。おまえより他に、その役目を果たせる者はない」

門人をまとめるのは源琦だが、絵は胡雪が率いよと、応挙は言っているのだった。あのときは二度目の破門を許された直後だった。他の弟子たちの目も厳しく、応挙は彦太郎に別の仕事を頼んだ。

「ですが大乗寺には、跡取りの応瑞《おうずい》殿や、それに……呉春《ごしゅん》殿も同行なさいました。呉春殿なら、私以上の働きをなさりましょう」

その名を口にするたびに、みしりと嫌な音がする。頭上を覆う厚い氷が、割れる音だ。応挙という氷に守られて、鯉と化した彦太郎は冬の最中でも温かな池に安住できる。だがその氷を、名のとおり春の陽射しのような呉春が、少しずつ溶かしていく。大きな音とともに氷に穴があき、驚いた鯉は裂け目からとび出して、氷上にたたきつけられる。

そこで、はっと目が覚める。彦太郎がたびたびうなされる夢だった。

呉春の画風は、目に見えて変化していた。叙情に満ちた与謝蕪村《よさぶそん》の風合いから、日一日と応挙の筆に近づいていく。十数年も前に彦太郎が危惧《きぐ》したとおり、呉春のもつ都人らしい華やかさは、応挙の築いた新しい画面と、ことさら相性がいい。

呉春はためらわず前へと進む。そのたびに一寸また一寸と、氷の裂け目は広がっていく。

その妄想が、どうしても拭えない。

情けなさが、顔にそのまま出ていたのだろう。彦太郎が抱える屈託に、応挙は初めて気づいた顔をした。

「呉春殿は、おまえとはまた違った、我の強さをおもちの方だ。与謝先生にも私のもとにも留まらず、いずれ自らの絵をきわめ、己の流派を立てるであろう」

誰の画風も躊躇《ちゅうちょ》なくとりこむのは、裏を返せば、誰の流儀にも染まりきらないということだ。その行き着く先は、独自の画風を拓くことにある。呉春を門下ではなく客人として遇したのは、蕪村への気遣いばかりではないと応挙は語った。

「それと……先ほどおまえは、応瑞を跡取りと言ったが」

「はい」

「私の跡を継ぐのは、源琦と吉村胡雪だ」

応挙が己の跡継ぎについて明言したのは、初めてだった。

たっぷり十数えるあいだ、息が止まった。それほどの驚きだった。

応挙には、ふたりの息子がいる。長男の応瑞が跡を継ぐ。それがあたりまえだと思っていた。

「応瑞は、まだ若い。力も十哲には遠くおよばず、力のない頭領のもとに人は集まらない。だが、源琦とおまえならできる。己亡き後、円山一門はおまえたちに託したい。私は、そう心を決めた」

どこか夢見心地で、師匠の言葉をきいていた。


翌年、寛政二年正月、御所の障壁画制作がはじまった。

過日、応挙からきき知ったとおり、江戸から上京したのはたったひとり、他は京坂の絵師で占められた。中でもひときわ目立ったのが、円山派の活躍である。

京狩野派による王朝懐古、土佐派の昔ながらのやまと絵。朝廷は古い雅《みやび》を尊びながら、同時に時代の先端をいく円山派を迎えた。二百年近くものあいだ、江戸幕府に頭を押さえつけられ、ないがしろにされてきた朝廷の、ささやかな意趣返しだったのかもしれない。

御所内に工房が設けられ、頭領の応挙はもちろん、一門の主だった弟子たちは詰めきりとなった。とりわけ忙しいのが、源琦と彦太郎である。応挙の意図を汲みとり、噛みくだき、それぞれの弟子たちに具体的な指図を与え、合間に自分たちの作品にとりかかる。止まったら倒れてしまう独楽のような、まさに目の回る忙しさだった。

「大丈夫か、彦太郎。ここ幾日か、ろくに眠っていないのだろう。無理をしてはいけないよ。まだ先は長いのだからな」

目の下にくっきりと浮いた隈《くま》を、源琦が案じ顔でながめる。

「ご心配にはおよびません、幸之助《こうのすけ》殿」と、彦太郎は元気よく返した。

気分屋なところが有事には幸いし、ここぞというときに、驚くほどの力を発揮する。いったん物事に集中すれば、日頃の怠惰を挽回してあまりある働きを見せる。ただし長くは続かない。少しでも飽きが来れば、すぐに投げ出してしまう。

それでも今回の仕事には、周囲が舌を巻くほどの活躍ぶりだった。

「幸之助殿こそ、からだを厭うてくだされ。門弟筆頭の代わりは、誰にもできませせぬ」

一門に復した彦太郎が、まず何より驚いたのは、この兄弟子のやつれようだった。師のもとを離れていた十月《とつき》ほどのあいだに、源琦は明らかにひとまわり細くなっていた。

何かと悶着を起こすとはいえ、年を経るにつれ、彦太郎の重みは増している。抜けた穴を塞ぐのは、容易ではなかったようだ。

「おまえが帰ってきてくれて、本当に良かった。此度《こたび》の仕事も、私ひとりではとても采配できなかった。頼みにしているよ、彦太郎」

心の底から喜んでくれるのは、門弟の中ではこの兄弟子だけだろう。彦太郎はそう思っていたが、意外にも若い弟子たちは、諸手を上げて吉村胡雪の復帰を歓迎してくれた。目上の者には不遜だが、下の者は案外かわいがる。彦太郎の気質を慕う者もいて、何よりも門下一の実力に、憧れを抱く弟子も少なくない。

一方で、面白く思わぬ輩は、前よりいっそう憎悪を募らせているようだ。源琦と胡雪に己の後を任せると、応挙が公言したことが、その理由に違いなかった。

「先生から話を伺ったときは、お断りするつもりでいたのだよ。私なぞに、師の代わりが務まるはずはないからね。しかし応瑞さまが大成なさるまでの、中継ぎくらいはできようと、その心積もりでお受けした。円山一門が、子々孫々末永く続くための、布石の役目を果たそうとな」

「子々孫々、未来永劫ということですか……正直、そのように立派な腹は、毛頭ありませんでした」

先々のことなぞ、ろくに考えたこともない。己が課せられた大役の重みに、いまさらながら思い至った。不安が急に、雲霞《うんか》のごとくわいてくる。相変わらず、察しがいい。源琦は励ますように、きっぱりと告げた。

「それにはどうしても、彦太郎、おまえの力が要る。源琦と吉村胡雪、私たちふたりがならぶことで、我が一門が目指さんとするものを、示すことができるからだ」

「目指すもの、とは?」

「古《いにしえ》を尊びながら、新たな絵を拓くことだ」

強い決意と、わずかな緊張。そして大いなる期待をはらんでいた。源琦のこんな表情は、初めてだ。

「私が古を、おまえが新を具現する。我らが行く道を世に示すのに、何よりわかりやすい看板となろう」

源琦は師の応挙の画風を、もっとも色濃く受け継いでいた。単に応挙の真似なら、彦太郎の方が長《た》けている。源琦の場合は、それとはまったく違う。源琦自身の絵の中に、円山応挙が端然と座っている。素人目にも、明らかにそうとわかる画風なのだった。

師にくらべれば、力量ははるかに落ちる。小粒な応挙といった印象で、師の枠を逸脱できないのが、源琦という画家の限界でもあった。源琦自身も気づいていたのだろう。

「私の絵は、ただ先生の筆をなぞっているに過ぎない。ずっとそれが情けなくて……いっそ絵をやめてしまおうかと思ったことも、たびたびあった」

「幸之助殿が、そのような……ちっとも気づきませんでした」

応挙の絵と、少しも似ていない。自分が長らくこだわっていた悩みを、ちょうどくるりとひっくり返したようだ。

「私は逆に、先生の絵に近づけぬことを恥じていました。絵も気性も先生に近しい、幸之助殿がうらやましく思えました」

源琦もまた、意外だったのだろう。ひどく驚いた顔をしたが、滲《にじ》むようにゆっくりと笑みを広げた。

「互いに、ないものねだりをしていたのだな」

「はい、そこだけは、我らは似ております る」

「もうひとつ、似たところがあるよ、彦太郎。ともに先生を、お慕いしているということだ」

「はい、まさしく！」

勢い込んで応じた。

「私が悩みながらも絵を続けてきたのは、ひとえに先生のお傍を離れたくなかったからだ。おまえも同じなのだろう、彦太郎？」

三度破門され、三度戻った。意地っ張りで我が強い。彦太郎の気性からすれば、そのまま離れてもおかしくないはずが、川を遡上する鮭鱒のごとく必ず帰ってくる。いじらしくてならないと言いたげに、源琦はにこにこした。ねじけた気持ちがほぐれ、つい本音を吐いていた。

「私にとっては、家でしたから……先生のような立派な父と、貴方《あなた》という良き兄上のいる、どこより温かな場所でした」

「これからも、仲良う暮らしていこうな、彦太郎」

兄弟子に微笑まれ、ふと彦太郎は気がついた。他の兄弟子との諍いが絶えず、決して温かいだけの居場所ではなかったはずだ。けれど茨《いばら》を敷き詰めたような刺々しい参道を抜けると、応挙と源琦の住まう神殿には、清々しい気が満ちていた。

「私は幸之助殿とともに、神殿をお守りする狛犬になろうと思います」

応挙をご神体として奉り、ふたりで円山派という大社を守り、繁栄に導く。その象徴は、彦太郎の決意でもあった。

「では、おまえが阿《あ》で、私が吽《うん》だな」

「順からいくと、逆ではありませんか？」

他愛ないやりとりの途中で、思い出したように源琦が言った。

「そういえば、淀稲葉《いなば》家よりお招きがかかったぞ。殿さまの御前で、吉村胡雪の筆さばきを披露してほしいと」

その折に父の和右衛門《わえもん》から、そんな話をきいた。しかし水夫目付という父の身分はそう高くない。辛うじて御目見に与《あずか》れるとはいうものの、殿さまと直々に言葉を交わすことはまずあるまい。彦太郎はさしたる期待はもたなかったが、応挙を通しての依頼なら、正式な招きということだ。

「まことですか」

「殿さまはいま江戸におられるが、夏にお戻りになられるそうだ。そのころには御所の仕事も終わっていようから、いつでもおまえを向かわせると、先生からそのようにお使者におこたえした」

「過日、私の父がそのような話をしておりましたが……」

二年前の大火の後、彦太郎はしばらく淀の生家に世話になった。その折に父の和右衛門《わえもん》から、そんな話をきいた。しかし水夫目付という父の身分はそう高くない。辛うじて御目見に与《あずか》れるとはいうものの、殿さまと直々に言葉を交わすことはまずあるまい。彦太郎はさしたる期待はもたなかったが、応挙を通しての依頼なら、正式な招きということだ。

「良かったな、彦太郎。おまえの晴れ姿をご覧になれば、父君もさぞお喜びになられよう」

源琦は自分のことのように喜んでくれたが、彦太郎のその姿を、父が目にすることはなかった。

それからまもない一月半ば、父の和右衛門はこの世を去った。

「かえすがえすも、悔しゅうてなりません。せめてあと半年、永らえてくだされば、兄上の一世一代の晴れ舞台をご覧いただけましたのに」

歩きながら、弟は同じ未練をくり返す。四方から波のように押し寄せる、けたたましい蟬の声よりさらにうっとうしい。それまで我慢していた不平が、とうとう口を突いた。

「いい加減にせんか、久次郎《ひさじろう》。たとえ百万遍唱えたところで、死んだ父上は戻らぬ。吉村の当主になったというのに、おまえがその調子では、父上も墓の下でおちおち寝ておれんわ」

弟は吉村家の家督を継いで、名もあらためた。日頃は快活なのだが、半年が過ぎたいまでも、父の話となると湿っぽくなる。母親に大事に育てられた跡取り息子だ。役目は障りなく真面目にこなし、妻子とも睦まじい。父の不幸を長く引きずるのも、波風の立たぬ暮らしに慣れきったせいかもしれない。

「そういう兄上は、少し薄情ではありませぬか。通夜にも葬式にも、お見えにならず」

「おまえが知らせてこんかったからではないか！」

「父上に止められては致し方ありません。御所でお役目を果たされている大事な折に、邪魔をしてはならぬと……ですが、父上の不幸を告げたときにも涙ひとつこぼさず」

「大の男が、人前で泣けるものか」

「あまりに冷たいと、母上はこぼされておりましたぞ」

いまさらあの母に、何を言われたところで応えはしない。ただ、その死に動じることのない自分が、我ながら不思議だった。

誰より認めてもらいたいと、こだわっていた相手だ。父親の死を、内心では何より恐れていた。いざ直面したら、どのような激情が襲うのか――、真っ黒な大波のように、彦太郎をからだごと押し流すのか、あるいは雷のように頭の天辺から打たれ、真っ黒に焼け焦げてしまうのか。あれこれ想像していたが、まるで違った。

たとえていえば、それは砂だった。

乾いた砂の上を、乾いた風が吹く。風が足許の砂をさらい、そのたびにからだが傾くが、倒れるほどではない。因幡国《いなばのくに》にあるという砂丘に立っているような――、行ったことはないが、そんな気がした。からからに日干しになって、涙なぞからだを絞っても出てこない。

父が病を得たのは、去年の冬だった。ふた月ほど床につき、年が明けていよいよいけなくなった。母も弟も、彦太郎に知らせるべきだと進言したが、父は承知しなかった。

「御所より賜ったお役目なのだぞ。きけば円山先生の右腕として、たいそうな仕事をしておるというではないか。身内が水をさしてはいけない。御所のお役目が済むまでは、私が死んだことも告げるでないぞ」

父はそう言い置いて、亡くなった。弟から知らされたとき、ひどく父らしいと思えた。互いに胸襟を開くという性分でもない。最後まで本音を語り合うことなく逝ってしまったが、それも自分たち親子には、ふさわしい別れ方だった。そう、思うことにした。

「やはり父上にも、ひと目見せてあげとうございました」

「おまえもたいがい、しつこい男だな」

「せめて私の目に、兄上の姿をしっかりと焼きつけて、墓前にてお伝えします」

「……そうだな。そうしてくれ」

真夏の強い日差しに、仰いだ天守の屋根飾りが、まぶしい光を放った。

八月一日、八朔《はっさく》の祝事のために、山城国淀の藩主は吉村胡雪を招いた。


竹に蛙、富士、朝顔、七福神に文殊菩薩《もんじゅぼさつ》。即興の席画は、彦太郎が何より得意とする。殿さまはもちろん、家臣たちが口にするどんな画題も、驚くべき速さと見事さで、たちまち紙の上に現出させる。

「話にはきいていたが、これほど達者であったとは」

「まるで手妻のようではないか」

「いやいや、妖術でござろう。筆にとりついた妖《あやか》しが、墨を自在にあやつっているのだ」

筆の達者もさることながら、観衆の驚きは、斬新で風変わりな構図にある。

同じ蛇図を所望されても、同じ絵は一枚もなく、玩具のような可愛らしいものから、流麗な線をもつ蛇までさまざまだ。どうしてもスルメに見える、ぺったんこの烏賊を描いたかと思えば、すぐさまこれだけは応挙に似ていると言われる、むっくりと太った愛らしい仔犬を披露する。

稚児姿の文殊菩薩は、ため息が出るほどの美しさで、一方で古の大歌人、西行《さいぎょう》は、小坊主のような姿で、からだを反らしながら富士を仰いでいる。たとえ麓《ふもと》に立ったところで、山をそのように見上げることなぞないのだが、天に向いた西行の視線が、富士の高さを物語る。

中でも絶妙な構図だと絶賛されたのが、『群鶴図《ぐんかくず》』だった。

席画ではなく、京の自宅で丁寧に筆を入れ彩色を施した絵を、彦太郎は二枚持参した。いずれもめでたい吉祥模様で、もう一枚は勇壮な松図だが、鶴図の意表を突いた構図には、誰もが目を見張った。

遠景の山から、鶴が一列に隊を成して飛来する。まるで折鶴のごとく両側に水平に伸ばされた羽が独特で、師匠譲りの遠近をとりいれて、遠くの鶴は点に、近づくにつれてしだいに大きくなる。むかで凧《だこ》に似た鶴の列は、こちらに向かって飛んでくるような錯覚を見る者に起こさせる。

「このような鶴の姿は初めてじゃ。まことに天晴《あっぱれ》である」

殿さまからも、惜しみない賛辞を贈られた。最初は硬くなっていたが、周囲から手放しで褒められて、すっかり緊張がほぐれた。こうなると、持ち前のお調子者が顔を出す。やがて酒席となって、一杯二杯と呑まされるうち、席画だけでは飽き足らなくなった。

「お許しいただけるなら、もうひとつ余興をご覧に入れたいのですが。曲独楽にございます」

と、自ら申し出た。むろん殿さまに否やはない。こういうこともあろうかと、ちゃんと独楽も持参して、屏風などの小道具が運ばれた。

「まずは屏風渡り、次に綱渡りをお目にかけまする。とくとご覧《ろう》じくださりませ」

御前であるから、口上は多少控えめにしたが、得意満面で声を放った。殿さまも家臣たちも、身を乗り出した。

弟の姿は、未だに見つけられない。藩主の下座に座しているのは重臣ばかりだ。他の者たちは、隣座敷に幾重にも居並んで見物している。弟はその中にいるのだろうが、百を越える数に紛れてしまった。いまごろは兄の振舞いに、はらはらしているのかもしれない。

独楽なら、筆の次に手に馴染んでいる。これも用意させた正方の板の上で、大独楽を両手でまわす。指の先でこれを受け、屏風の端に落とすと、するすると独楽が動き出す。むろん、屏風を加減して傾けているのだが、力なぞ入れず、ただ手を添えているように見せるのが勘所だ。大きなどよめきがあがった。屏風の終《しま》いまで行き着くと、そこに紐《ひも》を渡す。彦太郎が両手で張った紐の坂を、独楽は上がり下がりして、谷落しや跳ね独楽も披露した。

一同からやんやの喝采を浴びたが、どうもいまひとつ物足りない。

「本当なら、最後に刀の刃渡りを、ご披露したかったのですが」

藩主の前で刀を抜くのは、さすがにはばかられる。

「刃渡りか。それはぜひとも見たいものだ。誰か、刀をもて」

やはり顔をしかめる重臣もおり、念のため、殿さまの脇を固める家来の数を増やしたが、立派な造りの刀が、彦太郎の手に渡された。屋内だから、天井にぶつかる心配もあったが、幸い大広間の天井は高く、小柄な彦太郎なら障りはなさそうだった。

「それでは最後を飾ります独楽の刀渡り、どなたさまもお見逃しのないよう、まばたきはご遠慮の上、お楽しみくださりませ」

手にした刀をすらりと抜いた。鍔に金の象嵌《ぞうがん》を施された、高価な代物だ。名のある刀匠の手によるものだろう。曇りひとつない刃は、見事な銀色に輝いている。彦太郎の刀にくらべ、刃はかなり薄い。それでも客の刀を拝借することは、これまでにもままあって躊躇《ためら》いはなかった。板の上で勢いをつけた独楽を、刃の根元にそっと落とす。

おお、と歓声があがった。わざと行きつ戻りつさせながら、独楽は少しずつ刃先へと進む。落ちる、と誰もが腰を上げた瞬間、くいと刃先をもち上げた。ほぼ垂直に立てた刀の先端で、独楽は音もなく回り続ける。大きな拍手が四方からわいた。殿さまも、膝を打って興じている。あとは手首を使って独楽を放り投げ、左手で受けとめるだけだった。

死んだはずの父の姿が、目の端に映ったのはそのときだった。

隣座敷から、じっとこちらを凝視している。父ではなく、弟だった。

——こんなに、似ていたのか。

父と違い、弟は素直な気性だ。そのためもあってか、迂闊《うかつ》にもいままで気づかなかった。幸いにも名のある絵師となったが、不肖の息子には違いない。散々、勝手を通してきながら、まともな詫びさえ口にしなかった。死に目にも会えず、葬儀すら参列せず、父の遺言とはいえ、やはり自分が招いた結果であった。

父は、どんな気持ちで逝ったのだろう。もう二度と、確かめようがなく、償うことも叶わない。

この不孝は、天罰に値する――。

からからに干涸《ひから》びていたはずの涙腺から、ふいに水があふれ出た。視界がぼやけ、あわてた拍子に手許が狂った。ゆるく放り投げたはずの独楽が、彦太郎めがけて一直線に落ちてくる。

顔の右側に、鋭い痛みが走った。

「胡雪殿！」

「兄上！」

場が騒然となり、周囲から人が集まってくるのが気配でわかった。顔を覆った手が、妙にぬるつく。

右目を押さえた彦太郎の指のあいだから、血が滴《したた》り落ちた。

「ゆっくりと、目をあけて」

医者の言葉どおり、右のまぶたをもち上げたが、何かに引っかかったように半分で止まってしまった。それ以上は、どうしても上がらない。ついまばたきをすると、

「ああ、無理をしなさるな。塞がった傷が、開いてしまいますぞ」

医者が止め、彦太郎の顔を覗き込んだ。傷の具合を確かめてから、左の親指で目の下を引っ張り、あかんべえをさせ、右の親指でまぶたをそっとめくった。

「上を向いて。こら、首ではない、目玉だけを動かしなされ……そうそう、次は右……よろしい、下を見て」

京随一と呼ばれる眼医者だけあって、手慣れたものだ。それでももう片方の左目に映った師匠と源琦は、医者の向こう側ではらはらしている。

淀稲葉家に招かれた席で独楽芸を披露し、彦太郎は右目を負傷した。独楽の足の先端が、皮膚を裂いたのである。たちまち大騒ぎとなり、すぐに稲葉家の奥医師が呼ばれた。傷は眉の上からはいり、ほぼ垂直にまぶたまで達していた。

「傷はそう深くはありませぬ。目玉には至りませんでした」

奥医師は念のため、眼医者に見せた方がよかろうと、都でいちばんの名医に紹介状を書いてくれた。

「大事に至らず幸いであった。十分、養生いたせ」

殿さまから労《ねぎら》いの言葉をたまわるまで、彦太郎は生きた心地がしなかった。右目の心配ももちろんだが、あろうことか殿さまの御前で座敷を血で汚したとあっては、どんな咎めを下されても文句は言えない。

「まったく、寿命が十年は縮まりましたぞ」

ともに城を出ると、弟の久次郎は、安堵交じりに文句をぶつけた。

「すまぬ。少々、調子に乗り過ぎた。おまえの出世に響かねばよいが」

「私のことではなく、兄上を案じておったのです。絵師にとって、目は何よりも大切なものではありませぬか。万一のことがあらば、それこそ亡き父上に、申し訳が立ちませぬ」

そうか、と少し笑い、自分より背の高い弟を見上げた。独楽芸の最中、一瞬、久次郎に父の姿が重なった。あらためてながめると、顔立ちや背格好は似ているものの、やはり雰囲気がまったく違う。あれは父が最後に、別れを言いにきたのかもしれない。

白布を巻かれた傷が、脈打つようにうずいた。

あれから、十日ほどが過ぎていた。

京の四条へ戻ってからも、また大騒ぎだった。顔の半面を覆う白布に、応挙と源琦が仰天し、すぐにくだんの眼医者が呼ばれた。埃や汚水、あるいは細かい仕事のために目を患う者は多く、眼病平癒で有名な稲荷も各所にある。眼医者もそれなりに多かったが、稲葉家の奥医師が紹介した医者は、長崎帰りで外科にも長けていた。長さ一寸ほどの傷を、絹糸で三針縫った。

　その医者も奥医師同様、視力には障りはなかろうとの診《み》たてであった。それでも応挙と源琦は、白布がとれるまで心配でならなかったのだろう。固唾を呑んで、医者の託宣を待っていた。

「ふむ、眉のあたりの傷は深いが、まぶたは皮一枚で止まっておる。やはり目玉は傷ついておらぬようだ」

　医者の太鼓判に、背後のふたりがどっと息をつく。

「しかし、お医師殿、まぶたがよう開かぬのだが」

「うむ、塞がりはしたものの、少々厄介な金瘡《きんそう》でな。回る独楽の先が当たったと申していたろう。刃物より切れ味が悪い分、傷も波を打っておる」

　金瘡とは切り傷をさす。鋭い刃物ですっぱりと一線に切られた方がむしろ、傷はきれいに塞がるが、回転していた故のぶれが、複雑に皮膚を裂いた。跡は残り、まぶたの真ん中を縦に裂いた傷は、錆《さ》びた蝶番《ちょうつがい》のように、そのままかたまってしまった。

「まるで、やぶにらみのような面相だな」

　鏡と対峙して、彦太郎は呻《うめ》いた。まぶたが半分しか開かぬために、顔が右に引きつれて見える。

「右目を失わなかったのは、何よりの幸甚。見てくれなど、二の次だ」

と、応挙はたいそう喜んで、医者にていねいに礼を述べた。

だが、この傷は、いわば疫病神であった。傷を受けたのを境に、彦太郎は次々と不幸に見舞われた。

翌年、娘のおあいが、わずか三歳で亡くなった。


かわいい盛りで、よちよちと歩きはじめたばかりだった。

その日、来客があり、妻がほんのわずか目を離した隙に、おあいは縁から庭に落ち、沓脱《くつぬぎ》石《いし》の角で頭を打った。打ちどころが悪かったのだろう、手当ての甲斐もなく身罷《みまか》った。

彦太郎は、小さな手をいつまでも握りしめていたが、その手はどんどん冷たくなる。こんな稚《おさな》いものが、命を奪われる。その不条理に、行き場のない怒りだけがこみ上げた。

「どうして……どうして、おあいから目を離した！」

すすり泣いていた妻が、びくりと顔を上げ、その目が大きく広がった。底には強い怯《おび》えが見てとれた。子を亡くした悲しみと、罪の意識に、お須磨は苛《さいな》まれていた。

それ以上、咎めなかったのは、妻の気持ちを察したためばかりではない。お須磨の腹に、ふたり目の子供が宿っていたからだ。

おあいの乳くさいにおいも、ふよふよと柔らかく頼りない肌も、彦太郎のからだが覚えている。いまお須磨の腹にいる子供がその生まれ変わりだとは、とうてい思えなかったが、その子の誕生だけを頼みに、夫婦はどうにか過ぎる季節をやり過ごした。

祇園や嶋原通いは、やはり少しは増えたものの、妻に目くじらを立てられるほどではない。というのも、傷を拵えてから、女たちの態度が微妙に変わってきたからだ。

相手は玄人だ。女たちが表に出すことはなく、単に思い込みかもしれない。ただ彦太郎が色街で相応に人気があったのは、生来の愛嬌故だ。わずかとはいえ右にゆがんだ面相は、愛嬌とはそぐわない。馴染んだはずの宴席に、ひんやりとしたものがただよっている気がして、どうにも気が乗らない。

「なんや、浮かんお顔どすな。また、画題のことでお悩みどすか？」

黙って呑んでいると、妙にこわばった表情が、不機嫌に映るらしい。そんな声がかかることも多くなった。たまに共寝をすると、違和感はいっそうふくらんだ。素振りや声音はごまかせても、からだは正直だ。女たちは引きつれたような醜い傷を、怖がっていた。

ひょっとすると恐れたのは、傷ではなかったのかもしれない。かぶっていた愛嬌という面がはがれ、隠れていた内面が剝き出しになった。女たちが怖がったのは、彦太郎自身かもしれない。

どちらでも構わない——。落胆は思いのほか小さかった。

たかが皮一枚の見てくれで、こうも変わるものかと、人の心の不確かさにかえって目が覚めた心地がした。

おあいが死んでから、彦太郎の中の何かが、少しずつ変わりはじめていた。

何かに飽いて、何かをあきらめ、じりじりとした焦燥に縛られながら、もがく意気すら失せて、ただぼんやりと闇を見詰めている。牢獄に似たその場所で、彦太郎はじっとうずくまっていた。やがて闇が裂け、目を射るようなまぶしい光がはいる。その時が来るのを、ただ待っていた。子供が生まれれば、新しい命をこの手に抱けば、闇は跡形もなく消え去り、また愛嬌豊かな自分に戻れる。どこかでそう信じていた。

けれどそのときは、二度と訪れることはなかった。

翌年四月、彦太郎は息子を授かった。

第十二章・真空

梅雨の気配がひと足近づいたような、湿っぽい晩だった。

その夜、豊蔵《とよぞう》は、四条通りに開いた店にいた。

住まいは変わらず上京の長屋だが、ここ数年は注文などで来客が急に増えた。筆に集中できず、やむなく別に一軒、店をもつことにした。客からの注文をとり、引き渡しも行う。軸や扇などを並べておくと、これも思いのほかよく売れた。都に住まう平安絵師のほとんどが、同じ四条に同様の店をもち、画工《えだくみ》通りと呼ばれたのもそのためだ。

面倒が先に立ち、最初はたいして気乗りもしなかったが、店を開く仕度なぞは、幼なじみの伊万屋三右衛門《いまやさんえもん》が嬉々として引き受けてくれた。

「やはり四条にしときなはれ。紙屋も筆墨硯問屋も、みなあの辺にありますさかいな。画材を購うんも、ぐっと楽になりまっせ」

大火以降、商いの金繰りにはいまも苦労している。昔のように書画を買い漁《あさ》るような真似はできないが、風流に関わるのがこの男には何よりの気付けになる。やがて四条の外れに、一軒の町屋を見つけてきた。

四条に面した店にしては小ぶりだが、住まいは別だから広さも十分だ。京の町屋は、間口が狭く奥が深い。玄関から奥まで一本の長い土間が続き、片側に店の間と台所、土間をはさんだ反対側には、座敷がふたつ縦にならんでいた。

豊蔵はここでは寝起きせず、代わりに手代を住まわせた。

店の手代には、豊蔵の妹、お末《すえ》の次男をおいた。

名を千代吉《ちよきち》といい、二十二歳になる。初めて会ったのは、この甥が五歳のときだった。お末の他の子供たちには怖がられたり泣かれたり、まず懐かれることがなかったが、千代吉だけは最初から、この偏屈な伯父に対して屈託がなかった。

「おっちゃん、絵描きさんなんやろ。何か描いてくれんか」

「玄人はな、ただでは描かんもんなんや。おまえ、銭なぞもっとらんやろ」

「うん、あらへん。困ったなあ……ほな、おれが描くわ」

「おまえが描いて、どないすんねん」

「おれが描いたもんを、おっちゃんに見てもらうんや。おっちゃんみたいな絵描きになれるか、見てほしいんや」

と、墨を盛大に跳ねとばしながら、千代吉は筆を走らせた。

どや、と胸を張る。紙には丸いものと、細長い貧相なものが並んでいた。豊蔵はしきりに首をひねった。

「……賀茂茄子と、とうがらしか？」

「ちゃう。お父ちゃんと、お母ちゃんや」

「ほうか、父ちゃんと母ちゃんか。よう似とるわ」と、豊蔵は懸命に笑いを堪えた。

「ほんでな、あんちゃんはこうで……こっちゃが妹で……」

紙にはどんどん出来損ないの野菜が増えていき、とうとう耐えきれなくなって、豊蔵は腹がよじれるほど笑った。長じてはっきりしたが、千代吉には呆れるほど画才がない。

それでも人柄の明るさは客にも受けが良く、帳面付けもできるから店を任せるには打ってつけだ。豊蔵もこの甥には気兼ねが要らず、四条に顔を出した折には、飯を一緒に食うこともあった。人前では先生と呼んでいるが、ふたりになると遠慮がない。

「おっちゃん、この山椒《さんしょう》味噌はうまいで。そこの角の店で買うてるんやが、これさえあれば何杯でも飯が食える。塩昆布と一緒に、茶漬けにしてもいけるんやで」

その日は夕方から雨が降った。甥と夕餉を済ませたころにはけっこうな本降りとなり、滅多になかったが豊蔵は店に泊まることにした。

それから一刻ほどで雨は小やみになったが、そろそろ床に入ろうかという遅い刻限、表戸に何かがぶつかったような大きな音がした。

「なんやろ、ちょっと見てくるわ」

千代吉が身軽く座敷を出ていき、外を覗いた。待つほどもなく戻ってくる。

「おっちゃん、酔っ払いが倒れとるわ」

「酔っ払いやて？　放っといたらええわい。いま時分なら、凍え死ぬこともあらへんやろ」

「せやけど、また雨が強うなってきたし、怪我もしてはるようやで」

「怪我やと？」

玄関前で、行き倒れになられても厄介だ。仕方なく、豊蔵は腰を上げた。あいた格子戸から首だけ出すと、なるほど甥の言ったとおり、男が崩れるように壁に背をもたせかけている。手燭《てしょく》をもった千代吉が追いついて、灯りをかざした。

照らされた横顔に、覚えがあった。ただ、眉の上からまぶたに走る傷は、初めて見る。

「こいつは……胡雪《こせつ》やないか」

「胡雪て……あの円山《まるやま》門下の吉村《よしむら》胡雪先生か？」

「せや。それにしても、いったいどないなっとんのや」

「おっちゃん、ひとまず家に上げな。このまんまやと風邪を引いてまうで」

ふたりがかりで店の奥にはこび込んだが、座敷に上げるまでがひと苦労だった。全身泥まみれな上に、着物や袴は派手に破れている。千代吉が怪我と言ったのは、顔の古傷ではなかった。あちこち裂けた着物の隙間から、大きな痣や傷が見える。長い玄関土間に張り出した縁で、汚れた着物を脱がせ、からだを拭いて、ようやく布団に寝かせた。

「おっちゃん、ひとっ走りして、医者呼んでくるわ。こら、けっこうなやられようや」

「こない遅うては、寝とるんやないか？」

「寝とったら、たたき起こしてでも連れてくるわ」

千代吉は番傘を手に、すぐさま店をとび出していった。格子戸が勢いよく閉まる大きな音がして、それまで目を閉じていた彦太郎から呻き声があがった。

「気がついたか。おい、わしがわかるか？」

呼びかけると、うっすらと目をあいた。ぼんやりとした瞳がかすかにさまよい、ようやく焦点を結んだ。豊蔵に向かって力なく問うた。

「こんなところに、どうしておまえが……」

「阿呆、そらこっちゃの台詞や」

目だけをぐるりとめぐらせて、ようやく見知らぬ場所だと悟ったようだ。

「どこだ、ここは？」

「わしの店や。おまえはその店先に、倒れとったんや」

考えるようにしばし黙り、やがて思い出したのか、そうか、と呟いた。

「しばらく見ぬ間に、ずいぶんと派手な顔になりおって」

と、右目の傷に目を落とす。独楽の傷だとは伝えきいていたが、まだ増やすつもりかとため息が出る。

「まったく、いい歳をして、まだ喧嘩癖が治らんのか」

「喧嘩ではない……橋から落ちた」

「橋て、どこの橋や」

「四条だ」とこたえられ、豊蔵はますます呆れた。

「飽きるほど通い慣れた橋で、どやって落っこちるんや」

今度はこたえが返るまでに、妙な間があいた。

「……酔って、ふらついただけだ」

言葉に、嘘があった。彦太郎の吐く息には、かすかに酒のにおいはするが、そう強くはない。ふだんから浴びるほど呑んでいるこの男なら、ほろ酔い程度であろう。欄干を踏み越えるほど、酔っていたとは思えない。

「もしや……誰かに落とされたんか？」

彦太郎は何もこたえない。その沈黙で、己の推量が正しいと感じた。

「誰にやられた？」

やはり黙っている。相手を知っていて、口にするつもりはないということだ。こんな仕打ちを受けて、だんまりを決め込むなど、この男らしくない。かばっているとすれば、相手は自ずと察せられる。おそらく応挙《おうきょ》のもとにいる、同門の弟子であろう。

「まさか、源琦《げんき》ではなかろうな」

「馬鹿を言うな！」

彦太郎が、たちまち怒鳴りつけた。傷に障ったのか痛そうに顔をしかめながら、それでも必死に抗弁した。

「幸之助《こうのすけ》殿は、兄弟子の中では、ただひとりおれの味方をしてくれる。何よりこのような卑劣な真似を、するお方ではないわ！」

「人の本心なぞ、そう易々《やすやす》とわかるもんやあらへん。おまえと源琦の描いた、双幅画《そうふくが》を見たんやが」

双幅画は、二枚で一対の掛け軸である。一門を源琦と胡雪に任せる、その披露目の意味もあったのだろう。応挙は昨年、同じ朝顔と雀の題で双幅画を描かせたが、豊蔵はずけずけと評を述べた。

「ああして並べると、力の差は歴然や。源琦の朝顔は、何とも貧相な代物やった。ああもはっきり人前にさらされるんは、絵師にとって何より我慢ならんはずや」

彦太郎は、己が侮辱されたように唇を噛みしめた。豊蔵の悪口のためではない。源琦の筆の勢いが、明らかに衰えていたからだ。

「……幸之助殿は、このところ加減がすぐれぬのだ。寝込んでしまわれることも多くてな。湯治にでも参って、じっくりとからだを治してはどうかと勧めたのだが、大丈夫だと申されて……相変わらず無理を重ねておられる」

色が白く線の細い源琦は、蠟燭《ろうそく》を思わせる。一門にとって応挙が太陽なら、源琦は師のいない折に闇夜を照らしてくれる、温かな灯りであった。太陽のまぶしさにくらべれば、ほんのわずかな明るさだが、なければたちまち闇に閉ざされ、人の心に巣食う魑魅魍魎がうごめき出す。だからこそ源琦は身を削って、懸命に小さな灯りをともし続ける。

しだいに細くなっていくからだは、外側から溶けていく蠟燭のようで、傍にいる彦太郎は見ているのが辛かった。

「実は今日も、臥せってしまわれてな。咳がひどく、辛そうなごようすだった」

肺でも患ったのかもしれない。豊蔵はそう感じたが口にはせず、話をもとに戻した。

「源琦やないとすると、橋から落としたんは、他の内弟子というわけか」

「誰もそうは言うておらん」

「源琦はただひとりの味方やと、そう言うたやないか。つまりは他の兄弟子は、みな敵っちゅうことやろ」

「おまえもたいがい、しつこい男だな」

豊蔵の追及に音《ね》をあげたように、大きなため息をついた。

「おまえの方こそ、呑気が過ぎるわ。こないな雨の日に橋から落とすなぞ、ただの酔狂では済まされへん。流れを増した鴨川に呑まれたら、一巻の終わりやで」

「橋のたもとに近かったからな。水には落ちなかった」

「下が河原なら、なお悪いわ。ひとつ間違えば、首の骨を折ってお陀仏や」

ただの陰口とはわけが違う。明らかな憎悪と殺意に満ちていた。豊蔵は本心から、彦太郎の身を案じていた。その気持ちが伝わったのか、ようやく彦太郎は仔細を語り出した。

「おまえの言うとおりだ。誰かに襲われて、橋から落とされた……だが、誰なのかは本当にわからん。たぶん、三人くらいはいたように思う」

いつものように祇園に寄って、ほろ酔い気分で家路についた。雨音と傘のせいで、背後からの気配に、気づくのが遅れた。いくつかの足音が急に迫り、ふり向く間もなく押さえつけられ、橋から足が浮き上がった。落ちたときには、頭と背中をしたたかに地面に打ちつけて、息が詰まった。橋の上の人影は、彦太郎のようすを確かめることもなく、足音をさせて走り去った。

「しばらくじっとしていたが、どうやら動けるようになったのでな」

「ほんで、わしの店まで辿り着いたちゅうわけか」

「別におまえを頼ったわけではないわ。たまたま、ちょうどよい軒を見つけて、雨宿りをしただけだ」

四条の橋からなら、豊蔵の店より、応挙の画塾の方が近い。誰かはわからぬと彦太郎は言い、顔を確かめていないのは本当かもしれない。けれど一門の誰かかもしれないと疑っていたからこそ、痛いからだをここまで引きずってきたに違いない。

日々傍にいる者に、これほど疎まれる。雨で濡れた着物が急に冷えたようなうすら寒さとともに、己より十《とお》以上も下のこの男が、ひどく哀れに思えた。

「おまえ、本気であの一門を出た方がええ。今日は凌いでも、いつかほんまに殺されるぞ」

目は合わせなかったが、真剣さは伝わったようだ。しばし考えて、静かにこたえた。

「それは、できん」

「強情もたいがいにせい。応挙の跡を継ぎたいのはわかる。あれほどでかい一門を率いたい言うんも得心がいく。せやけどな、命あっての物種やぞ」

胡雪が一門の頭領になるのは、何としても阻止したい。こんな強硬な手段に出たのは、そのためであろう。

「幸之助殿を頼れぬいまは、おれが師匠を支えねばならん」

「源琦がおらんからこそ、弟子どもが焦り出したんやないんか」

「……そうかもしれん」

源琦という楔がゆるみ、その隙間から憎悪が漏れ出している。自身もとうに気づいているのだろうが、それでも彦太郎の決心は固かった。

「そういえば、あれは……」

急に何か思い出したように、彦太郎が懐を探った。目当てのものを見つけたのか、ほっと口許がゆるむ。

「よかった……よもや落としたのではないかと、ひやりとした。これを失くしては、先生に申し訳が立たぬからな」

懐からとり出して、愛おしそうに手の中でころがす。

何より大事にしている、氷形に魚の印だった。


印判は、一人前の絵師として認められた証しとして、応挙より贈られた。傍には源琦もいて、弟弟子の門出を一緒に喜んでくれた。この印をながめるたびに、心がなごむ。

「それ、わしにも見せてくれへんか」

「大事にあつかえよ」

少し嫌な顔をしながらも、豊蔵に印を渡した。

「氷形に魚か。何ぞ謂れがあるんか？」

「おれが初めて目にした、お師匠さまの絵だ。氷図《こおりず》と鯉図《こいず》が対になっていた」

応挙の氷を見て、魂が震えた。あの感覚はいまも残っている。ただの感動や衝撃ではない。彦太郎の中に眠っていた絵画への興味と熱が、大きく揺さぶられ目を覚ました。彦太郎に絵師の道を拓いてくれたのは、あの一対の屏風絵に相違なかった。

豊蔵は、不機嫌な顔で、印を目の前にもち上げた。

「氷の中に籠められた魚。いまのおまえ、そのまんまやな……応挙という氷に守られて、ぬくぬくしとる怠け者の魚や」

「嫌味しか言わぬのなら、もう返せ。おれには大切なものだ」

「そうもいかん」

印を手にしたまま、傍らの小簞笥《こだんす》の引き出しをあさる。

「お、あったあった」と声をあげた。豊蔵の右手には、小刀が握られていた。

「おい、何をするつもりだ……」

豊蔵は、右手に小刀、左手に印をもち、にんまりと嫌な笑いを広げた。

不安は焦りに代わり、布団の上で、芋虫のように無様にからだをよじらせた。からだを起こして止めようにも、うまく動かない。

「よせ、印に傷をつけるつもりか！」

「傷やあらへん。逃がしてやるだけや……これを、こうしてな」

「やめろ――――っ！」

絶叫だけが、長く尾を引いた。印判は、小刀のたった一閃《いっせん》で、形を変えた。

氷を表した角のない六角。その右上の一辺が削られたのだ。

「これで魚が、氷の穴から出よる」

あっさりと言って、彦太郎に印判を返した。二度ともとには戻らない。欠けた印に、彦太郎は愕然《がくぜん》とした。

「何ということをしてくれた……とりかえしがつかぬではないか!」

煮えたぎった怒りが、一瞬、からだの痛みを忘れさせた。ぐいと半身を起こし、力任せに拳をふるった。よけることもできたろうが、豊蔵は動かなかった。左の頬にあたり、思った以上の手応えがあった。骨と皮ばかりのからだが、あっけなく畳にころがる。

口の中を切ったらしく、唇の端から血が垂れていたが、彦太郎の怒りは収まらない。なおも豊蔵を責めようとしたが、からだがふらりと傾いて、頭が枕に落ちた。熱が出てきたのだろう、全身の傷が思い出したように痛み出し、からだが熱い。

豊蔵は口許を拭い、悪びれもせず言い放った。

「とりかえしがつかんさかい、ええんやろうが。冬場の熊やあるまいし、いつまでも氷の中で眠っとったらあかん。そこにおる限りおまえの絵は、半端なままや」

「半端、だと?」

「そうや。同門の連中が、いつまでも嫌がらせをやめんのも、おまえの絵に相手をねじ伏せるだけの力がないからや……おまえ、絵と本気で戦《たたこ》うたことがあるか?」

「戦う?」

「絵と己の果し合い、一騎打や。まわりに敵味方が入り乱れ、天から雨のように矢が降り注ぐ。それでもひときわ手強《てごわ》そうな相手より他は目に入らん。おまえにとっちゃそこは、絵という武将と己しかおらん、がらんとした野っ原や……そんなふうに、絵と向き合うたことがあるか？」

こたえることができなかった。豊蔵が何を比喩しているか、わかったからだ。

「おまえの絵はおもろい。才もある。せやけど、肝心の覚悟が足りん。味方の殿さまだの敵の雑兵《ぞうひょう》だのが気になって、片手だけで戦うとるんと同じや。片手で応じる者に、向こうが本気で挑んできよると思うか？」

傍目《はため》には傍若無人に映るから、誰もそうは思うまいが、彦太郎は人一倍、人の目が気になる。世間の目、客の目。同門の弟子、親兄弟。何より応挙の目を、意識している。

見る者や注文主の側に立つことは、玄人には欠かせない。素人と一線を画す、大きな差ともなり得る。だがそれは画題を決め、構図をはかるところまでだ。筆を握るときには、ただ正面から絵とのみ対峙する。彦太郎は、未だにそれを恐れていた。

全力で戦って、負けたらどうなる？　倒れ伏し、二度と起き上がれないかもしれない。己のあまりの力のなさをまのあたりにすれば、絵という長年の好敵手を、永久に失うかもしれない。何よりもそれが怖かった。

たとえ本気でやり合っても、勝負などつかない。絵師が己の作品に、心底満足することはないからだ。それでも互いに血みどろになり、呆れるほど長い泥仕合の果てに、相手の何かがちらりと垣間見える。その一瞬のためだけに、絵師はまた筆を握る。

まばたきすら惜しむほど相手を凝視して初めて、閃光に似た一瞬の光は訪れる。片手間に戦っていては、その瞬間は永遠に来ないのだ。

右上の肩が欠けた印をながめながら、彦太郎はしばしぼんやりした。

「ま、わしも人のことは言えんがな」

ごく短いあいだだが、若いころは師匠をもったこともあったと、めずらしく豊蔵は昔の話をした。

「なんやわからんが、わしも他の弟子にはよう疎まれた。どないなわけでああも憎まれたんかと、後になって不思議にも思たんやが」

「たちが悪かったからに、決まっておろう」

つい、いつもの調子で返したが、そのとおりだと、豊蔵は口をあけて笑った。

「あかんたれやったのは確かや。可愛げのあらへんガキやったさかいな。せやけど、もうひとつある。ほどほどの才があったからや」

ひねくれた性格と、ほどほどの才。つまりはごんたくれだ。これがいちばん憎まれる。

異端は、ただの個に過ぎない。それを奇と蔑み、除こうと躍起になる者がいる。その底にあるのは、恐れと不安だった。予見できない相手の行動は、いつか災難となって降りかかるのではないか。その不安が拭えず、心の安寧が保たれないからだ。

「ごんたくれを貫こ思たらな、生半可な才では足りん。有無を言わさぬだけのもんを、突きれない。

対して吉村胡雪の絵は、そこまで達していない。どこか世間に迎合し、俗っぽさが抜けき不安を払拭する。異端を通し続けた深山箏白は、結局そこに辿り着いたのだ。

人を丸ごと呑み込むような、圧倒的な力だけが、人の目を開かせる。恐れを畏れに変え、

つけんとあかんのや」

「あのばかでかい一門を、本気で背負うつもりやったらなおさらや。同門の連中を黙らせるだけのもんを、おまえは描かんとならん」

応挙のもとを去るのでなしに、本当の意味で師からひとり立ちしなければ、そのような作品が描けるはずもない。印を欠いた豊蔵の真意は、そこにあった。

まもなく千代吉が、医者を連れて戻ってきた。

挫《くじ》いた右の足首は腫れがひどく、打ち身や傷も多かったが、幸い骨は折れてはいないということう。ただ、橋から落ちたときくと、医者は彦太郎の背中と頭の後ろを、念入りに調べた。

「頭痛や、吐き気はせんか？　手足がしびれたりはしとらんか？」

医者がたずね、何ともないと彦太郎はこたえた。

「二、三日は傷のために熱も出よう。熱冷ましと痛み止め、傷薬を作ってやるから、後でとりにきなさい」

「かみさんに、言うといたらええか？」

豊蔵にたずねられ、こたえに詰まった。彦太郎が妻子と暮らす家も、四条からそう遠くない。半分朦朧《もうろう》としながらも、応挙の画塾を避け、家にも足が向かなかった。覗いたことはなかったが、箏白がここに店を出したことは知っていた。土手をどうにか這い上がり、何故だか真っ先にここを思いつき、痛むからだを引きずってきた。

何がしか感づいたのだろう、豊蔵は恩着せがましさのない口調で告げた。

「わしはここに寝泊まりせんさかい、好きなだけおってもかまへんで。千代吉、おまえが面倒見たり」

「へえ。吉村先生、何でも遠慮のう言うておくれやす」

人の好《い》い千代吉が、にっこり笑う。伯父とは似ても似つかないこの甥のおかげで、豊蔵の店は思いのほか居心地がよかった。絵の構想を練るために、数日のあいだ旅に出る。応挙と妻には、その方便で通し、十日近くも居続けを決め込んだ。

千代吉は気性が明るく、動くことも苦にしない。飯だの薬だのの世話も行き届き、療養は快適だった。知ってか知らずか、そのあいだ豊蔵は、一度も店に顔を出さなかった。

「先生、見ておくんなはれ。わてが初めて描いた手習いどすわ」

ある日、千代吉が黄ばんだ紙を広げた。どう見ても野菜にしか思えぬ形に、目鼻らしきものがついていた。

「……賀茂茄子にとうがらし、こっちは蕪、いや聖護院大根か？」

「わてのおっちゃんも、同じことを言わはりましたわ」

絵の正体を明かされて、腹の傷が痛むほど、彦太郎は笑った。


玄関から中に入ると、家の中が妙に暗く感じられた。

千代吉とともにいるのが楽しかった分、家に帰るときは辛かった。

出迎えの者もおらず、彦太郎は土間に草履を脱いで、奥の座敷に向かった。赤ん坊を抱いた、妻の背中に声をかけた。

「いま帰った。長く留守にして、すまなかったな」

「おかえりやす」

と言ったきり、ふり向くことすらしない。長男の庸介《ようすけ》が生まれてから、ずっとこの調子だ。

お須磨は片時も子供を離そうとせず、そのかわり夫には見向きもしなくなった。

おあいを亡くした罪の意識が、そうさせているのだろう。わかってはいたが、そうすることで妻は、夫の非難を避け、逆に夫を責めてもいた。娘が死んだのは、妻の粗相があったからだ。その悔やみは、気持ちの底に根深く残っている。

——どうして、おあいから目を離した！

そう言い放ったあれ以来、妻を責めたことは一度もない。それでもお須磨は、敏感に察しているに違いない。一緒に息子の成長を喜び合えば、やがてはしこりも溶けるのだろうが、それすら拒むように妻は夫に背を向けた。彦太郎が庸介を抱くことさえ嫌がり、おかげで長男は、彦太郎を見るたびに泣き出す始末だ。

自分の父も、こんなやるせなさを噛みしめていたのかもしれない。床についていたあいだ、ふとそんなことも考えた。祖父がかかりきりであったから、父と過ごした思い出は、ほんのわずかしか残っていない。息子に歩み寄りたくとも、まわりがそうさせない。気がついたときには息子は遠いところにいて、何を考えているかさえわからない。

自分と長男も、そういう親子になるのだろうか——。砂を噛むような味気なさに襲われた。

だが、その暮らしすら、長くは続かなかった。

長男は生まれつきからだが弱く、そのか細い命は一年ともたなかった。

翌年、数え二歳を迎えた正月、庸介の短い生は終わりを告げた。

打ち続く不幸は、彦太郎の中にあったものを確実に変えた。

吉村胡雪の作風が、凄味を帯びてきたのはこのころだった。

＊

「おっちゃん、早《はよ》う早う」

伯父の手を引くようにして、千代吉が上京から四条通りを目指す。豊蔵が彦太郎に最後に会った、あの雨の宵から一年以上が過ぎていた。

「そないに急かすな。わしも五十の坂を越えたさかい、もう年寄や」

ふたりが向かったのは、四条の一角にある蕎麦屋《そばや》だった。その蕎麦屋に、胡雪の描いた屏風絵があり、たいそう評判になっているという。金砂《きんしゃ》を使った豪勢なものだときいて、豊蔵は首をひねった。

「わしも知っとるが、あの蕎麦屋は屋台に毛が生えたほどの小さい店や。奢った屏風絵なぞ似合わんし、そもそも絵を頼むような物持ちにも見えへんがな」

「なんでもな、たまっとったつけの形《かた》に、吉村先生が描かはったそうなんや」

胡雪がその蕎麦屋に立ち寄るのは、決まって祇園からの朝帰りの際であった。祇園で使い果たしたと言っては代銀を払わず、幾月も溜めていた。

先だってとうとう我慢が切れて店主が催促すると、やはりもち合わせがないから、代わりに絵を描くという。小さな蕎麦屋だから屏風などない。どうせ扇子に一筆描くだけだろうと、内心で店主はがっかりしたが、驚いたことに胡雪はその場で屏風を調達した。一緒に引き連れていた同門の若い弟子たちに指図しながら、あり合わせの木と紙を繋ぎ、粗末ながら屏風に仕立てたのである。

「それからはまるで、『風神のごとき疾さで絵を仕上げた』と、店の親父が得意げに語っとったわ」

速筆ばかりは相変わらずかと、豊蔵がひそかに笑う。

絵を仕上げ、どうも何か足りないと言い出したのも胡雪だった。弟子に金砂を買いに走らせ、ぞんざいに見える手際で、ざっと散らした。

それが三日前のことだ。その日から屏風は店に飾られ、たちまち噂は広まった。見物人が群がり、蕎麦屋は連日、満員御礼の有様だという。

「わても今朝、初めて見せてもろたんやが。ともかくえらい絵でな、こないに度肝を抜かれたんは、おっちゃんの絵より他では初めてや。誰より先に、おっちゃんに見せなあかん思うてな、店放っぽって上京まで迎えにきたんや」

若い千代吉は息も切らせず、興奮ぎみの顔で伯父をふり返った。

四条に着いてみると、当の蕎麦屋は押すな押すなの大盛況で、ようやく店の敷居をまたぎ絵を拝むまでには、たっぷり半刻も待たされた。

それでも、その甲斐はあった。吉村胡雪の変わりようを、豊蔵は初めて目にした。

半ば人垣に押し出されるようにして、屏風の前に陣取った豊蔵は、かっと目を見開いた。

「これが、胡雪か……」

荒々しいまでに獰猛な、『唐獅子図《からじしず》』だった。

獅子は百獣の王であり、桃山の時代は武将に好まれた。百花の王たる牡丹と組み合わせ、人気の画題として盛んに描かれ、やがて唐獅子牡丹は俠気《きようき》の象徴となった。

この絵には牡丹はなく、背景すらない。一頭の唐獅子、それしか描かれていないのに、思わず息を呑むほどの迫力に満ちていた。絵の前に立ったとたん、獅子の鋭い眼差しに射すくめられて動きを封じられる。黒々とした太い輪郭は逆立ち、黒く長いたてがみと相まって、猛々しいまでの獣性をただよわせる。獅子の周囲を飾る金砂は、雲のようにわき立ち、まるで殺気そのものだ。

一方で、逆立つ体毛や、こちらを見据える狂気に満ちた眼差しは、手負いの獣を思わせる。追い詰められ、死を前にしながら懸命にあらがう獣。地上でもっとも強い存在の獅子が、絶望に似た深い悲しみをも感じさせるのである。

これまでの胡雪とは、明らかに違う。人への媚《こび》が、かけらもなかった。

「あいつ、やりおったわ……最後の壁を、越えよった」

豊蔵は、我知らず呟いていた。

屛風には、胡雪の銘とともに、右肩の欠けた氷形に魚の印が捺《お》されていた。


同じころ、応挙もまた胡雪の絵に見入っていた。

「なんと見事な……大胆自由でありながら、大らかで微笑ましい」

六曲一双の、ひときわ大きな屏風だ。離れた方が全体をとらえられるのだが、応挙は身を乗り出すようにして目を近寄せる。

この年、応挙は眼病を患っていた。足も不自由となり、出かけるときには駕籠《かご》が欠かせなくなった。

――独楽で怪我をした彦太郎の代わりに、師匠の目が病んだ。

声高にそんな噂をする者もあったが、すぐに途絶えた。

深山箏白の言ったとおりだった。いまや吉村胡雪の絵は、卑小な悪口を塞ぐに十分な力をもっていた。

応挙が屏風の前で、また感心のため息をつく。

「白黒の対も見事だが、何よりも仔犬と烏が良い。小さきものが添えられている故に、牛と象の大きさが際立つ」

左に黒い牛、右に白い象。地紙からはみ出すほどの巨体は、左右の屏風に悠々と寝そべっている。黒い牛の腹には、応挙風の一匹の白い仔犬が愛らしい姿で描かれ、白い象の背には、二羽の黒い烏がとまっていた。

「先生の仰るとおりです。観る者の心をゆったりと和ませ、遊び心にも富んでおります」

源琦も手放しで褒めながら、蕎麦屋で話題になっている絵を引き合いに出した。

「恐ろしいまでの気迫に満ちた、あの唐獅子も見事でしたが、それとはまったく趣が違います。二枚をならべれば、同じ者が描いたとは思えぬでしょう。筆の幅の広さにも、大いに感服いたしました」

このところは少し調子が良いようだが、減った目方は戻るきざしがなく、顔色も青白い。それでも体調の思わしくない応挙の代わりに、一門の雑事を引き受けていた。

ふたりに絶賛されれば、以前ならまず天狗になっていた。けれどいまの彦太郎は、面映《おもは》ゆさが先に立った。

「ありがとうございます。これからも精進いたします」と、頭を下げた。

謙虚な姿勢に、応挙は満足そうにうなずいた。

「ちょうどこの印が欠けたころから、目覚ましく上達したな」

それぞれの屏風の端に捺された印に、応挙は目を細めた。やはり氷の右肩は欠けている。

数日、旅に出ているあいだに、誤って欠いてしまった。師や源琦にはその方便で通した。印を削ったのが深山箏白だとは、誰にも告げていない。

彦太郎は曖昧に微笑したが、絵が目に見えて変わりはじめたのは、もう少し経ってからだ。今年の正月、彦太郎は長男の庸介を失った。その三月後、妻のお須磨もいなくなった。

長男を亡くしたときのお須磨の悲嘆は、ひととおりではなかった。

何日も泣き明かし、たぶん最後の一滴まで涙を絞り出してしまったのだろう。からっぽになった虚《うつ》ろな表情で呟いた。

「天罰が、当たったんどすなあ……うちらの罪を、あの子が引き受けてくれはったんや」

「……罰、だと?」

「そうどす。亭主を裏切って、手をとり合って逃げた、その罰どすわ。あんたにそそのかされて不義理を働いたさかい、こないな羽目になったんや」

子を亡くした親は、自分を責める。より強く苛まれるのは、父親より、産んで世話をした母親であろう。もっと丈夫に産んでやれば、もっと気をつけてあげればと悔やむのだ。

お須磨はその重荷に堪えられず、巧みに大本をすり替えた。いまさらだと腹は立ったが、悲しみに暮れる妻を鞭打《むちう》つつもりはない。彦太郎は黙して耐えた。

「この先、どないに子を授かっても、きっと同じどす。うちらの身代わりに、子供の命が奪われるんや」

他人からそしりを受ける行為には、こういう怖さがある。

幼子を失うのは、この時代めずらしいことではない。端午に桃の節句、七五三と、節目節目で祝うのも、それだけ子の成長が難しかったからだ。

よくある不幸にも、過去の罪は敏感に棘をさす。本当なら夫婦そろって乗り越えねばならぬはずが、自分たちの来し方を呪うことになる。

お須磨はそれからも折にふれ、似たような呪詛を唱えたが、彦太郎は何も返さなかった。妻はそれを、夫の無関心ととったのかもしれない。やがては声すら立てなくなった。おあいが生まれる前は、よく言い合いをした。けれど喧嘩をする方が、まだましだったと知った。ひとつ屋根の下にいても、互いに目も合わさず口もきかず、そんな暮らしがふた月は続いたろうか。ある日、帰ってみると、お須磨の姿は消えていた。

最近よく出入りしていた小間物売りと、ねんごろになっていた。おそらくふたりで駆け落ちしたのだろう——。下男夫婦からそうきかされても、そうかとこたえただけだった。

傷心の妻を、放ったらかしにしていた自分にも非がある。

「因果応報とは、よく言ったものだ」

他の男から寝取った妻を、また別の男に寝取られる。皮肉な運命に、自嘲の笑いがこみ上げた。

人は失って初めて、別の何かを手にできるのかもしれない。

金銀が暗い穴から掘り出されるように、このころから胡雪の絵は、いぶし銀に似た光を放つようになった。

茶屋通いだけは相変わらずだが、大好きな酒と女さえ、彦太郎を満たしてはくれなかった。以前は女の肌に包まれているだけで、すべてを忘れることができたが、そのような安直で俗な幸せを求める気持ちは薄れていた。同時に、人を驚かせ注目を浴びたいという、人目や人気を気にすることもなくなった。

何もかもがつまらなく、世界は灰色に翳っていた。

五年前の大火が、たびたび思い出された。あのときの廃墟を、あてもなくただ歩いているような、そんな心地がした。焼けて炭と化した町で、ようやく見つけた——。たったひとつ、最後まで残されていたものが絵であった。

彦太郎は、その絵に己の一切を籠めた。

筆の速さばかりは変わらず、紙に向き合うと一気呵成に描ききる。

描きはじめると、筆が走る音もきこえず、墨のにおいも感じない。

誰もおらず、自分さえいない。過去も現在《いま》も未来《さき》もなく、時間すら途絶える。

そこは、真空の世界だった。

生まれつき、どうしても切っても切り離せなかった。彦太郎のもつ強烈な自我さえ、その中ではかき消える。

音も光も、自分すら消え失せた空間で、筆は本当の自由を得、墨は自在に躍り出す。

紙の上に、それまで見たこともない、新たな世界が現出する。

決して出来に、満足がいくわけではない。ただ、手を止め、息をつく。

眼前に広がるその世界だけが、彦太郎にわずかな安らぎをもたらしてくれた。

「どや、調子は?」

甥と顔を合わせたときの、豊蔵のあいさつだ。

この日、豊蔵は、久しぶりに四条の店に顔を出した。店も四年目にはいり、千代吉もすっかり慣れた。最近は小僧をひとり雇い入れ、この子の方がいまの千代吉より絵がうまいと、ひところは笑い話の種になった
豊蔵のたずねる調子には、客足だけでなく別の意図もあった。

彦太郎はあれ以来、思い出したようにこの店を訪れるようになった。画塾や家から近いから寄りやすいのだろうが、それればかりではなかろう。

「よほどおまえと、馬が合《お》うたんやろな。あの威張りんぼうと、よう話が続くもんやわ」

「おっちゃんとくらべたら、かわいいもんや。それに吉村先生の当ては、わてばかりやあらへんで」

にこにこする千代吉には仏頂面を返すが、豊蔵もまんざらでもない。彦太郎は店に来るたび、とっくりと豊蔵の絵をながめていった。

「『虎渓三笑図《こけいさんしょうず》』だと? 三傑がどこにおるというのか」

おおむね辛口なのだが、彦太郎らしい正直な評であり、豊蔵は内心楽しみにしていた。

もっとも直にきいたことは一度もない。捌《さば》ききれぬほどの注文に追われ、もともと出不精

でもある。こうして店に足を向けることは滅多にないのだが、三日に一度は千代吉が上京を訪れて、注文を伝えたり大福帳を見せたりするから不便はない。その折に、吉村先生が来はったと、事細かに伝えてくれた。

「あの『虎渓三笑図』は、わてもお客さんにたんねられて困りましたと、吉村先生にはおこたえしてな。おっちゃんに言われたとおり、三傑はこれやと示しましたんや」

「あいつは、何と言うとった？」

「『相変わらず、人を食うておる』と、笑《わろ》うてはりましたわ」

唐の高名な僧が、修行のために山に籠もった。虎渓という渓谷から外へは出ないと自ら戒めていたが、そこへふたりの友人が訪ねてきた。楽しいひと時を過ごし、ふたりを見送りがてら歩いているうちに、うっかり虎渓から出てしまう。談笑に気をとられ、固い戒めをあっさりと破ってしまったと、三人は大笑いする。

画題として好まれ、豊蔵と親睦の深かった池大雅《いけのたいが》も描いている。大雅も、また他の多くの絵師も、大笑する三人をまず描くのだが、筝白の絵はまったく趣が違う。水煙を上げる真っ白な帯のような滝と、石英を一枚ずつ重ねたような端正な岩肌。風景を描いた山水図《さんすいず》にしか映らず、つまりは主役は虎渓である。

肝心の三傑は、絵の左隅に、豆のような小ささで描かれていた。注文した客は大いに呆れ、けれど後になって、面白いと仲間うちで評判になったと機嫌よく知らせにきた。

名が上がろうと注文が増えようと、この手の悪戯をやめるつもりはない。おかげで『月夜《げつや》山水図《さんすいず》』には月がなく、『蘭亭曲水図《らんていきよくすいず》』も主役たる四十一人の名士はやはり豆である。

一方で山水図の見事さは、年を経るごとに際立ち、観る者をうならせた。超絶と称される細かな筆の技巧と、流麗で自在な線によって立ちのぼる雲と霧。幻想をたたえた風景は、施した小さな悪戯を凌駕《りようが》するほどに美しかった。

「初冬の森にただよう、ひんやりと冷たい朝霧のにおい。たとえるなら、そんなにおいだ」

箏白の山水図屏風の前で、さる通人はそう評した。趣はまったく違うが、同じにおいを別の画家に感じたという。

円山応挙である――。

「たちの悪い冗談や」

人を通して伝えきいた豊蔵は、にべもなく吐き捨てた。箏白の応挙嫌いは画壇でも有名で、不思議な一致として、通人たちのあいだでは語られた。

しかし今日の千代吉は、応挙について別の噂を仕入れていた。

「どや、調子は」と言うと、「おかげさんで」とか、「ぼちぼちでんな」と、千代吉はまずこたえる。この日はそれがなく、屈託ありげに切り出した。

「あんな、おっちゃん、このところ吉村先生を見かけん思とったんやが」

「何や、加減でも悪いんか？」

「加減が悪いんは、吉村先生やなく、円山先生なんや」

悲しそうにしおたれた。甥の深刻な表情が、病の重さを物語る。

ざわりと、たしかに悪寒が走った。急に砂埃でもわいたように、妙に目がしぶしぶする。

しきりにまばたきをくり返すうち、口だけが勝手にしゃべり出す。

「そないなはず、あらへん……応挙はつい先だっても、弟子を引き連れて播州へ足を延ばしとったと、千代吉、おまえがそう言うとったやないか」

「うん、吉村先生から、お土産の播州素麺《そうめん》もいただいた」

応挙が播州香住《かすみ》の大乗寺へ赴いたのは、ほんの三月前、この四月のことだ。大火の前年にも訪れたから、二度目となる。八年前は加えられなかった胡雪も今回は同行し、未完であった障壁画をすべてやり遂げたと、そうきいていた。

「三月前にぴんぴんしとったもんが、あっさりとくたばるわけがなかろうが！」

「おっちゃん……」

自分でも思いがけない狼狽《ろうばい》ぶりだった。応挙は豊蔵にとって、まさに目の上のたんこぶであったはずだ。鬱陶しいこぶがようやくとれて、晴々しく視界が開けるはずが、少しも嬉しい気持ちがわかない。

「たぶん、旅の無理が応えたんやろな。円山先生は、旅慣れとらんときいとったさかい。播州から京に戻って、具合がすぐれんようにならはったそうや。円山先生のもとにしょっちゅう出入りしとる筆墨屋の話やから、間違いあらへん」

目と足は、ずいぶん前から悪くなっていたが、この二年はどうにか凌いできた。あるいは自らの体力の衰えを悟って、無理をしてでも弟子との最後の仕事をやり遂げたかったのかもしれない。

旅を終えてから急激に衰え、それでも筆だけは握っていたが、腕に力が入らないのだろう、落款すら入れられなくなった。

「この十日ほどは、臥せったきりやそうや」と、千代吉は肩を落とした。

妻子や弟子たちは、片時も傍を離れず看病に当たっているという。

「応挙の奴、何をねぼけたことを。若冲《じやくちゆう》を見てみい、八十にもなって未だにぴんぴんしとるんやぞ。あのクソジジイより、応挙はよっぽど若い。六十を越えたばかりやろうが。あと十年は生き恥をさらしてもらわんと、帳尻が合わんやないか！」

二十年もの長きにわたり、応挙は京画壇の頂点に君臨し続けた。ふもとで豊蔵が小石を投げようと何をわめこうと、富士のような美しい稜線は崩れず、端然とそこに在った。

応挙が退けば、まるで京画壇という山そのものが瓦解しそうな、豊蔵が覚えた焦りは、おそらく他の平安絵師たちも感じていたはずだ。応挙の後、当代一は伊藤《いとう》若冲となろうが、もともと画壇そのものに背を向けて隠遁しているに等しい。京絵画の繁栄は、応挙がそのまとめ役、牽引役を担っていたからこそ、盤石の上に築かれていたのである。

わめき散らしていた伯父が静かになると、千代吉がそろっと言った。

「おっちゃん、八坂さんに行ってみぃひんか？」

「……あいつの本復祈願なぞ、せえへんぞ」

「そうやあらへん。お母ちゃんの風邪がようなったさかい、お礼参りや」

妹をもち出されては、豊蔵も断る術《すべ》がない。ぶつくさと文句をこぼしながらも、小僧に留守を任せ、甥と一緒に店を出た。

京の夏の暑さは、旅人の語り草になるほど際立っている。七月半ば、すでに立秋は半月以上も前に過ぎていたが、残暑とは呼べぬほど太陽は照りつけて、四条通りにも陽炎《かげろう》が立っていた。

通りを東へ行き、途中、応挙の画塾を通ったが、いつになくひっそりとしていた。中では源琦や胡雪をはじめとする弟子たちが、師の枕元に張りついて、それこそ必死で神仏に祈っているのだろう。

朱の鳥居が鮮やかな八坂神社へ着くと、あくまで母のお礼詣でだと言い張りながら、千代吉は初穂料を納め、祈禱《きとう》をお願いした。

「そういや、おっちゃん、神仏なぞ拝んだんは初めてやあらへんか？」

「ほんまや」

帰りがけ、甥に言われて初めて気づいた。神や仏にすがったところで、気休めにしかならない。その信念は変わらぬが、ときには気休めも必要かと、胸の中で独り言ちた。

おそらく都中の者たちが、同様に快癒を願っていたに違いない。

その甲斐もなく、寛政七年七月十七日、円山応挙はこの世を去った。

*

豊蔵が彦太郎に会ったのは、応挙の死から二年が過ぎた秋だった。

四条の店の暖簾をくぐると、千代吉と小僧の姿はなく、客らしき男がひとり絵に見入っていた。

彦太郎だとすぐにわかったが、一瞬、声をかけるのをためらった。その横顔が、ひどく思い詰めて見えたからだ。相手が先に気配に気づき、ふり向いた。

「おまえか……久しぶりだな」

「ほんまやな。会うたのは、あの晩以来か」

橋から落ちた彦太郎がころがり込んで、氷形に魚の印を豊蔵に削られた。あれから五年が過ぎていた。決して親しく行き来する間柄ではないから、その程度の間はいつものことだ。

ただ五年ぶりに見る吉村胡雪は、まるで別人のように面変《おもがわ》りしていた。

ふっくらとした輪郭と、きかん気の強い眼差しのために、いつまでも子供っぽさが抜けなかったが、一気に十年をとび越えたように、ひどく落ち着いて見えた。蛹《さなぎ》が成虫になるかのように、子供の皮をすっぽりと剝ぎ、老成した雰囲気すらただよう。

「何や、ちっと見ぬ間に、ずいぶんと老けたな」

「おまえこそ、しばらく見ぬ間に、すっかりジジイになったな」

悪態だけは昔のままだ。少しほっとして、上がり框《がまち》に腰を落とした。

「なんや、千代吉はおらんのか？」

「買物に行くと言って、小僧を連れていましがた出ていった。帰るまで留守を頼まれてな」

「商売敵に店番を任すやなんて、きいたこともないわ」と、豊蔵はぼやいた。

「千代吉は、良い若者だな……先生の葬儀の折も心から悲しんでくれ、この前の三回忌にも、忘れずに来てくれた」

「なんや二年前に負けんほど、人が仰山集まったそうやないか」

二年前、応挙の葬式が営まれ、京中の人々が当代一の画家の死を惜しんだ。滅多に人前に姿を見せぬ伊藤若冲までが参列したと、当時はたいそうな語り草になった。

「あの偏屈なジジイが、ようあの山寺から下りてきたもんや」

と、それればかりは豊蔵も驚いてみせた。

「そういえば、おまえからもたいそうな香典をいただいたのだったな」

「あれは千代吉が、勝手にもって行きおったんや。まったく、よけいなことを」

「やはり、そうか。おかしいとは思っていたが」と、彦太郎が苦笑する。

「式とつくもんは、祝い悔やみにかかわらず好かんのや。肩が凝ってかなんからな」

豊蔵ははなから参列する気なぞなく、代わりに頼みもしないのに千代吉が出向き、名代の名目で香典まで置いてきた。決して伯父の面目のためばかりでなく、親しくつき合う彦太郎の悲しみを慮《おもんぱか》ってのことだ。若い千代吉の思いやりを、彦太郎は素直に受けとめているようだ。

彦太郎はまた、壁にかけられた絵に見入った。

「なんや、その絵がどないかしたか」

「……何というか、似ていてな」

「昨日の女子に似とるとでも、言うつもりやないやろな」

「いや、出ていったおれの女房だ」

豊蔵は思わず、鼻の上にしわを寄せた。

画題は『美人図《びじんず》』であったが、見た者は『狂女図《きょうじょず》』と呼んだ。そういう絵だったからだ。

掛け軸にちょうど良い寸法の紙に、ひとりの女の立ち姿が描かれている。焦点の定まらない、気がふれたようにも見える目つきは、箏白が女を描くときの癖のようなものだ。女という題に箏白なりの皮肉や風刺を加えると、馬鹿な男どもを嘲笑《あざわら》ってでもいるような、独特の笑いを含んだなまめかしい表情となる。

ただ、この狂女図だけは、少し趣が違っていた。すそから見える蹴出《けだ》しは、血のように赤い。女は裸足《はだし》で、まるで血を流しながら、枯草が茂る荒野をあてもなく歩いているかのようだ。決して遊女ではなく、髪型や着物から高貴な生まれだとわかる。笑んだ唇には、幾重にも引き裂かれた文を噛みしめ、下腹はややふくらんで見えた。

恋に破れ、男に捨てられた哀れな女。男の残した文と子を抱えたまま、狂気の中を戻らぬ男を探しもとめる――。

誰もがそのように了見した。実をいうと豊蔵自身には、そこまで明確な意図はない。『美人図』を頼まれて、何となく筆を走らせていたら、こうなってしまった。その程度のものだ。出来は悪くなかったが、注文主の気には染まず、仕方なく店に飾っておいたという代物だった。

「……そら、よほど性悪やったんやな」

女房が他所の男と駆け落ちしたという噂は、豊蔵も知っている。精一杯の軽口だった。

「たしかに、そのとおりだ。正直、近頃では思い出すこともなくなっていた。顔すら忘れかけていたが、この絵を見ていると、こんな女だったような気がしてな」

夫婦喧嘩の声は耳にしたが、彦太郎の女房を、豊蔵は一度も見ていない。婀娜《あだ》っぽい美人だとは伝えきいていたが、この絵に似ているというのなら、妻も、そして夫も、決して幸せではなかったろう。そう思えた。

「さて、行くとするか……いつまでも油を売るわけにもいかぬからな」

未練を断ち切るように、彦太郎は腰を上げた。

「そう急がんと、ゆっくりせえ。おっつけ戻るやろうし、千代吉ががっかりするわい」

めずらしく豊蔵が引き止めたのは、相手の顔に何がしかの屈託を認めたからだ。ひどく疲れているようにも見える。

「そうもしておられん。葬儀の仕度があるからな。寺へ頼みに行く途次であったが、店先で千代吉に呼び止められてな、つい腰を据えてしまった」

「葬儀て、誰のや？」

「源琦殿だ」

「何やて！」

豊蔵が、目をむいた。

今日の夜明け前、源琦は息を引きとったという。

八月八日。応挙の三回忌から、ひと月も経っていなかった。

「あいつはたしか、わしより三つ四つ下やろ」

「まだ、五十一であられた」

彦太郎は、力なくこたえた。未だに兄弟子の死が実感できていないのだろう、どこかぼんやりした表情だった。

「先生が亡くなられて、誰より応えているはずが、幸之助殿には気落ちしている暇もなかった。おれにできることなぞ、限られていてな。絵より他は役にたたぬ……誰もが幸之助殿を頼りにし、それ故、無理がたたったのだろう」

自分の力不足が、源琦の死を早めた。遠まわしながら、その悔いは豊蔵にも理解できた。

応挙の三回忌の仕度も、源琦が先頭に立っていた。これを無事に済ませ、まるで揺り返しのように、長く冒されていた病魔は口をあけたのかもしれない。わずか二十日ほどで、源琦は師の後を追った。

「おれ以上に、師との結びつきが強かった。幸之助殿には、本望であったのかもしれん」

晩年、目を病んだ応挙のために手ずから絵具を溶き、師の死後は、遺《のこ》された息子の応瑞の良き相談相手になっていた。ただ一途《いちず》に、応挙と円山派のために心を尽くし、生涯を捧げた。己に構う暇などなかったのだろう、妻を娶ることもなく、独り身を通した。

早過ぎる源琦の死が、円山派の衰退を招いたと言われる。

低い地響きに似た瓦解の音が、門外漢の豊蔵にすらきこえる気がした。

「おまえ、大丈夫か」

つい、らしくない言葉が口をついた。彦太郎が、ふっと笑う。

「おまえに案じられるようでは、いかんだろうな」

冗談めかした声は、乾ききっていた。

豊蔵はそれ以上何も言えず、ではな、と彦太郎は背を向けた。

「おい、忘れとるぞ」

座敷に、煙草入れが置かれていた。枇杷《びわ》に蟬がとまった根付がついている。

彦太郎が左からふり向いて、豊蔵は煙草入れを放った。煙草入れは、上げた彦太郎の左手に納まらず、額の左側に当たった。

「乱暴に放るな、この根付は幸之助殿からいただいたのだからな」

文句をこぼしながら、土間に落ちた煙草入れを拾い、帯に手挟《たばさ》んだ。

豊蔵は、そのようすをじっと見つめた。乱暴に放ったつもりはなく、煙草入れは、きれいな弧を描いていた。曲独楽を得意とする彦太郎なら、難なく受けとめられたはずだ——。

ふいに悪寒がして、後を追うように豊蔵は外へ出た。

「見送りなら、いらんぞ」

迷惑そうに顔をしかめられたが、ああ、と豊蔵はあいまいにこたえた。

小柄な姿が往来の人込みに呑み込まれるまで、豊蔵はその場を動けなかった。

「あいつが怪我したのは、右目やろ……何で左があかんのや」

呟くと、言い知れぬ不安が、足許から這い上がってきた。

同時に何故だろう、とても大事なことを、言い忘れているようなもどかしさが残る。
思えば、虫の知らせだったのかもしれない。
ふたりの出会いは、これが最後となった。

第十三章・旅立ち

「せんせ、また目の具合があかんのですか？」

まだどこか幼さの残る顔が、心配そうにこちらを窺う。気がつくと、右手の筆が止まっていた。ちょっと考え事をしていたと、彦太郎《ひこたろう》は笑ってごまかした。

「そろそろ京に戻らねばと思うてな」

「たった五日やおまへんか。たまにしかお出《い》でにならんのやさかい、もう五日いてくれはっても罰はあたりまへんえ」

五日は無理だが、あと二日は厄介になると、彦太郎はこたえた。

「次はいつ来てくれはりますの？」

「京へ戻ってみんことには何とも……だが、ひと月は間があかぬだろうよ。地回りは、おれが引き受けたからな」

地回りとは、いわば田舎回りである。応挙《おうきょ》や源琦《げんき》の死後も、方々から注文は来る。やはり目に見えて減ってはいたが、それでも仕事の量は変わらない。櫛《くし》の歯が欠けるように、弟子たちが次第に門下を離れていったからだ。その分を残った者たちが捌かなければならない。京の客は応挙の息子、応瑞《おうずい》に采配を任せ、彦太郎はもっぱら都の外に出ることが多くなった。かつては軽んじていた旅絵師のような暮らしぶりだが、同輩たちと気まずい顔をつき合わせることもなく、ひとりでいられる気ままさが彦太郎には向いていた。

京から西へ向かうときには、必ず大坂を通る。その折に同じ茶屋に立ち寄るようになったのは、小笹《こざさ》がいたからだ。

「ひと月なんて、長過ぎますわ」

口を尖らせると、いっそうあどけない。若い小笹には、過ぎゆく月日はそれこそ倍ほども長く感じられるのだろう。小笹は二十歳になったばかりだった。

芸妓のような芸をもたぬ、しがない遊女だが、京の芸妓を見馴れた彦太郎には、気さくで屈託のない歓迎が新鮮に思えた。

小笹と初めて会ったのは、兄弟子の法要を済ませたころだった。源琦の死は、ある意味応挙以上に彦太郎には応えた。

――亡き師匠に代わって、己がしっかりしなければ。

そう言いきかせ、二年のあいだ源琦とともに、必死で一門を守ってきた。前だけを向いて、円山《まるやま》派という大神輿《おおみこし》を懸命に担いだ。その後ろの担ぎ手が倒れ、重い神輿は一寸も前に動かなくなった。途方に暮れて立ち尽くす彦太郎の前に、無邪気な天女のように小笹が現れた。

「派手な傷ですなあ。どこで果し合いをされたんですか？」

女たちが目を逸らす傷を、めずらしそうにしげしげとながめ、ひとかどの絵師ときいても
まったく臆することがない。

「せんせ、この牛、疲れてはりまんのか？　なんやいまにも死にそうな牛に見えますわ」

傍らにいた遣手婆《やりてばば》は血相を変えたが、裏表のない気性を彦太郎は気に入った。以来、馴染
みとなって、二年近くが経つ。妻子や師を失って以来、初めて見つけた人のぬくもりであり、
灯《ひ》でもあった。

同じころから、その灯りを蝕《むしば》むように、じわじわと彦太郎の周囲に闇がはびこりはじめ
た。気を抜くと、たちまち呑み込まれそうになり、そのたびに絵筆が止まった。

「せんせ、夜はやっぱり見えづらいんとちゃいますか？　少し休まはったらいかがです？」

心配そうな小笹に、そうだなと返し、筆をおいた。

「根を詰め過ぎたようだ。夜風にでも、あたってくるとしよう」

「足許が暗《くろ》うては難儀やさかい、誰ぞに提灯《ちょうちん》持ちを頼みまひょか」

「その辺をぶらつくだけだ。よけいな供はいらん」

でも、と小笹はやはり案じ顔を向ける。

「見えぬわけではない、心配するな。先に休んでいても構わぬぞ」

「お戻りになられるまで、待っとります」

忠犬のように、妙に真面目な顔をした。頬がふっくらとして、目じりが少し垂れている。胡雪が得意とする、応挙譲りの仔犬によく似ていた。

笑顔を返し、ひとりで店の外に出た。

この大坂新町《しんまち》は、江戸の吉原《よしわら》、京の嶋原とならび、三大遊郭の一とされていた。江戸の吉原は、夜も昼間のような明るさだときくが、負けず劣らぬほどに提灯の数は多い。後ろ盾は大坂の豪商たちであり、色のためばかりでなく商談にもよく使われた。大坂は天下の台所で、いわば国中の金と物の流れが、この新町遊郭で決められるといっても言い過ぎではない。店々の構えは大きく、建物や庭の造作も凝っている。衰退しはじめた嶋原よりも、よほど栄えていた。

けれどもいまは、にぎやかな喧騒も提灯の眩《まぶ》しさも、うっとうしく感じられる。

彦太郎は遊郭を抜け、大坂城の方向にぶらぶらと歩いた。

新町の喧騒が届かなくなったころ、灯りも途絶えた。半分以上欠けた月だけが、頼りなく足許を照らす。

どのくらい歩いたろうか、背後からついてくる足音に彦太郎は気がついた。

立ち止まってふり返ると、相手も足を止めた。

「誰だ。おれに何か用か？」

闇に向かってたずねると、月明かりにたたずむ影が声を返した。

「ご無沙汰しておりますな、吉村《よしむら》先生」

しゃがれた声は、きき覚えがあるような気もしたが思い出せない。相手がゆっくりと近づいてきた。

「わてをお忘れでっか？　そら、あまりに情けのうおますわ、吉村先生」

かすかな白い明かりに、しなびた茄子のような年寄の顔がほの見えた。

「おまえ、有田屋《ありたや》俵兵衛《ひょうべえ》か……」

お須磨《すま》の元亭主で、大坂でも指折りの木綿問屋の主であった。

最後に会ったのは、ちょうど十年前になる。彦太郎と駆け落ちしたお須磨のもとへ、復縁を迫り、何度も京を訪ねてきた。白髪頭だけはあのころと同じだが、腰は曲がり、しわで肉が削《そ》がれたように、顔は歳月の倍ほども老けて見えた。

「いまさら、何用だ？　女房を返せと言われても、お須磨はすでにおれのもとを去ったぞ」

「ほんまに、いまさらですわ」

俵兵衛は鼻で笑ったが、目だけが妙に底光りしている。

「そないなこと、とうに知っとります。今年になって、お須磨に会いましたさかいな」

「本当か？　お須磨は、いまどこに？　達者でおるのか？」

矢継ぎ早の問いを断ち切るように、俵兵衛は奥歯を噛みしめた。

「お須磨は、ふた月前に亡《の》うなりました」

「何だと……」

「こんぴらさんに近い場末の色街で、見る影もなく痩せ衰えて……許してほしいと最期までわてに詫びながら、死によりましたわ」

四国金比羅宮は、国中から参拝者が訪れ、色街もにぎわっている。旅の路銀に詰まったか、あるいは最初からその目論見でいたものか、一緒に逃げた小間物売りにお須磨はたたき売られたという。歳がいっているために、たいした稼ぎにならない。最下層の遊女屋で連日客をとらされて、からだをこわした。金比羅宮を訪れた商人仲間から伝えきいて、俵兵衛が駆けつけたときには、もう手遅れだった。

「わてがあのとき身を引いたんは、お須磨の幸せを願《ねご》うてのことや。ややができた、どうか産ませてほしいと乞われて、泣く泣くあきらめたんや。なのに……」

俵兵衛が、両のこぶしを握りしめた。

「なんでお須磨を、大事にせえへんかったんや！　あんたが大事にしてくれはったら、あないにみじめな死に方はせんかったはずや！」

しわがれた叫びは、やがて嗚咽《おえつ》に変わった。人通りの絶えた暗い通りに、すすり泣きだけがしみわたる。

「有田屋、おまえの言うとおりだ……責めはすべて、おれにある」

殊勝な詫びも、開き直りのように、俵兵衛にはきこえたのかもしれない。泣き声がやみ、俵兵衛がふたたび顔を上げた。

「詫びて済む話やない。あんたにも、お須磨と同じ罰を受けてもらわんと、わての気が済みまへん」

俵兵衛が、帯に手挟んでいた脇差《わきざし》を抜いて、鞘を払った。

その両眼は、何かに憑かれたように狂気をはらんでいた。逃げた女房への恋慕は、押さえつけていた十年のあいだに妄執と化し、お須磨の死で溶岩のごとく一気に噴き上がった。

「有田屋、おまえ……それほどまでにお須磨を」

大坂屈指の商人たる分別などどこにもない。目の前にあるのは、恨みに凝り固まった哀れな年寄の姿だった。

それでも彦太郎とて武士のはしくれだ。腰の曲がった年寄の刃《やいば》など、簡単にかわせる――、はずだった。

だが、からだをかたむけた拍子に、脇差を握りしめた姿が視界から消えた。

あ、と気づいたときには遅かった。脇腹に、鈍い痛みを感じた。

からだごとぶつかってきたのだろう、刃の半分までが腹に埋まっていた。

「ひ、ひいいい！」

自分が刺されたかのような悲鳴をあげて、俵兵衛が柄を握りしめたまま後ずさった。刃が抜けて、どくりと血がこぼれた。暗闇では、それは黒く見えた。塞ぐように思わず傷を押さえたが、まるで墨に浸したように、たちまち手を真っ黒に染める。

からだがぐらりとかたむいて、尻が落ち、背中から地面に倒れた。

俵兵衛の悲鳴と、乱れた足音が遠ざかる。

「おれとしたことが、下手を打った……」

――ここで、死ぬのか。

そう思ったとたん、ふいに途方もない寂寥《せきりょう》に襲われた。

どうせろくな死に方はしない――。誰にもそう言われ、彦太郎自身も、人並みに畳の上では死ねないと、どこかでそう思っていた。実際、淀の生家でも、京の画塾でもない。旅先の路傍で、誰にも看取《みと》られず果てようとしている。

予想していたはずなのに、震えがくるほどに恐ろしかった。

「……どのみち、皆、向こうにおる。好き勝手を、通してきたのだ……いまさら今生《こんじょう》に、未練など……」

口の中で無理に呟くのは、怖くてならないからだ。応挙も源琦も、お須磨も幼い子供たちも、先に逝ってしまった。その顔が次々とよぎり、ふと不機嫌な面差しが浮かんだ。

長い顔に、長い鷲鼻。白目の多い、不機嫌そうな目つき。

不快きわまりない男の姿が、いまは懐かしくてならなかった。吉村胡雪《こせつ》の死を、誰よりも悼んでくれるのは、いまとなっては深山箏白《みやまそうはく》かもしれない。何故だかそう思えた。

最後に小笹が浮かんだ。画家としての己ではない、吉村彦太郎を惜しんでくれるのは、小笹だけだろう。いまもきっと、彦太郎の帰りを待っている。親を待つ仔犬のような、ひたむきな目が思い出された。

気がつくと、彦太郎は泣いていた。仰向《あおむ》いた目尻から涙が垂れ、耳の中に流れ込む。嗚咽もなく、ただ黙って泣きつづけた。

涙で曇った視界に、ちかりと何かがまたたいた。

北を示す、大きな星だった。

「妙見菩薩《みょうけんぼさつ》か……」

北極星を神としたものが、妙見菩薩である。

励ますように見守るように、頭上にある星々は、地に横たわる彦太郎に、静かな光を投げていた。

「そういえば……星を描いたことは、一度もなかったか」

山水と雲や霧、月に虹。あらゆる自然を描いたつもりでいたが、何故か星々を写しとったことはなかった。ひどく不思議な思いにとらわれて、彦太郎は右手を伸ばした。墨染の手が視界を塞ぐだけで、星には届かない。

描きたい――――！　ふいに強烈な思いが突き上げた。

描くことでしか、あの輝きは得られない。手と筆と墨を通して初めて、その真価を垣間見ることができるのだ。

あの星々を、描きたい——。描きたい、描きたい、描きたい——!

彦太郎の胸の裡《うち》の叫びが、届いたのかもしれない。

北極星が、うなずくようにに大きくまたたいた。


吉村胡雪の大坂での客死は、数日後、京の深山箏白のもとに伝えられた。

＊

逆巻く波頭が襲いかかるように、その岩は牙をむく。

豊蔵《とよぞう》は微動だにせず、『海浜奇勝図《かいひんきしょうず》』の左隻をながめた。

名にたがわぬ奇異な景色が、屏風いっぱいに広がっていた。

左隻に異様に大きな奇岩、右隻には浜辺に東屋《あずまや》と、人の姿も描かれている。

昨年、京のさる商人が吉村胡雪に描かせたもので、豊蔵はわざわざその家に赴いて見せてもらった。

「正直なところ、わてはいまひとつ気に入っとらんのですが」

と、主人は、酸っぱい蜜柑《みかん》を口に入れたような顔をした。

「せっかくの金屏風やさかい、もっとこう、渋うて落ち着いた趣にしてほしかったんどすが、出来上がったもんはこのとおり突飛な景色や。派手が過ぎて品があらへんと、好事《こうず》仲間からも散々どしてな」

千利休《せんのりきゅう》が築いた侘《わ》び寂《さ》びは、二百年を経た今日でもすたれていない。枯れた風情の中にこそ真の美がある。その考えは未だに根強かった。

金というもっともきらびやかな背景には、勢いを抑えた静かな佇まいの絵こそふさわしい。応挙なら間違いなくそうしたはずだ。しかし胡雪は、まったくの逆を行った。

金地とせめぎ合うほど猛々しい岩を、屏風の左側に配した。人の不安をあおる意図か、構図はひどく偏っている。岩の上部は屏風からはみ出して、波に洗われた岩の足許には、向こうまで丸見えになるほどの大きな洞が穿《うが》たれる。まるで巨大な狼が口をあけているようだ。岩の咆哮《ほうこう》がきこえたようで、ぶるっと思わず身震いした。

「品やら落ち着きやら、つまらんことを。こいつは紛うことなき、胡雪の傑作や」

豊蔵は、そう断言した。深山箏白も、いまでは京で名を知られる絵師だ。太鼓判を押され、主人はにわかに頰をゆるめた。

「……にしても」

尖った顎を撫でながら、豊蔵は左右の屏風を見くらべた。

ひとつだけ、気になることがある。左右の絵のつりあいが悪いのだ。画面からはみ出すほどの奇岩の大きさと筆の迫力に対して、右隻に描かれた浜辺と東屋は筆致が弱い。奇をてらう胡雪だから、意図して描いたと言われれば誰もが納得しよう。だがこうして並べてみると、妙にちぐはぐな印象が、らしくないと豊蔵には思えた。

「そういえば、深山先生、去年の東山書画会《ひがしやましょがかい》の『五百羅漢図《ごひゃくらかんず》』は、ご覧にならはりましたか。あの絵も吉村先生の珍品として、たいそうもてはやされましたな」

東山書画会とは、名のとおり京東山で催された『新書画展覧』のことである。主催者は皆川淇園《みながわきえん》。門弟は国中に三千人と言われる高名な儒学者で、多趣味でも知られる人物だ。ことに絵には造詣が深く、自身も山水画をよくする。東山書画会は、七年前、寛政四年から淇園がはじめた。文人たちに声をかけ書画をもち寄り、皆で鑑賞し合うというものだ。

年に二回催され、豊蔵も何度か誘われたが、無視を決め込んだ。淇園の絵の師匠が、他ならぬ円山応挙だったからだ。互いに歳も近く、親友と呼べるほどの親しい間柄で、応挙の死を誰よりも惜しんだのは淇園であった。

そんなこともあって、豊蔵は関わるつもりはなかったのだが、去年の四月の会だけはないがしろにできなかった。その絵の評判を伯父の耳に入れたのは、いつものとおり千代吉《ちよきち》である。

「吉村先生がな、初めて細《こま》い絵を描かはったそうや。これがまた吉村先生らしく、とびきりの小ささで、虫眼鏡で見んとわからんくらいの代物なんやて」

胡雪は大作を好み、得意としていた。そんな画家の極小の絵がどのようなものかと、にわかに興味がわいた。豊蔵はその日のうちに東山へと足を延ばした。

東山書画会は、年を経るにつれ盛況となり、いまでは国中から三、四百もの絵画が集まり、海を越えた清国などからも絵が寄せられるときく。当然、一日で鑑賞できる量ではなく、時折展示を替えながら数日にわたって催される。参加した画家ばかりでなく、絵を求める客などを出入りでき、後世の展覧会の先駆けとなった。

絵を出品していない豊蔵も、難なく入ることを許されたが、千代吉が言ったとおり、胡雪の絵の前には黒山の人だかりができていた。

「一寸四方とはまた、きさしに勝る細かさどすなあ。ほんまに五百も聖《ひじり》さんがおりますんかいな」

「なにせ一寸いうたら親指より短い。さすがに五百は無理がありまっしゃろ」

「いやいや、たしかに五百はおりますぞ。おまけに羅漢だけやない。松の木に岩、白い象、獅子や龍虎まで描かれておりますわい」

人だかりの最前列で、虫眼鏡を手にした男が叫んだ。どうやら虫眼鏡は、観覧者のために絵の脇に据えてあるようだ。誰もがそれを握りしめ、壁に額をくっつけるようにして同様の驚きを口にする。たいそう待たされて、ようやく豊蔵も絵の正面に立つことができた。

虫眼鏡を渡されるより前に、豊蔵がうなった。

白い象を真ん中にして、羅漢が思い思いの姿でくつろいでいる。羅漢とは修行を終えた聖者のことで、数えることすらできそうもないが、たしかに五百におよびそうだ。羅漢の頭は、米粒はおろか、針の先ほどの小ささだ。にもかかわらず、すべて姿形が違う。立っている者座る者、腰をかがめた者と姿勢もさまざまで、さらにその衣は白、朱、墨などで塗り分けられていた。

執念すら感じるほどの筆の細かさに、さすがの豊蔵も舌を巻いた。

「やはり吉村先生は、伊藤《いとう》先生と張り合うつもりやあらへんか？　ほれ、二年前に伊藤先生も五百羅漢を描かはって、この書画会に出しましたやろ」

「そういや、軸一幅に五百羅漢を描かはりましたな。あれもたいそうな評判どしたわ」

「円山先生が亡くならはったいま、当代一は伊藤先生や。吉村先生は、その上を行かななら んと気張っておられるんやろ」

負けず嫌いで、奇をてらうことを好む。いかにも胡雪らしいと声高に噂し合う者もいたが、豊蔵はどこか腑に落ちなかった。何が引っかかるのか、そのときはわからなかったが、いま奇岩図を前にして、初めて違和感の正体に気づいた。

放った煙草入れを、彦太郎は受けとめられなかった。あのとき感じた不安と同じものだ。

巨大で危うい奇岩図と、極小の羅漢図。両者はほぼ同じ時期に描かれた。

大画が描きづらくなったから、小画を試した。そういうことではなかろうか。わざわざ若冲《じゃくちゅう》と同じ五百羅漢を題にしたのも、その意図を隠すためかもしれない。思惑どおり極小の羅漢図は、当代一の絵師に対する、子供っぽい挑戦と受けとられた。

「あいつはやはり、目を悪うしとったんやなかろうか……」

ひそかに呟いた。一方の絵のもち主は、最前から何やらききたそうにもじもじしている。豊蔵が礼を言い、帰り仕度をはじめると、上目遣いで切り出した。

「深山先生と吉村先生が、親しゅうされとったとは知りませんでしたわ。吉村先生があないな始末にならはって、わても残念でなりませんでしたが……なんやその、いったい大坂でどないな目に遭わはったんか、深山先生やったらご存じやおへんか？」

「親しゅうしとったら、当人から直に見せてもろうたわ。わしは何も知らん」

不機嫌に言い捨てて、豊蔵は商家を後にした。

吉村胡雪の訃報が届いてから、ひと月が経とうとしていた。

彦太郎が死んだのは梅雨の最中、六月八日だった。大坂で荼毘《だび》に付され、かの地の寺で葬儀が営まれた。

応挙と深い親睦があり、胡雪とも親しかった皆川淇園は、大坂の葬儀にも参列した。方寸の羅漢図は、永代の宝物としてほしいと、大坂のその寺に寄進されたという。

甥を通じて豊蔵が知らされたときには、すでに葬儀は済んでいた。

「あないに仲ようさせてもろうて、葬式にも行けへんかった。情けのうてたまらんわ」

千代吉はことあるごとに涙をこぼし、未だに元気がない。

顔には出さぬようにしているが、豊蔵も同じだった。

筆に墨を含ませても、紙に落とすより先にみるみる乾いていく。ちょうどそんな具合だった。どうにも筆をもつ気が失せて、注文も溜まるに任せている。

何をする気もせず、日がな一日だらだらと酒ばかり過ごしていたが、今朝ふと思い立って、ひと月ぶりに下京まで出てきた。『海浜奇勝図』をはじめ、胡雪の絵を二、三見てまわったのである。気晴らしになるかと思ったが、行く先々で、同じ好奇に逸《はや》った目を向けられて、いっそう気が塞いだ。

「噂好きな京雀どもが。どいつもこいつも根掘り葉掘りほじくりおって」

四条通りを行きながら、忌々しげに吐き捨てた。

高名な画家の客死は、都の話題をさらった。

夜分、往来で刺されたという死に様は、生前の破天荒な生きようと相まって、あらゆる憶測を呼んだ。襲った暴漢は単なる物取りではなく、画家に恨みを抱いた人物だった。まずその噂がとびかって、さまざまな流言が語られた。胡雪のあまりの才を嫉んだ同門の弟子、かって捨てた昔の女、いや、同じ娼妓を争っていた男の仕業だと、つけられる尾ひれの色には際限がない。さらには絵に行き詰まった果てに切腹したという、自害説まで加わって、人の口にのぼるほどに真実は闇に落ちていく。

世間がかしましく騒げば騒ぐほどに、胡雪が死んだという実感は遠のいた。

すべてがぼんやりして、ただ鬱陶しかった。

四条の店へ行っても、しょんぼりした千代吉の顔が待っているだけなのだが、純粋に彦太郎の死を悲しむ姿を目にするだけで、いまは慰めになろう。豊蔵は鈍い足取りで店へと向かった。

店の暖簾が遠くに見えたとき、中から千代吉がとび出してきた。ひどく興奮しているようすで、こちらに背を向けた格好で走り出す。豊蔵はあわてて呼びとめた。

「おっちゃん、良かった！　これから上京へ走ろう思てたんや」

「何ぞ、あったんか？　この上また、若冲が卒中でも起こしたんやなかろうな」

このところ絵師の訃報ばかり続いている。ついそんな軽口が出たが、千代吉は首を横にふった。

「そないに縁起の悪い話ちゃうわ。これや、これ！　おっちゃん宛てに、大坂から届いたんや」

「大坂やと？」

甥がさし出したのは、古びた扇だった。もとは白扇なのだろうが、地紙は黄ばみ、骨もやや黒ずんでいる。訝しげに首をかしげ、豊蔵は扇を広げてみた。

「この絵は……」

開いた扇面に、豊蔵は目を見張った。

「秋《しゅう》さんの筆やないか」

本名は池野秋平《いけのしゅうへい》。二十三年前に没した、池大雅《いけのたいが》の描いたものに違いなかった。しかもこの扇には覚えがある。大雅が没する前年、彦太郎とともに高台寺に近い庵を訪れた。大雅と妻の玉瀾《ぎょくらん》の心からのもてなしを受け、そのとき席画くらべをした。四人の絵師が思い思いに白扇に絵をしたためて、その折に大雅が描いた『洞庭秋月図《どうていしゅうげつず》』である。

湖に浮かぶ小舟に、笛を吹く男。その姿が扇の真ん中にさりげなく配され、画題にあげた月はどこにもない。しかし扇面いっぱいに広がる波模様に、湖面を照らすさえざえとした月光が見事なまでに感じられる。

大雅も玉瀾も彦太郎も、楽しそうに笑っていた。三人の笑顔が浮かび、たちまち熱いものが喉元までこみ上げた。いまはもう誰もいない。豊蔵ひとりを残し、皆逝ってしまった。

懸命に涙を堪えると、ひくりひくりと喉仏が上下した。伯父の感慨を察したのか、千代吉は声を落として告げた。

「これな、吉村先生の形見やそうや」

送り主は、大坂新町の妓楼《ぎろう》だという。扇には、ごく短い手紙が添えられていた。拙い女文字で、名は小笹とあった。

「この扇、池先生の形見やったんやな……いままでおっちゃんに渡しそびれていたやて、なんや吉村先生らしいわ」

大雅の葬儀の折に、豊蔵に渡してほしいと、妻の玉瀾から頼まれていた。その経緯《いきさつ》だけが短くしたためられていた。

「死んでもなお、ええ加減なやっちゃ」

大きなかたまりをごっくりと呑み込んで、豊蔵は呟いた。何気なく扇を裏に返し、おや、と気がついた。

「……何や、これ？」

扇の裏には、小さな鳥居がひとつ、描き入れられていた。真ん中ではなく、右寄りにぽつんとある。墨の色からして、まだ新しい。おそらくは、彦太郎の手で描き加えられたものだろう。

「何や、これは……あいつの遺言か？」

「鳥居やから、神社へ参れちゅうことやないか？」

「神社て、どこの神社や。京だけで、いったいいくつあると思うとるんや」

ふたりはしばし同じ不思議顔で頭をひねったが、結局こたえは見つからなかった。

それから三日後、豊蔵は大坂へと旅立った。

京から大坂までは半日ばかり、旅慣れた豊蔵にとっては旅というほどの道程ではない。新町遊郭にも二、三度立ち寄ったことがある。目当ての妓楼はすぐに見つかった。

訪ねたわけを明かすと、店の主は驚いた顔をしながらも豊蔵を奥の座敷に通した。

「吉村先生は、うちの小笹をたいそう贔屓にしてくれはりましてな。旅の行きと帰りには、必ず寄ってくれはりました……ええ、ええ、金離れの良いお方で、大きな茶屋に芸妓を仰山呼んで、ひと晩で何百両も落としてくれはったこともありますわ。ただ新町での定宿は、ほれ、そこの角にあります目立たぬ茶屋でしてな、小笹だけを呼んで、四、五日ゆっくりしはるのが常でおました」

嶋原や祇園でも、派手な遊びようで名を馳《は》せていた胡雪だが、やはり何らかの気持ちの変化があったのかもしれない。女を待つあいだ、妓楼の主人が語ってくれた茶飲み話をききながら、豊蔵はそんなことを考えた。

やがて座敷に現れた遊女は、豊蔵の思惑よりもずっと若かった。

「小笹と申します。都からはるばるお越しいただいて、ありがとうさんにございます」

美人ではないが、ふっくらした輪郭とゆるやかに下がった目尻は、会う者をほっとさせる。

しばしふたりきりで話したいと、豊蔵はあらかじめ金を渡して頼んでいた。彦太郎が上客だった故もあろう、主人は心得たように小笹に後を任せ、座敷を出ていった。

主人の背中を見送って、ふと気づくと、小笹は何年も前からの知り合いのように、にこにこと豊蔵をながめていた。

「何や」

「吉村せんせの、言うとったとおりのお方やなと思うて。深山先生の話は、ようしてはりました」

「どうせ、悪口ばかりやろうが」

「そうです。もう味噌糞な仰りようでしてな」

京女なら決して語らぬだろうが、小笹はあっけらかんと口にする。かえって拍子抜けする思いがした。

「よほど仲の悪い間柄やと、最初は思うとりましたが」

「そのとおりや。小憎たらしい餓鬼で、喧嘩しかせえへんかったわ」

豊蔵の憎まれ口にも、ふふ、と小笹は嬉しそうに笑った。

「せやけど何べんもきかされて、そのうちわかりましたわ。ほんまに嫌うてはるなら、口にするのも厭うたはずです。誰より心安いお仲間やったからこそ、何べんも話の種にしはったんやと思います」

実際、死んだ応挙や源琦を除けば、同門の弟子たちのことは、ほとんど話題にしなかったと、痛ましそうな顔で小笹は告げた。

「この扇の経緯《いきさつ》も、胡雪からきいとったんやな？」

豊蔵は、懐から黄ばんだ扇をとり出した。

「さようです。長年、渡しそびれたままだと言うてはりました」

画家の死後、茶屋に残された品々の整理を、小笹も手伝った。ほとんどは応挙の息子、円山応瑞宛てに送ったが、同じ四条に箏白の店があることも彦太郎からきいていた。その扇だけは、箏白へ届けることにしたと小笹はこたえた。

「この鳥居の印やが」と、豊蔵は扇を返した。「何ぞ、知っとるか？」

「へえ、扇の謂れを話しながら、思いついたようにうちの目の前で描かはりました」

「あいつは何を思うて、鳥居なぞ入れたんか？」

「そればかりは、うちにもわからしまへん。うちも不思議に思いましてな、せんせにたずねたんですが、教えてくれはりませんでした」

そうか、と豊蔵がため息をつく。

「ただ、深山先生に見せたいもんがある。そない言うてはりました」

「見せたいもん？」

「何かはわからしまへんけど……悪戯小僧みたいな、妙に楽しそうなお顔でした」

豊蔵に見せたいというなら、おそらく絵であろう。どこぞの神社にあるという意味かもしれないが、胡雪が襖絵なぞを手掛けた寺社は数多い。やはりわからず仕舞いかと、豊蔵は扇の話を切り上げて、何より気になっていたことをたずねてみた。

「もうひとつ、教えてほしいんやが」

豊蔵のまじめな顔に、へえ、と小笹も居住まいを正した。

「あいつは、目を悪うしとらんかったか？　傷つけた右目やのうて、左目や」

「お気づきやったんですか……」と、小笹は少なからず驚いた顔をした。

胡雪は目を患っているのではないか――。身近にいる同門の弟子をはじめ、気づいた者はまわりにもいたが、いずれも怪我をした右目だと思っていた。

「吉村せんせは、うちより他には誰にも明かさず、隠しとりましたさかい」

「何で左が、あかんようになったんや？」

「左だけやあらへん……せんせは両の目を、患《わずろ》うてはりました」

「……両目やと？」

さすがの豊蔵も、いっとき言葉を失った。胡雪は、享年四十六であった。仕事に障るほど、目が衰えるには若すぎる。いったい何の病かとたずねると、小笹は辛そうにうつむいた。

「せんせは、頭の病やと……橋から落ちて、その怪我がもとで頭がおかしゅうなったと、そう言うてはりました」

黒い大きな舌に背中を舐められたように、ふいに悪寒がした。あの雨の夜のことが、まざまざとよみがえる。医者は頭の傷を気にかけていたが、彦太郎は大丈夫だと言い張った。

「頭の中やから、どんな眼医者でも治せへんて……冗談のように言うてはりましたが、ほんまはたいそう怖がっとりました」

たしかにそのとおりだ。どんな名医でも、頭の中では治しようがない。それでも泥にまみれながら、彦太郎が這うようにして辿り着いたのは、豊蔵の店だった。

あのとき自分がもっと気をつけていれば——。そう思わずにはいられなかった。深い後悔が、腹の底からこみ上げる。いまにも叫び出してしまいそうで、豊蔵は手で口を覆った。

橋から落ちた直後から、ものが見えづらいと思うようになった。が、最初は何が起きているか彦太郎にもわからなかったという。小笹はそのように語った。

しかし時を経るごとに病は進み、やがては彦太郎も気がついた。

視界が両側から、だんだんと狭まっているのである。

自覚したのは二年ほど前だというから、豊蔵と最後に会ったころだ。以前は屏風一隻が見渡せていたのが、やがては半分しか見えなくなり、死ぬ前には、屏風六面のうちの一面がやっとの有様だった。それでもまだ、見えるうちはいい。たとえ短冊ほどの視界でも、筆を手放すつもりはない。彦太郎が何より恐れたのは、光が一条もささぬ闇であった。

「絵を失《うしの》うたら、生きてく値《あたい》もあらへん……亡くならはる前は、ようそないに嘆いてはりました」

ふと、嫌な想像がわいて、豊蔵はたずねていた。

「……おまえは、自害やと、そう思うとるんか？」

「違います！　せんせは一日たりとも、筆を握らん日はありませんでした。見えるうちに少しでも描きたいと、まだ仰山描きたいもんがあるて、そう言うてはりました！」

小笹の目に、噴き出すように涙があふれた。柔らかな弧を描いた目尻から、ふっくらとした頬へ伝う。

「あの晩もせんせは、ずうっと描いてはりました。根を詰め過ぎたさかい、少し夜風にあたってくるいうて、お茶屋から出ていかはったんです。お帰りになるまで待っとりますと、うちが言うて、せんせは笑《わろ》うてくれはりました。自害なぞ、なさるはずがありまへん！」

「……さよか」

彦太郎が死んだ晩のことを思い出したのか、小笹は堪えきれぬように泣き出した。その嗚咽が小やみになるのを、豊蔵は黙って待った。

彦太郎は子をふたりも死なせ、女房には逃げられた。豊蔵もやはり、お産の折に妻子を亡くしている。身内の情には恵まれなかったという点でも、ふたりはよく似ていた。

それでもいまの豊蔵には、甥の千代吉がおり、彦太郎には小笹がいた。

彦太郎の死を心から悼み、泣いてくれる者がいることに、豊蔵は心から安堵していた。

からだの中に溜まっていた悲しみを、ひとまず出し尽くしたのか、やがて小笹は涙を拭い、ちんと洟をかんだ。鼻声で、思い出したように言い添えた。

「……自害の噂が立ったのは、せんせがそう言わはったためです」

「あいつが、言うたやと？」

往来に仰向けに倒れている彦太郎を見つけ、通りがかりの者が駆け寄ったとき、まだかすかに息があった。いったい何があった、誰にやられたとたずねられ、彦太郎は「自分で刺した」とこたえたという。

「せんせはきっと、刺した相手を庇《かぼ》うたのやと、うちはそう思います」

「刺した奴に、心当たりは？」

「いいえ、うちには見当もつきしまへん……せやけど、ひとつだけ……」

「何や」

「たぶんせんせは、刀をよけられへんかったんやと思います！」

ちぎれるような声がとび、新たな涙がまたこぼれた。彦太郎は、仮にも武士だ。脇差一本くらい、かわすなり応戦するなりできたろう。視界が狭まっていたために、それができなかった。小笹は泣きながら、そう訴えた。

「殺したんは、あいつらや……」

呟いた豊蔵の目に、黒い炎があがった。小笹が嗚咽を止《や》め、気圧《けお》されたように息を呑んだ。

「手を下したんが誰かなぞ、どうでもええ……絵師たるあいつを殺したんは、あの連中や！」

豊蔵は翌日のうちに、京へとって返した。

まっすぐに向かったのは、円山派の画塾であった。

日の出前に大坂を立ち、昼過ぎには四条へ着いた。

常のとおり、四条は行き交う人であふれていたが、その喧騒を破るように、いきなり大声がとどろいた。

「わしは深山箏白じゃ！　応挙の弟子どもに話がある。さっさとここへ雁首そろえんかい！」

しわがれてはいるが、怒気に満ちたその声は、道往く者の足を止めさせた。何事かと見守る衆人をものともせず、豊蔵は同じ文句をしつこくわめいた。

画塾の内にも届いたのだろう。ほどなく門弟たちがとび出してきた。十四、五人はいようが、豊蔵を認め、ぎょっとした顔をする。

相手は変人とも狂人とも噂される深山箏白だ。亡き師を目の敵にもしていた。いったい何のいちゃもんかと、迷惑そうな表情をてんでに浮かべたが、中のひとりが前に進み出た。豊蔵とさほど変わらなそうな年格好だ。豊蔵は、まずその男に嚙みついた。

「おまえが、ここの頭領か」

「塾頭は円山応瑞先生ですが、いまは出掛けております。私はその手伝いをしておる……」

「名なぞ、どうでもええわ。どうせ覚える気はあらへんさかい」

都ではそれなりに、名の通った絵師なのかもしれない。むっとした顔をしながらも、抑えた口調でたずねた。

「深山箏白殿、我が門に何用ですか」

「おまえら円山一門は、人殺しや！　それを伝えに、わざわざ出向いてやったんや」

玄関前に溜まった弟子たちが、一様にあっけにとられ、同じ顔で口をあけた。

「同門の吉村胡雪を殺したんは、おまえらや。おまえらがあいつの目を駄目にした。あいつはそのために死んだんや」

人垣をつくりはじめた観衆が、ざわりと不穏に揺らめいた。胡雪の噂は、いまだにささやかれている。殺した相手が、よりによって同門の中にいるとなれば、誰もが耳をそばだてたくなる。

門人たちも、遅まきながら気づいたのだろう。ぽかんとした顔が、たちまち憤怒《ふんぬ》に赤く染まった。

「言いがかりは、たいがいにしてもらおう。我らは胡雪の死とは、一切関わってはおらん！」


豊蔵の前に立つ、師範代を先頭に、弟子たちがいっせいに騒ぎ出す。

「あの日、大坂に行った者などおらぬ」

「さよう。あの男のことや、無礼な真似をしくさって相手を怒らせたんやろ」

「大方、また人の女に手ぇ出して、刺されたんに決まっとるわ」

わめく声だけが頭の中で縦横に響いて、中身はさっぱり入ってこない。

豊蔵は、思い出していた。はるか昔にも、同じことがあった。応挙の画塾の前、非難を向けるいくつもの目、遠巻きにした衆人たち。源琦の姿もあった。豊蔵は散々に応挙をそしり、真っ先に噛みついてきたのは彦太郎だった。あのとき初めて、吉村胡雪という名をきいた。

二十四年も前のことだ。

吉村胡雪という絵師は、もうどこにもいない――。

どこかぼんやりとしていた画家の死が、ふいに現実となって目の前に開《はだか》った。

激流のように豊蔵を呑み込んだのは、それまで感じたことのない孤独と喪失感だった。

胡雪はひとりで逝き、箏白はひとりこの世に残された。たとえ身内でも、埋めることはできない。人が生まれつき抱えもつ、どうしようもない寂寥が、豊蔵の前にはっきりと形を成して現れた。引きちぎるように、豊蔵は吠えた。

「黙らんかい！　胡雪を殺したんは、おまえらや！」

獣のような声が、人のわめきを圧した。門人たちが、しんとなって黙り込む。

「あいつはおまえらに、目を潰された。絵師の命たる目を壊されたんや……七年前にな」

「七年前？　何のことだ」

先頭に立った男が、いぶかしげに眉をひそめる。

「七年前、四条の橋から、胡雪を投げ落とした者がおったろう」

脅すように、声は自ずと低くなった。背後を囲む野次馬には届かなかったが、門弟たちの何人かの顔色が変わった。若い弟子たちは概ね、わけがわからないと言いたげにきょとんとしたが、年嵩の三、四人は、豊蔵から目を逸らし、瞳が不安げにうろうろしはじめる。先頭にいた師範代も、同様だった。

「あんとき胡雪は頭を打って、それから両の目があかんようになったんや。外からだんだんに景色が暗《くろ》うなって、死ぬ間際は、屏風一面しか見えへんかった。目さえ達者なら、むざむざ殺されんで済んだやもしれんのに……」

小笹の嘆きが耳にこだまして、ぎっ、と奥歯が鳴った。

「あいつを殺したんは、おまえらや！　嫉妬にかられて邪魔するしか能のない、人を妬み、蔑むことでしか自らの才を誇ることができん、おまえらが殺したんや！」

ぶるっと、師範代の男が身を震わせた。豊蔵の方を見ようとしない男たちは、黙ってうつむいたまま、罵声を浴び続けている。

「どや、満足か？　邪魔なもんを除いて、心安うなったんか？　おまえらはまさに、井の中の蛙や。狭い井戸の底で、平和に暮らしとったらええ。だがな、胡雪はこの一門にとって、最後に残された護符やったんやぞ。あいつがせっせと水を入れとったさかい、おまえらは井戸の底でのうのうとしておれたんや。あいつを失《うしの》うたいま、応挙が造った井戸は、ただ涸《か》れるだけや。おまえらはもう、生きていけん。遠からず井戸の底で、干涸びて果てるだけや！」

誰も止める者のない罵りは、それこそ果てもなく続きそうに思えたが、静かな声が割って入った。

「いまの話は、本当ですか？」

邪魔をするなと後ろをふり向くと、品のいい町人姿の男が立っていた。

「ご無沙汰しております、深山箏白先生」

「誰や？」

「呉春《ごしゅん》先生……」

豊蔵には覚えがなかったが、代わりに師範代の男がその名を呟いた。

「深山先生とは、以前、さる書画会でご挨拶させていただきました」

「知らん」

不遜な態度にも、気を悪くしたふうもなく、呉春はふたたびたずねた。

「いま、深山先生が申されたことは……この者たちが吉村先生を橋から落としたというのは、まことですか？」

「決してそのようなことは！　私たちには、やましいことはありません！」

大方はそう申し立てたが、やはり何人かは、呉春と目を合わせようとしない。

それで一切が呑み込めたのだろう。呉春は、そうですか、とそれ以上の追及はせず、何事もなかったかのように、ここへ出向いた用件を述べた。

「実は、相談したいことがあったのですが……応瑞先生はおられますか？」

相変わらず、ばつが悪そうな表情ながら、己の役目を思い出したのだろう。不在だと、師範代の男がこたえる。

「私が代わりに、お話をうかがいます。どうぞ中へ」

「いえ、それにはおよびません。ここで済む話ですから」

この男にしてはめずらしく、はねのけるような硬さを帯びていた。そしてよく通る声で、淀みなく話しはじめた。

「このところ、こちらの画塾をやめて、私の画塾の門をたたく者が多くおります。亡き円山先生は、私にとっても師匠同然。師の弟子を横取りするのはどうかと、ためらいも覚えましたが……」

と、呉春は澄んだ目で、一同を見渡した。

「しかしながら、やはり絵の道を極めんとする者は、門派を越えて自由であらねばとの考えに至りました。よってこの先、たとえこちらの門下生であったとしても、教えを乞われれば、喜んで門を開きます。どうぞご承知おきくださいますよう、応瑞先生にお伝えください」

垣を成していた衆人が、いっせいにどよめいた。

「きいたかいな。深山箏白ばかりか、四条派までが円山派に楯突きおったぞ」

「えらいこっちゃ。こら、京画壇は、天下分け目の関ヶ原になりまっせ」

方々から、そんな声があがる。呉春は十年前から四条に住まい、その技と人柄をもって、しだいに弟子の数を増やしていった。門弟たちは、師が住まう四条界隈に次々と己の画室を開き、それ故にいつしか四条派と呼ばれるようになった。

いまや円山一門を凌ぐほどの勢いで、呉春が受け入れてくれるなら、四条派へ鞍替えしようとする者は決して少なくなかろう。事のしだいに驚いた師範代は、たちまち青ざめた。

「お、お待ちください、呉春先生。そのような大事なお話は、どうぞ応瑞先生に……」

「いえ、私は深山先生とお話がありますから、これにて」

師範代に向かって、にっこりと微笑む。名が示す春のような、一見穏やかに見え、その実、雪どけ水のようなひやりとした冷たさがある。途方に暮れる門弟たちを残し、呉春は肩を抱くようにして、箏白を人垣の外へといざなった。そのなれなれしい手を、豊蔵はぞんざいにふり払った。

「人の褌《ふんどし》で相撲をとるとは、どういう了見や。厚かましいにもほどがあるわい」

「すみません、柄にもなく本気で腹が煮えたものですから、つい……本当は、逆の話をするつもりでいたのですが」

円山派の弟子を、横取りするつもりはない。たとえ乞われても断るつもりだと、応瑞にはそう申し開きをするはずが、胡雪への仕打ちを耳にして、気が変わったと悪びれずに告げる。

しかし豊蔵は、呉春とつるむつもりなどさらさらない。

「わしは話なぞあらへんぞ」

通りに出ると、別れるそぶりを見せた。呉春には、人たらしとの評判もある。豊蔵の気性も、よく承知しているのだろう。とっておきの台詞を吐いた。

「私も吉村先生のことでひとつ、お耳に入れたいことがあるのです」

してやられたと、不満を満面にしながらも、豊蔵は呉春の後にしたがった。

青々とした葉がさわやかな、楓が一本。木はそれだけで、あとは庭石も地面も一面、苔《こけ》に覆われている。母屋の内に正方に切りとられた坪庭は、涼やかで趣があった。

ほう、と足を止めると、呉春は屈託なく拵えた経緯を語った。

「さる文人の方の庭を、真似させていただきました。あちらは松でしたが、赤く色づく景色も楽しめますから、楓にしました」

「厚顔とは、おまえのことやな」

真似という言葉が、何より嫌いな豊蔵だ。わざと太いしわを寄せて、じろりとにらんだ。

庭ばかりではない。庭の東にある仕事部屋を覗いて、豊蔵は心底呆れかえった。

「まるきり応挙の真似やないか。わしもつまらん絵は仰山見たが、こないに恥さらしな絵は初めてや」

手ひどい悪口にも、呉春はまったく動じることがない。

「いちばんひどいのは、どれでしょう？」

「手前にある、桜の下の鯉やな。桜と鯉のつり合いが悪い上に、あの鯉は木彫さながらや。生きとるもんの気配がせん。いまにもひっくり返って、腹からぷかりと浮きそうや」

「私もあの鯉はどうもおかしいと思っていましたが、なるほど、おかげで得心がいきました」と、にこにこする。

「おまえ、わしを馬鹿にしとるんか」

「とんでもない。弟子をもつようになってから、無闇に褒められるばかりで。こればかりは難儀しておりました。絵の玄人から、はばかりない正直な評をいただけるのは、何よりありがたいことです」

どうもやりにくい――。そういえば、と豊蔵は思い出した。彦太郎は、ずいぶんと呉春を気にしていた。こんな下手くそな絵の、いったい何が気にかかるのかと不思議に思っていたが、苦手なのは作品よりむしろ、この絵師の方だったのかもしれない。

呉春の手腕は、豊蔵の耳にも入っていた。技は惜しみなく与え、どのような絵も人物も、拒絶することはない。人の長所を見出すのがうまく、気性は朗らかだ。この男といると、楽しい、心地よいと、単純にそう感じさせる魅力がある。

「あいつが苦手としたのも、うなずけるわい」と、口の中で呟いた。

皮肉も嫌味も通じず、人の悪意を一瞬で霧散させる。豊蔵や彦太郎のようなひねくれ者にはいわば天敵だが、怖いのはそればかりではない。

こういう男こそが、力をもつ。人を集め、同じ方向に導くことができるのだ。

ちょうど、円山応挙のように――。

呉春が真似たのは、なぞろうとしているのは、応挙の絵だけでなく生き方かもしれない。かつての師であった与謝蕪村《よさぶそん》の、文人たる暮らしぶりまでをも模倣した。そういう男だ。絵画の一派を打ち立て、京画壇の流れそのものを大きく変えた。応挙と同じ、いや、それ以上の潮流を、絵画史に遺すかもしれない。

自分の想像に、ぞくりと寒気がした。

彦太郎が恐れたのは、たぶん同じものだ。呉春という男の、果ての見えない可能性だ。

「深山先生の仰るとおり、私にはたいした画才はありません。師と仰いだ与謝先生や円山先生に倣うのがせいぜいで……どうあがいても、自らにとり込めない才もあります」

と、呉春は、箏白と若冲、そして胡雪の名をあげた。少しだけ、悔しそうな顔をしたが、薄墨で刷くような、かすかな屈託はすぐに消えた。

「それでも私のまわりには、面白い才が集まりつつあります。あの者たちはきっと、新しい道を築いてくれるはずです。私の絵はいつか土に埋もれても、その道の標《しるべ》となり、礎として在り続けることができます。私にはその道が、見えるような気がします」

若冲と箏白と胡雪。奇想と呼ばれる画家たちには、決して成し得ないことだ。

希望にあふれた表情は、豊蔵にはひどく眩しかった。

「で、胡雪の話いうのは何や？」

座敷に通されると、長居は無用とばかりに、豊蔵はせっかちに問うた。

楓の坪庭が、南に見える。呉春は手ずから煎茶を淹れた。

いわゆる「煎茶趣味」は、従来の堅苦しい茶道にとらわれず、純粋に茶と歓談を楽しもうとするもので、江戸期に広まり文人に好まれた。

葉が開くのを待ちながら、呉春は話を切り出した。

「吉村先生を刺した相手に、心当たりがあります」

「ほんまか？」

「あくまでも、私の見当ですが」

大坂の豪商たちにも、呉春を贔屓にする者は多い。中にいるさる糸物問屋の主人から、呉春はある話をきいた。

「有田屋俵兵衛という木綿問屋を、ご存じですか？」

「いや、知らん」

「前の内儀は、お須磨《すま》さんといいます」

その名は、きいたような気がする。少し考えて、あ、と声に出していた。

「もしや、胡雪の……」

「はい、吉村先生のご妻女の、元亭主です」

「そいつが、どないした？」

「有田屋俵兵衛は、ひと月ほど前に亡くなりました……吉村先生が身罷って二日の後です」

豊蔵がひとたび息を止め、目を見開いた。

温めてあった小さな器に煎茶を注いで、呉春はさし出した。

「有田屋では病としていますが、どうやら自害であったようです」

「もしや胡雪を刺したのは……」

「有田屋俵兵衛ではないかと、糸物屋の主は話してくれました。疑いに至ったのには、それなりのわけがあるそうです」

他ならぬその糸物屋の主が、四国金刀比羅宮の色街で、お須磨を見つけたのである。大坂に帰ると有田屋に知らせに走り、俵兵衛はすぐさま四国に向かった。しかしお須磨はすでに重い病を得ており、まもなく息を引きとった。

「それが三月前の話です。以来、気鬱の病を拾ってしまったように、俵兵衛はずっと、ようすがおかしかったそうです」

「なるほどな……女房を寝取られた上に、その始末ではな。胡雪を殺したいほど憎んどってもおかしくはないちゅうわけや」

「糸物屋の主も、同じように申しておりましたが、私にはひとつだけ引っかかりました」

俵兵衛は七十過ぎの年寄で、家業も息子に渡し、隠居の身の上だった。ふいを狙ったにせよ、仮にも武士であった彦太郎を、手にかけるなどできるだろうかと、腑に落ちぬ思いがしたという。

「ですが、先ほどの話をきいて、得心がいきました。目が不自由であったなら、よけられなかったのもうなずけます」

小笹と同じ見当に、呉春も至ったようだ。

同時に、死に際に自害をほのめかした理由にも、納得がいった。

「そうか……あいつが庇ったんは、その有田屋か」

真相をきいても、たいして慰めにはならなかった。力が抜けるような虚しさばかりが広がって、冷めた煎茶を飲み干した。甘く、苦い味が口の中に広がった。

呉春は二煎目を淹れながら、静寂を埋めるように語り出した。

「目のことは気づきませんでしたが……このところの吉村先生の絵には、胸騒ぎがしておりました」

「胸騒ぎて、何や」

「吉村先生の絵は、奇天烈《きてれつ》ながら、生き生きとした命の力にあふれておりました。それが吉村胡雪の、真骨頂でもあったはずです」

豊蔵も、これには異をはさむつもりはない。ゆっくりとうなずいた。

「ですが、ここ幾年かに描かれた絵は、ことさら奇怪でおどろおどろしく、それまでとは違うものを感じました……たとえて言うなら、死のにおいです」

胡雪がこんな死に方をしたために、よけいにそう思うのかもしれない。呉春はそう断りを入れたが、嫌な予感に捕われていたのは本当のようだ。

「吉村先生の『山姥図《やまうばず》』は、ご覧になりましたか?」

「いや」

「あの絵を目にしたときに、そのにおいを強く感じました」

呉春とも昵懇のさる商人が描かせたもので、画題には特に注文をつけず胡雪に任せた。突飛で大胆な胡雪の絵を高く買っていたのだが、その商人でさえ『山姥図』を部屋に飾る気にはなれなかったという。

老いさらばえた胸を露《あら》わにした山姥が、岩に腰かけ、恨みがましい眼差しを虚空に据えている。能の『山姥』を題材にしたのだろうが、かつて見た、どの鬼女よりも醜く、そして言いようのない孤独に満ちていた。

「この世の終わりから、死の淵を覗くような……そんな絵でした」

ぽつりと、呉春は告げた。

人が死を望むのは、苦難の最中ではない。幸と不幸のあいだに、ぽっかりと口をあけた狭《はざ》間《ま》。そこではすべてが灰色に見え、何もかもが厭《いや》になる。『山姥図』には、そんな厭世《えんせい》が強くただよっていたという。

「あの絵は、ひとつの極みに至った姿です。その先はない……吉村先生はこれから、何をどう描くのかと、案じられてなりませんでした」

幾度か胡雪を訪ねてみたが、忙しいとはぐらかされるばかりだったと、ため息をつく。

「私はどうやら、吉村先生に嫌われていたようなので」

「何や、気づいとったんか」

ずけずけとした物言いに、呉春が苦笑をこぼす。親しくつき合いたかったのだが、どうも避けられているようだとは、呉春も承知していたようだ。

「人に疎まれるのは苦手なたちで……実は気にしておりました」

「そら、あいつとは馬が合わんはずや」

「深山先生とは、仲がよろしかったのですね」

「阿呆抜かせ、最悪や」

ふっと呉春は、春のような笑顔を向けた。

「その『山姥図』は、いまも京にあるのか？」

「いえ、残念ながら……」

絵そのものの不気味さに加え、作者が横死を遂げた。縁起が悪いと妻女がひどく気味悪がって、商人は迷いながらも人に頼んで売ってしまったという。いまはどこにあるか、わからないと告げる。

「そうか……そら、惜しいことをしたな」

柄にもなく、ひどくがっかりした。

気落ちした豊蔵が気の毒になったのか、思いついたように呉春が言った。

「ただ、同じ題の絵がもう一枚、安芸広島にあるそうです」

「芸州《げいしゅう》やと？」

「『山姥図』の大絵馬を、吉村先生が厳島《いつくしま》神社に奉納したと、そうききました」

たまたま双方の『山姥図』を見た者が、弟子のひとりにいると告げた。今年の初め、備州から芸州をまわり、厳島神社で胡雪の絵馬を目にした。こちらも負けず劣らず恐ろしい鬼婆《おにばば》の姿だと、身震いしていたという。

「厳島……」

砂絵師の木沢惣之助と旅していたころから、安芸には何度か足をはこび、厳島神社にもそのたびに詣でた。海からにょっきりと立つ鳥居が浮かび、頭の中で何かがはじけた。

「そうや、厳島や！」

仰天する呉春を尻目に、豊蔵は懐から扇をとり出した。大雅の遺品であり、いまは胡雪の形見ともなった、あの扇である。

黄ばんだ紙を開いて、光にかざす。

大雅が描いた表の水面に、裏側の鳥居が重なった。

「厳島の『山姥図』を見ろ……あいつがわしに伝えたかったんは、このことや！」

地紙に落ちた楓の影が、風に揺れる。

隅に描かれた鳥居も、透かした水にゆらゆらと揺蕩《たゆと》うていた。

帰りぎわ、また仕事場の前を通った折に、豊蔵は中の一枚を示した。

いわば呉春のおかげで、胡雪の遺言が判じられた。礼のつもりもいくぶんあった。

「あの白梅は、悪うないわ。応挙くささは癇に障るがな。応挙の『雪松図《ゆきまつず》』でも、もとにしとるんか？」

「よく、おわかりになりましたね。そのとおりです。屏風に仕立てるための下描きですが」

「枝ぶりの勢いと、地の浅黄《あさぎ》色がおもろいわ」

「私もあの色は気に入っているのですが、何かもうひと工夫できないものかと思案しておりました」

「浅黄をのっぺりと塗るんやのうて、織の風合いを出してみたらどや？」

長い隧道《すいどう》を抜けたように、呉春の顔が、ぱっと輝いた。

「良い思案です！　……絣《かすり》、では紋様が邪魔になりますね、紗《しゃ》、絽《ろ》……いや、紬《つむぎ》だ！　うん、紬地なら、きっと豊かな面になる」

好きにせえ、と豊蔵は先に廊下を行った。思案に没頭していた呉春が、あわてて追いかけてくる。玄関の外まで出てきて、ていねいに頭を下げた。

「四条においでの折は、また、ぜひお立ち寄りください」

どうせ、挨拶代わりの建前であろう。

「二度と来んわ」と素っ気なく返した。

「では、私の方から、お邪魔します」

迷惑そうに露骨に顔をしかめたが、呉春はやはりにこにこしている。

ふと、誰かに似ているような気がして、妙な心持ちのまま呉春の家を後にした。

「……そういや、惣さんは、あんな顔だったかもしれん」

店先で、ふと呟いた。甥と小僧が、にぎやかに豊蔵を出迎えてくれた。

*

それからひと月のあいだ、豊蔵は何かに憑かれたように、ひたすら絵に没頭した。

描きたいというよりも、描く必要に迫られたからだ。安芸広島へ旅するとなれば、急いでも往復二十日はかかる。旅絵師をしていたころの馴染みもそれなりに多く、ひと月にはなろう。胡雪の死で呆け、しばし怠けていたから注文も溜まっている。ひと仕事終えるまでは、京から離れられなかった。

ようやくひと区切りがついたのは、秋風が吹きはじめた八月半ばのことだった。豊蔵は仕度をととのえて、久方ぶりの長旅に出た。

「やれやれ、正直しばらくは、筆を握りとうもないわ」

見送りに来た千代吉には、そうぼやいていたが、筆墨とはやはり縁が切れない。泊まりは旅籠ではなく、旅絵師のころに宿としていた贔屓ばかりだ。深山箏白の都での評判は、方々に届いているらしく、行く先々で、ぜひ一筆と乞われた。

それでも往路は精一杯先を急ぎ、九日目に安芸広島へ着いた。

一泊した翌日は、気持ちのよい秋晴れとなった。

「申し分のない日和じゃけえ、お客さんらは運がええわ」

かなり年季のいった船頭が、沖をながめて目を細める。極上の藍を流したような青い海には、いくつも白帆がひるがえり、えも言われぬ美しさだった。どの舟も同じ方角を目指している。やがて舳先《へさき》側にいた客のあいだから、声があがった。

鮮やかな朱塗りの大鳥居は、海の中から生まれたように、誇らしげに立っていた。

「安芸の宮島《みやじま》」は三景のひとつである。

鳥居の背には、同じ朱塗りの神殿と、海と空にはさまれた弥山《みせん》の緑が鮮やかに映る。同乗した十人ほどの客たちから、ため息交じりの歓声が絶え間なく交わされる。

厳島は千年以上前から神霊の地とされ、社《やしろ》が設けられ宮島と呼ばれた。もとは社に仕える者だけが島での暮らしを認められていたが、戦国のころから庶民にも許されるようになったときく。

とはいえ島全体がご神体とみなされているために、掟《おきて》は厳しい。穢《けが》れは法度《はっと》とされ、墓は築かれず、出産の折も島を出なければならない。鉄の農具を土に立ててはいけないと、五穀の耕作も禁じられ、また女神である御神体の不興を買うとして、機織などの女仕事も禁じられていた。

「胡雪の絵なぞ、それこそ穢れに入りそうにも思うがな」

船着場から続く参道を歩きながら、豊蔵は独り言《ご》ちた。道の両側に店々が立ちならび、京の繁華な場所に勝るとも劣らぬほどのにぎわいだ。やがて甍《いらか》の波が途切れ、広々と開けた視界に神殿が見えた。そろそろ干潮の刻限なのだろう、大鳥居の脚はいくぶん長くなっていたが、神殿とのあいだには、まだたっぷりと水が満ちている。

神仏は拝まぬ主義だが、彦太郎の供養代わりにと、めずらしく手を合わせた。

本殿を横切る形で回廊を進み、絵馬堂に出る。柱に屋根を乗せただけの絵馬堂も多いが、潮風を防ぐためか、四方に壁を巡らせた立派な造りだ。扉はあけ放たれていて、堂の脇で行き合った者にたずねてみた。禰宜《ねぎ》らしき男は、すぐに合点のいった顔で、いまでも堂に飾ってあるとこたえた。

「二年が経ちますけえ、そろそろ仕舞いごろなんじゃが。いまだに見物人が必ず足を止めますけ、そのまんまにしとります」

堂の内に立つと、ひんやりとした空気に包まれた。四方の壁はもちろん、中に二枚の仕切りが設けられ、大小さまざまな絵馬が飾られていた。板に直に描かれたものもあれば、絹を張ったものもあり、畳二枚分はありそうな大絵馬や、張子の人形を貼りつけたと思われる立体の絵馬もあった。

見物客はひとつひとつに見入りながら、凝った趣向に驚いたり、感心したりしている。本殿の辺りの混雑ぶりからすれば、客はそう多くない。

まもなく豊蔵は、目当ての『山姥図』の前にたどり着いた。

上背のある豊蔵と、ちょうど同じくらいの高さだ。縦に長い長方は、丈の足りない襖を思わせる。板に絹を張っているから、彩色も鮮やかだ。

豊蔵は言葉を失って、呆然とその絵を仰ぎ見た。

人の言うように、たしかに不気味と言える山姥だった。

粗末な身なりに破れ笠を背負い、白髪をぞろりと垂らしている。歯を剝き出しにして、恨みがましい視線でこちらをにらむ。金太郎と思《おぼ》しき童子を連れているが、それすらお世辞にも可愛いとは言いがたい。

胡雪はおそらく、鬼女の姿を借りて、人の世の悲しみを映したのだろう。貧苦を体現しているかのような、みすぼらしい老婆。老いさらばえた姿は、呉春を不安にさせた死を予感させる。

死と老いと貧。それだけにとどまらず、あらゆる負の気が塗りこめられているようだ。

余人は慄《おのの》くだけだろうが、豊蔵にはこの絵は、滑稽ですらあった。同じことを、彦太郎も言っていた。昔、豊蔵が描いた『柳下鬼女図《りゅうかきじょず》』を見たときだ。人が気味悪がった鬼女を、彦太郎は滑稽だと評した。

「この顔は……」

細い目をこれ以上ないほど見開いて、山姥の顔を凝視する。

この顔は、見たことがある。いつだったか、彦太郎とともにたしかに拝んだ顔だ。

頭の中で彦太郎との思い出が逆流し、ようやく行き当たったとき、豊蔵の呼吸がひとたび止まった。留めた息が、腹の底からこみ上げる。やがて笑いとなって、痩せた喉からはじけるようにほとばしった。

「なるほどな、胡雪。これがおまえの意趣返しか！」

どうにも笑いが止まらない。豊蔵は腹を抱え、痩軀を折り曲げながら笑いこけた。

恐ろしげな絵の前で、げらげらと大笑する姿は、どこかおかしい者としか映らぬのだろう。堂の内にいた者たちが、薄気味悪そうに遠くからながめている。豊蔵はかまわず、こちらをにらむ山姥と対峙しながら笑い続けた。

山姥の顔は、以前、たった一度見た顔と、酷似していた。

伊藤若冲を訪ねた帰り、彦太郎に連れられて祇園の料理茶屋に行った。あの席で、豊蔵はさんざんに応挙をこき下ろし、彦太郎から痛烈な意趣返しを受けた。

――こっちを向け。

ふり向いた豊蔵は、世にも恐ろしいものを見せられた。

自分自身の顔である。人を貶め、悪意を吐き続ける者の顔は、こうも醜い。

鏡を手にした彦太郎は、もっとも辛辣なやり方で、豊蔵に思い知らせた。

長い顔に頬骨が浮き、尖った鷲鼻ばかりが際立つ。目はどろりとにごり、まるで幽鬼さながらだ。目の前の山姥の顔、そのものだった。

この山姥は、豊蔵自身の顔であったのだ。

――どうだ、そっくりだろう。

悪戯を成功させた子供のような、得意満面な彦太郎の顔が浮かぶ。

老醜、貧苦、病、飢餓。あらゆる難に蝕まれ、嫉妬や恨みや欲にまみれて、それでも人は生き続ける。すべてひっくるめての人間だと、彦太郎はただそう言いたかったのだ。

「ようわかったわ、胡雪……おまえがわしに伝えたかったんは、これやったんやな」

笑って笑って笑いながら、いつしか山姥の顔がぼやけていた。

知らぬ間に、豊蔵は泣いていた。目尻から流れたものが、長い頬をいく筋も伝う。

「わしらはとどのつまり、人が好きで好きでたまらんのや」

奇異だ、醜悪だと罵られながら、箏白も胡雪も、ただ人だけを描き続けた。化け物じみた姿であったり、妙に人くさい動物であったり、形はさまざまながら、それらはすべて偽らざる人の姿だ。

「わしもおまえも、ほんまにごんたくれや」

人を乞うて、人に容れられず、それでも人を乞う。

愛おしく、そして悲しかった。

「おまえはごんたくれのまま、逝ってしもうたな……わしも死ぬまで貫き通すつもりでおったが、何やら阿呆らしゅうなってきたわ」

奇をてらい、狂を演じ、体制に抗《あらが》い、俗な世間を罵倒し続けた。

すべては強烈な、自意識の裏返しだ。深山箏白という名には、もがき続ける豊蔵の葛藤の歴史が深く刻まれている。いくら落款を変えようと、名に仰々しい肩書をつけ足そうと、豊蔵は箏白である呪縛から、どうしても抜けられなかった。

「わしはただ、わしの絵を描いてみたい――」

ぽつりと、口に出していた。胡雪も応挙も、大雅も玉瀾も、すでに張り合う相手はひとりもいない。俗を憎みながら、その実は名声を欲していた。しかし望んでいた人気絵師の地位も、いざ手に入れてみれば煩わしさがつきまとう。

人目も世間も名声も、一切を捨て去って、ただ思うままに描きたいものを描く。

その憧れが、どうしようもなく胸にふくらんだ。

どうあっても、いまをよしとしない。満足できない。己のひねくれには、笑うしかない。

しかし、深山箏白を捨てるなぞ、できるだろうか――。

ふうむと考え込んだとき、背中からその声がきこえた。

「ささ、先生、こちらです。どうぞご覧になってくださいまし」

富裕な商人と思われる者が、ひとりの男を『山姥図』の前に招く。

豊蔵より、少し若いくらいか。中肉中背の男は、あまり上等とは言えぬ身なりだが、胸を反らし、態度は明らかに大きい。豊蔵が横によけると、あたりまえのように絵の真ん前を占領し、腕を組んでとっくりとながめた。

「吉村胡雪先生の『山姥図』は、どうですかいの？」

「そやな。さすがに胡雪の筆だけあって、おどろおどろしい山姥や。せやけどやはり、奇が足らんのう。師の応挙のつまらなさを、どうにも受け継いでおる。わしならもっと、怪に走るものを」

「さすがは深山箏白先生、眼力の深さが違うちょりますなあ」

「……箏白、だと？」

つい、声が出た。しきりに迎合していた商人が、にこやかに豊蔵をふり返る。

「さようです。こちらさまは、いま都で人気の平安絵師、深山箏白さまにございますよ」

「いかにも、わしが深山箏白や」

己とは似ても似つかない男を前に、豊蔵は目をぱちくりさせた。

「おまえ、箏白の偽者《にせもん》やろ」

ふたりきりになると、豊蔵はこそりと告げた。昼餉を仕度させていた参道の料理屋で、何か粗相があったとかで、商人はひとまず絵師をその場に残し、あたふたと絵馬堂を出ていった。

明らかにぎくりとしたものの、偽者としてそれなりに場数を踏んでいるのかもしれない。鼻の穴を広げ、さらに胸を反らした。

「何いうか。わしはまことの……」

「別にびくつくことはあらへん。わしもおまえと同じに、深山箏白を名乗っとるもんや」

にんまりと笑い、懐から巾着をとり出す。中からひとつ抜いて、掌にのせた。

「なんと……!」

印の中にある「箏白」の文字に、相手がしばし言葉を失った。豊蔵の掌にあるのは、落款に用いる印であった。魚に氷の印を使い続けた胡雪とは逆に、印も、その横に入れる款記も、同じものを探す方が難しいほどに、豊蔵はさまざまに変える。それでもここ数年は、もっともよく使ってきた印だ。

落款が定まらないのは、かえって都合がよかったのかもしれない。深山箏白を名乗る偽者の噂はいくつも耳にし、実は偽者に会ったのも初めてではなかった。

伊勢の山田《やまだ》奉行が、箏白を呼び寄せたことがある。ところがいざ山田に出かけてみると、見知らぬ男がいる。誰かと問うと、平然とした顔で深山箏白だと名乗った。

山田奉行は烈火のごとく怒り、山田を流れる宮川《みやがわ》より南には、二度と入ってはならぬと命じて男を追い払った。豊蔵は、その言い草が気に入らなかった。

「あいつが宮川の北で悪事を働くんは、どうでもいいんかい。己の担う土地より他は、どうなっても構わんいうんか！」

いかにも役人にありがちな手前勝手だと腹が立ち、そのまま奉行のもとを立ち去った。あのときとは違う男だが、ただ昔もいまも、何故か偽絵師の当人には、さして腹は立たない。己の絵で食べていけぬ切なさは、身にしみているからだ。

「よもやこないなところで、同業に会うとはのう」

豊蔵自身は、ひと言もそうとは口にしていないが、同じ箏白の偽者だと、すっかり信じ込んだようだ。安心半分、呆れ半分といったようすで、相手は盆の窪に手をやった。

「せや、同業のよしみで、ひとつおまえの絵を見せてもらえへんか？」

興が乗って豊蔵が乞うと、よかろうと、男は荷の中にあった絵を二、三枚広げた。

「ほう、こいつはなかなかのもんやのう」

しつこいほどに細かな筆遣い、妖怪じみた人間と人くさい獣。男の筆は、たしかに豊蔵の絵に酷似していた。ただ、やはり筆の力が劣るようで、目を凝らせばあちこちに粗が見える。

玄人には通用しなかろうが、素人相手なら十分な腕前だ。

「この辺りは、もうちっと筆を入れた方がええぞ。これやと岩やのうて泥のかたまりや。ああ、ああ、この印はなんや。大方、己で削ったんやろうが、いくら何でも下手過ぎや。筝白は昔の知り合いに腕のええ篆刻家がおってな、手ほどきを受けたさかい、印を彫るのも得手なんや」

「そないにこきおろすんやったら、さぞかしおまはんの筆は達者なんやろな。見せてみいや」

ついあれこれと口を出すと、口を尖らせて催促された。ふむ、と豊蔵は、描いたばかりの数枚の半紙を見せた。厳島神社の参道で見かけた、僧や売り子などを走り書きしたものだ。

「なんや、でかい口をたたくわりに、へったくそな絵やなあ。こない雑なもんで、筝白を名乗る気か？」

「ほうか、そないに下手くそか！」

豊蔵の笑い声が、絵馬堂の壁に響く。すっかり愉快になっていた。

「あんさん、もそっと筝白の真物を拝んどいた方がええで。わいは若いころ伊勢中をまわって、ほんまもんを仰山この目で見て、何べんも何べんも真似たんやで」

「そないに気に入ったんか？」

「あたりまえや！　初めて目にしたときは、肝が口からとび出そうになったわ。あないな絵を描きたい、あないな絵師になりたいと、粉本《ふんぽん》代わりに写したんやが……なんぼやっても、箏白とは似て非なる劣った絵にしかならへんかった。そのうちこっちゃの方が本業になってしもうての」

「さよか」

短く応じた豊蔵に、情けない薄ら笑いを浮かべた。

「な、おまはんもこん先、安芸をまわるつもりなんか？　わいも安芸には着いたばかりで、路銀も底をついとる。同業のよしみと思うて、もうちっと場所を外してもらえんかの？」

「心配は無用や。わしは今日を限りに、深山箏白をやめるつもりやさかい」

「やめるて、何でや？」

「かねがね潮時やと思うとったんやが、なかなか踏ん切りがつかんでな。厳島の神さんに頼も思うてきたんやが……おまはんに会うたのも、そのお導きやろ。おかげですっぱりと、足を洗う覚悟ができたわ」

「せやかて……ほんまにええんか？」

「ほんまや。証しに、ほれ、これをやるわ」

巾着に入れた印判を、袋ごと相手の手にのせた。

「ええんか？　こないにしてもろうては、かえって申し訳あらへんわ」

「かまへん、かまへん。ほんまもんの箏白に使《つこ》てもろた方が、印かて生きるいうもんや」

おおきにと、男は何べんも頭を下げる。ほどなく商人が、昼餉の仕度が整ったと呼びにきた。ふたりの背中を見送って、豊蔵はにんまりした。

「なんや、わしがやらんでも、深山箏白はどこにでもおるやないか」

偽絵に金を投じるのは、どうせ富裕な武家や商人だ。名に踊らされ、見抜けぬ方が大間抜けというもので、本物と信じて棺桶まで携えていけるなら、それはそれで幸せだと思えた。

暗い絵馬堂から出ると、外の明るさがまぶしかった。

目を細め、赤い大鳥居と、青い海と空を仰いだ。暖かい風が、豊蔵の蓬髪《ほうはつ》をなぶる。

気負いやしがらみが、潮風とともにからだから吹き払われていくようだ。

豊蔵は、両手を高く上げ、天に向かって怒鳴った。

「胡雪！　よう見とけ！　わしは今日から深山箏白やない、ただの豊蔵や！」

もう、深山箏白を、演じる必要はない——。

すべてから解き放たれた、孤独で自由な絵師の姿が、そこにあった。

豊蔵の門出を祝うように、日を受けた青い水面が、きらきらと拍手をくれた。

参考文献

『水墨美術体系・第十四巻　若冲・蕭白・蘆雪』小林忠・辻惟雄・山川武／講談社
『奇想の系譜』辻惟雄／ちくま学芸文庫
『もっと知りたい曾我蕭白・生涯と作品』狩野博幸／東京美術
『無頼の画家　曾我蕭白』狩野博幸・横尾忠則／新潮社
『別冊太陽　日本のこころ181　長沢芦雪』狩野博幸監修／平凡社
『長沢芦雪　奇は新なり』ＭＩＨＯ　ＭＵＳＥＵＭ
『円山応挙』新潮日本美術文庫13
『聚美・一・２０１１秋号　円山応挙と呉春』青月社
『若冲の衝撃』和樂ムック／小学館
『池大雅』新潮日本美術文庫11

解説

細谷正充《ほそやまさみつ》
（文芸評論家）

二〇一五年のことである。歴史・時代小説界に、驚くべきシンクロニシティが発生した。なんと女性作家による、絵師を主人公とした長篇が、次々と刊行されたのだ。しかもすべて素晴らしい作品だ。具体的に書けば、西條奈加の『ごんたくれ』、澤田瞳子《さわだとうこ》の『若冲《じやくちゆう》』、梶《かじ》よう子の『ヨイ豊《とよ》』である。絵師を主人公にした話は、それほど多くはないものの、昔から書かれていた。近年でも、二〇一三年に第百四十八回直木賞を受賞した安部龍太郎《あべりゆうたろう》の『等伯《とうはく》』や、二〇一三年に刊行された谷津矢車《やつやぐるま》のデビュー作『洛中洛外画狂伝《らくちゆうらくがいがきようでん》』などがある。しかし絵師物というジャンルが注目を集めたのは、二〇一五年からだ。まさにエポックな年であり、作品であった。

さて、そんな三作だが、『ごんたくれ』は、『若冲』『ヨイ豊』とは大きく違う点があった。澤田・梶の両作品が実在の絵師を主人公にしているのに対して、こちらは曾我蕭白《そがしようはく》と長沢《ながさわ》芦雪《ろせつ》（長澤蘆雪、長沢蘆雪と表記されることもある）をモデルにした、架空の絵師が主役を

務めているのだ。このことについて作者は、あるインタビューで、

「以前から絵を見るのが好きで、日本画の絵師の話を書いてみたいと思っていました。あるとき辻惟雄《つじのぶお》さんの『奇想の系譜』を読み、芦雪と蕭白がかなりの変わり者だと知って。小説のキャラクターとしてはうってつけだと思い、この二人を軸に書くことにしました」

と述べている。ちなみに蕭白と芦雪は同時代人であり、共に独特のタッチの絵を描くことで知られている。さらに芦雪は、司馬遼太郎《しばりようたろう》の短篇「蘆雪を殺す」で、その奇矯《ききよう》な人柄が活写されているので、ご存じの読者も多いだろう。面白いふたりに注目したものである。

しかしそれだけに、大きな疑問も感じた。特に接点はなかったようだが、ふたりの生きた時代は重なり合っている。物語の世界で、本人を共演させることは不可能ではない。なのに作者は、彼らをモデルにして、深山箏白《みやまそうはく》と吉村胡雪《よしむらこせつ》という人物を創り上げた。ここを読み解くことが、本書を理解するために必要だと思う。その点を気にかけながら、ストーリーに踏み込んでいきたい。

本書『ごんたくれ』は、「小説宝石」二〇一二年十一月号から二〇一四年一月号にかけて連載された。単行本は、二〇一五年四月、光文社より刊行されている。物語の主な舞台は、さまざまな文化が爛熟《らんじゆく》した、江戸後期の京都。絵画もそうであり、多くの絵師が犇《ひし》めいて

いた。その中で、特に有名なのが円山応挙《まるやまおうきょ》だ。写実に徹することで最初こそ異端視されていた応挙だが、今や多数の門弟《もんてい》を抱えて、一大勢力になっている。

　その応挙の暮らす町屋の入り口で、騒ぎが持ち上がった。無名画家の深山箏白こと豊蔵《とよぞう》が、応挙の絵を貶《けな》したのだ。これに怒った応挙の弟子の吉村胡雪は、箏白を殴った。後日、師に命じられ、箏白に謝るべく彼の塒《ねぐら》を訪ねた胡雪は、そこで見た彼の異様な絵にショックを受ける。一方、尊大な態度で同門の門下生から浮きながら、師匠からはみ出した絵を描く胡雪を、箏白も気に入ったようだ。箏白に連れられて、池大雅《いけのたいが》・玉瀾《ぎょくらん》夫婦の家に行った胡雪は、四人でやった席絵の空気に満たされるものを感じた。これが性格に難のある、ふたりの〝ごんたくれ〟絵師――深山箏白と吉村胡雪の、長年にわたる不思議な交流の始まりとなるのだった。ここまでで、それぞれ方向性は違うのだが、世間とぶつからずにはいられない絵師の〝ごんたくれ〟ぶりが、早くも沸き立っている。

　ちなみに本書のタイトルに採られた〝ごんたくれ〟とは、浄瑠璃『義経千本桜《よしつねせんぼんざくら》』で出てくる村の鼻つまみ者「いがみの権太《ごんた》」から生まれた言葉で、ごろつきや困り者という意味を持つ。箏白と胡雪に、とにかくピッタリな言葉である。裕福な商家に生まれながら、火事ですべてを失い、奉公先を飛び出して行き場を失ったときに見た砂絵に魅了され、絵師になった箏白。武士の家に生まれたが、家族との折り合いが悪いと思い込み、家督《かとく》を弟に譲って応挙に弟子入りしたものの、門下生の中で浮いている胡雪。角《かど》のある性格のふたりは、あちこちに捻《ね》じれ、数年おきに人生を交差させながら、孤独に絵の道を歩むのだ。

いや、ふたりだけではない。池大雅と玉瀾、円山応挙、伊藤《いとう》若冲、呉春《ごしゅん》……。本書にはさまざまな実在の絵師が登場する。はっきりと書かれている者もいれば、間接的に表現されている者もいる。ただ、誰もがそれぞれの孤独を抱え、その孤独をもって絵と向き合っているのだ。真の芸術とは孤独の産物であるということが、幾人もの絵師の姿を通じて、浮かび上がってくるのである。

それだけに箏白と胡雪が、池大雅の家を訪ね、四人で席絵を描く場面に流れる優しい空気に、愛おしさを覚える。四人の個性が調和することで現れた祝祭的空間は、読んでいるこちらまで幸せな気分になれるのだ。でもそれは、刹那《せつな》の幻影。それぞれに絵を追究するふたりは、ぶつかり、傷つき、悩みながら、己だけの世界を創り出そうと、あがき続けるのである。

その果てにたどりついた場所は、やはり箏白と胡雪では違っていた。しかし、これでいい。これでなくてはいけない。解説を先に読む人もいると思うので詳細は省くが、ラストで喝破《かっぱ》された〝ごんたくれ〟の心底に、心が震える。哀《かな》しいのに爽やかな姿に、目頭が熱くなる。

ここに至って、なぜ作者が、架空の人物を主役に据えたのか理解できた。曾我蕭白と長沢芦雪では、史実が足枷《あしかせ》になり、そこまで人生を交錯させることができない。実在の絵師を投影しながら、深山箏白と吉村胡雪を自由自在に動かす。それ故に創り上げることのできた物語世界と、深く掘り下げられた絵師の肖像に、感動せずにはいられないのである。しかもこの作品そのものが、作者の創作に対する、信念と覚悟の表明になっているではないか！　西條奈加、なんという凄まじい小説を書いてくれたのだ。

さらに、次々と登場する絵の表現にも留意したい。よく音楽を小説で表現するのは難しいといわれるが、絵だってそうである。まったく違った表現形態を、文章で説明するのは、実に困難なのだ。これを作者は、見事にやってのけた。一例として、胡雪が南紀《なんき》の寺で描いた、虎の絵を挙げよう。箏白が、本当の意味で胡雪を認めることになった、重要な意味を持つ絵である。それを作者は、

「一匹の大きな虎が、豊蔵に向かって迫っていた。
右下に簡素な岩と草が描かれている他は、六面の襖《ふすま》いっぱいに虎だけが描かれている。その迫力が、尋常ではない。頭を大きく、からだを小さく。遠近法で描かれた虎は、いまにも襖からとび出してきそうだ。」

といった、的確な文章で説明する。しかもその後には、絵を見る人々の、愉快な感想が挿入されているのだ。

どんなに文章を連《つら》ねても、絵そのものを見せられるわけではない。ならば文章で絵を描くときに必要なものはなにか。何が描かれているかの的確な説明と、それを見た人の感動なの

である。だって、人間の感情を伴わない絵など、カタログに堕《だ》してしまうのだから。このことを熟知している作者は、南紀の人々の素朴だが、それゆえに真摯《しんし》な感情を抽出し、感動へと昇華させる。この場面が、なんとも心地好いのである。

その他にも、応挙宅の入り口で箏白が騒ぐ冒頭の場面を、終盤で繰り返すことにより、長き歳月で得たものの重さと、それがくだらないことで失われてしまったことの慟哭《どうこく》を、巧みに表している。随所に見られる、磨き抜かれた小説技法も、本書の完成度を大いに高めているのだ。

最後に作者自身のことを記しておこう。西條奈加は、二〇〇五年、『金春屋《こんぱるや》ゴメス』で第十七回日本ファンタジーノベル大賞を受賞して、作家デビューを果たした。現代の日本に独立を宣言した〝江戸国〟があり、そこに入国できた大学生たちが、長崎奉行の命を受けて、致死率百パーセントの疫病《えきびょう》の謎を追うという、はなはだユニークな作品であった。以後、デビュー作の続篇を経て、作者は時代小説へと軸足を移す。二〇一二年には『涅槃《ねはん》の雪』で第十八回中山義秀《なかやまぎしゅう》文学賞を、二〇一五年には『まるまるの毬《いが》』で第三十六回吉川英治《よしかわえいじ》文学新人賞を受賞した。その傍《かたわ》ら、現代ミステリーの『無花果《いちじく》の実のなるころに』『秋葉原先留《さきどまり》交番ゆうれい付き』や、ファンタジー小説『千年鬼《せんねんき》』『三途《さんず》の川で落しもの』などを上梓《じょうし》して、自己の作品世界を拡大しているのだ。常に過去の自分を乗り越え、前に進むことで、変化し続けているのである。そんな作者だからこそ、深山箏白と吉村胡雪の人生と、その果ての境地を描き切ることができたのだろう。この物語を書いてくれたことを、心の底から西條奈加に感謝したい。それほどの傑作である。

○初出
「小説宝石」二〇一二年十一月号〜二〇一四年一月号
○単行本
二〇一五年四月　光文社刊

光文社文庫

ごんたくれ

著者　西《さい》條《じょう》奈《な》加《か》

2018年1月20日　初版1刷発行
2021年6月25日　5刷発行

発行者　鈴木広和
印刷　堀内印刷
製本　榎本製本

発行所　株式会社　光文社
〒112-8011　東京都文京区音羽1-16-6
電話（03）5395-8149　編集部
8116　書籍販売部
8125　業務部

落丁本・乱丁本は業務部にご連絡くだされば、お取替えいたします。
ISBN978-4-334-77597-1　Printed in Japan

組版　萩原印刷

光文社時代小説文庫　好評既刊

流離　佐伯泰英
足抜　佐伯泰英
見番　佐伯泰英
清搔　佐伯泰英
初花　佐伯泰英
遣手　佐伯泰英
枕絵　佐伯泰英
炎上　佐伯泰英
仮宅　佐伯泰英
沽券　佐伯泰英
異館　佐伯泰英
再建　佐伯泰英
布石　佐伯泰英
決着　佐伯泰英
愛憎　佐伯泰英
仇討　佐伯泰英
夜桜　佐伯泰英

無宿　佐伯泰英
未決　佐伯泰英
髪結　佐伯泰英
遺文　佐伯泰英
夢幻　佐伯泰英
狐舞　佐伯泰英
始末　佐伯泰英
流鶯　佐伯泰英
旅立ちぬ　佐伯泰英
浅き夢みし　佐伯泰英
秋霖やまず　佐伯泰英
木枯らしの　佐伯泰英
夢を釣る　佐伯泰英
春淡し　佐伯泰英
まよい道　佐伯泰英
赤い雨　佐伯泰英
乱癒えず　佐伯泰英